Le Complot *des* Philosophes

Philippe Raxhon

City
Poche

Cet ouvrage est paru dans une première édition publiée
par Librinova en juin 2018
Photo de couverture : Shutterstock/Studio City

ISBN : 978-2-8246-1865-4
Code Hachette : 39 5727 7

Collection dirigée par Christian English & Frédéric Thibaud.
Catalogue et manuscrits : city-editions.com

Dépôt légal : Avril 2021

« J'ai conçu une narration très simple,
que même un enfant pourrait comprendre. »

SÉNÈQUE, *LETTRE À LUCILIUS.*

1

Rome, 12 avril 65

Après la douleur vive, la lenteur de l'écoulement du temps, confus comme l'est celui des rêves, puis viendraient la torpeur sourde, l'estompement des sensations et des phénomènes, le vacillement du souffle, les craquements dans les oreilles comme échos aux râles, l'abandon de soi, l'envol de l'âme.

C'est ainsi que le vieux Romain se remémorait ce qu'il n'avait pas encore vécu, mais que sa puissante imagination avait tissé dans les arcanes de ses angoisses, quand il méditait, si souvent, cet acte volontaire d'interrompre sa propre existence.

Et tandis que les esclaves s'affairaient, ce jour était venu, celui qui signait l'accomplissement d'une longue vie de philosophe, fatigué des choses humaines, et dont la nudité vieillissante semblait traduire l'histoire de Rome et le déclin de l'Empire à venir.

Déposées sur un tissu blanc, les lames qui allaient trancher ses veines étaient prêtes, bien aiguisées pour laisser s'échapper sans entrave son sang dans le bain chaud, déjà fumant, préparé comme une matrice mortelle.

En fait, il ne savait rien. Il ignorait ce qu'il allait ressentir. Lui qui avait distribué des principes aux hommes, exploré par la pensée les ressorts de leur destin, élaboré des théories politiques, rédigé dans la ferveur de l'inspiration féconde des tragédies immortelles, il était dans l'incapacité de définir, de traduire, l'expérience qu'il allait vivre dans quelques instants, et dont il ne ferait jamais récit.

Il ne doutait pas que d'autres le feraient pour lui, car la postérité l'attendait, mais qu'est-ce, la mémoire des hommes, au regard de la sensation d'être au monde ? On frissonne pour la mémoire tant qu'on est loin d'en faire partie ou d'en être l'objet.

Il songea aux volutes de sang diluées qui animeraient l'eau du bain. Y verrait-il une esthétique particulière ? Aurait-il assez de détachement pour s'interroger dessus, lui, le stoïcien, pour qui la mort était comprise dans la vie dont elle était la véritable finalité, et qu'il fallait rendre intelligible aux vivants ? Que redoutait-il le plus : la fuite de son existence par l'ouverture de sa chair tranchée, ou savoir qui il était vraiment ?

Il avait suffisamment vécu pour tout connaître de la pertinence des regrets et de l'impertinence des désirs. Il avait connu la liberté et l'exil, les deux espaces dans lesquels un homme se meut. Son choix délibéré était son solde de tout compte.

Il se montra néanmoins soucieux du regard de sa femme, elle était dans la pièce avec lui, mimant le consentement à la perfection. Devait-il la garder auprès de lui durant le supplice, ou l'écarter de sa vue ? C'était sans doute là sa dernière question philosophique.

Il perçut le malaise de ses esclaves qui avaient terminé les préparatifs et ne savaient pas vraiment comment l'annoncer au maître de maison. Il esquissa presque un sourire et leur facilita la tâche en s'avançant vers la cuve remplie d'eau chaude. Il allait d'abord quitter le sec pour l'humide, puis le solide pour l'éther.

Il se mit entièrement nu et se rendit compte qu'il ne toucherait plus personne. Ses derniers efforts musculaires, les dernières pressions exercées par ses doigts, seraient pour le bois de la cuve.

Allait-il regarder une dernière fois dans le blanc des yeux d'un vivant ? Allait-il prononcer des mots, qui avaient tant nourri sa vie, ou était-il déjà entré dans le silence ?

Il se rapprocha de la cuve, laissant la vapeur humecter son visage, comme première enveloppe de son linceul. Il souleva la jambe pour entrer dans l'eau, un pied sur la terre et l'autre dans le liquide qui épouserait son sang.

Il eut alors une pensée qu'il aurait voulu être la dernière. Il allait abandonner ce monde, mais il ne quittait pas l'Univers.

2

Début mars 1810, quelque part entre l'Italie et la France

Cette pluie ne cesserait-elle jamais de tomber ? Froide, pénétrante, rendue fouet par le vent, elle harcelait le convoi comme si elle voulait le dissoudre, en le soumettant à une mitraille liquide. L'environnement montagneux hostile était conforté dans son rejet des hommes, avançant comme une procession voûtée et douloureuse, soumis au mépris minéral, aux gesticulations fantomatiques des végétaux secoués. Le ciel plombé fermé à double tour ne laissait filtrer aucun doute sur l'insatiable appétit de la tempête.

Le capitaine Bertrand s'attendait à voir surgir à tout moment un torrent de montagne tonitruant qui les emporterait tous, abrégeant la souffrance des hommes et des bêtes. Il avait connu des expéditions périlleuses, des marches forcées jusqu'à épuisement, des missions piégées par le froid glacial ou la chaleur infernale, mais il ne lui avait jamais semblé être ainsi directement pris pour cible par la nature. Son cheval résigné, abruti, avançait au pas, ne cherchant plus à détecter les embuscades répétées des cailloux, indifférent à la rocaille qui lui raclait les sabots, donnant à son allure chaotique celle d'une monture en voie de désarticulation.

Ruminant par petites bouffées de vapeur, la cape trempée, Bertrand détestait sa mission en silence, il ne la comprenait pas. Un tel déplacement de chariots, de troupes, pour transporter des milliers de paniers de vieux papiers de Rome à Paris, lui semblait une débauche d'énergie inutile. Mais il n'était qu'une portion du vaste convoi, l'un des maillons d'une chaîne, et surtout, on ne discutait pas les ordres de l'Empereur, on ne songeait même pas à le faire.

Ils avaient quitté la plaine depuis longtemps, et les chemins escarpés sous ces trombes d'eau ralentissaient considérablement la progression, érodaient le courage des hommes, anesthésiaient leur volonté. Cet état de torpeur n'était pas acceptable pour un officier, et l'effroi du capitaine Bertrand n'en fut que plus violent lorsqu'il perçut un craquement doublé du chuintement lourd d'une masse qui se décrochait de l'étroit sentier, pour entamer une irréversible glissade vers le vide. La roue d'un chariot de son groupe venait de se rompre, déséquilibrant le véhicule et son contenu, qui basculèrent dans la boue, menacés d'être emportés par la pente abrupte, et engloutis par la brume laiteuse.

La colonne se figea, les hommes d'abord passifs, sans ordre reçu, que Bertrand devait formuler au plus vite. Il sauta de cheval pour constater les dégâts et les pertes, et ordonna aux fantassins les plus proches de tenter de sauver quelques paniers, une démarche à laquelle il n'accordait lui-même aucune pertinence, mais l'attention du fonctionnaire civil l'accompagnant s'était immédiatement et résolument portée sur lui. Napoléon n'aimait pas les hommes incapables de prendre des initiatives. Bertrand devait faire bonne figure, car son nom figurerait désormais dans un rapport, et l'époque voulait que les rapports soient lus.

Il aboya des encouragements sincères aux troupiers qui se démenaient, glissant à leur tour, ferraillant contre l'hostilité invisible de la gravité et la boue qui suçait pieds et jambes. D'autres hommes se résolurent à transférer sur des chariots intacts les paniers qui avaient échappé à la chute, tandis que le chariot vidé, pour faire de la place, était poussé dans l'abîme où des troncs d'arbres en aval se chargèrent de le disloquer complètement.

Tout à son rôle de chef dérisoire, le capitaine Bertrand ne prêta pas attention à la berline plus confortable, rideaux fermés, pressant l'allure, dont il était difficile de savoir si elle faisait partie du convoi ou pas. Elle était escortée par un nombre impressionnant de hussards. Même les sapeurs qui s'attelaient à la tâche sur le lieu de l'accident furent à peine distraits, feignant d'ignorer aussi la mauvaise humeur du capitaine Bertrand.

3

Paris, de nos jours

« *Bonsoir jolie madame. Je suis venu vous dire bonsoir* »…

La station de radio qui remplaçait la sonnerie stridente du réveil de l'historien François Lapierre ne manquait pas d'humour ce mardi matin, en diffusant cette chanson de Charles Trenet qui fit sortir l'universitaire de son sommeil.

« Je ne réclame qu'un peu d'espoir »...

Cette situation l'amusa, il s'entendait presque parler à sa collègue slovène, une inconnue rencontrée la veille au soir dans ce cocktail de présentation de livre chez son éditeur qui avait toujours pris soin de ses invités, leur laissant un total libre arbitre dans la consommation du champagne dont il était un véritable amateur, très laxiste dans la distribution des bouteilles à ces occasions.

Décidément, François, la langue pâteuse, dut bien constater que son libre arbitre lui avait une fois encore joué des tours, et que sa maladresse avait été loin de faire honneur à la blondeur éclatante de l'historienne exotique.

Le café étant prioritaire, et ses cours ne débutant qu'à 10 heures à la faculté des lettres de la Sorbonne, il calcula le nombre de tasses à préparer dans le temps qui lui était imparti, et le percolateur lancé, il ouvrit les rideaux de son salon en admirant la vue splendide sur Paris qui s'offrait à lui. Son appartement, situé en hauteur, place Vauban, donnait directement sur les Invalides, qu'il saluait chaque matin, comme un rite salvateur destiné à l'épargner le plus possible des aléas de la vie.

Cet appartement était un héritage. Il avait beau être un historien de renom, la catégorie sociale dont il faisait partie avait progressivement quitté le centre de la capitale pour la périphérie, au rythme des érosions régulières du pouvoir d'achat des enseignants universitaires. Cette catégorie étant minoritaire, et réputée aisée sur le plan financier aux yeux de l'opinion publique, elle n'avait aucune chance de susciter l'intérêt d'un parti politique, même le plus démagogique.

Après sa toilette, laissant derrière lui le désordre d'un célibataire de quarante-trois ans, François s'installa devant son ordinateur, le café fumant à portée de main, pour partir à la découverte des ultimes *breaking news*, de ses courriels et de l'activité de ses réseaux sociaux.

Il débuta par ses courriels, dont le traitement répondait lui aussi à un rituel bien établi. Il éliminait sans les lire les annonces de toutes sortes et autres spams, puis ouvrait tous ceux qui restaient, en répondant rapidement à ceux qui n'attendaient qu'une ligne de sa part, et en laissant pour plus tard ceux qui exigeaient un peu de concentration, les plus importants. Il faisait partie de cette catégorie d'utilisateurs qui répondaient *en retard* à ses courriels les plus importants, c'est-à-dire avec un délai dépassant au moins vingt-quatre heures, mais en nostalgique de la lettre, de l'enveloppe et du timbre, il estimait que ce délai d'attente était le propre de toute correspondance digne de ce nom, un argument qui constituait en réalité une excuse à sa paresse en la matière.

Un courriel attira néanmoins son attention, il datait du jour à 2 heures du matin, il émanait d'une adresse nationale italienne ou « it », mais surtout, son intitulé intriguait : « Message urgent pour Monsieur le Professeur François Lapierre ». Qui, en dehors des échanges purement institutionnels, lui donnait encore du « Monsieur le Professeur » ? En général, y compris de la part des étudiants, c'était un vague « Bonjour » pour débuter et un flou « Bien à vous » pour terminer. Mais un « Monsieur le Professeur », cela méritait un brin d'intérêt supplémentaire. Il ouvrit le courriel, il était bref : « Monsieur le Professeur, je vous prie de bien vouloir m'excuser pour vous aborder ainsi de façon aussi cavalière » – *cavalière !* Il y avait encore des gens pour utiliser ce terme, c'était magnifique – « mais je suis à Paris seulement pour quelques jours, et je me permets de solliciter un rendez-vous, afin de vous soumettre une requête très importante. Votre heure sera bien entendu la mienne ». Et c'était signé Laura Zante.

Nul doute que cette personne, dont il ne connaissait pas l'existence, venait d'éveiller sa curiosité. Un *curriculum vitae* en format PDF était attaché au courriel. Il l'ouvrit pour découvrir une série d'informations professionnelles la concernant. Il nota l'absence de photo. Il s'agissait d'une chercheuse italienne de trente et un ans, d'origine sicilienne, docteur en histoire de l'université de Palerme, avec une belle production scientifique sur des thématiques liées à l'histoire des représentations et des mentalités. Une littéraire donc. Elle avait manifestement un petit faible pour le XVIIIe siècle. Très bien. Sinon, elle galérait, comme tous les chercheurs italiens de sa génération, ballotés entre bourses de recherche et séjours à l'étranger, avec l'obligatoire pèlerinage à Paris pour ceux, de moins en moins nombreux, qui parlaient le français. Un parcours sans faute, qui autrefois lui aurait fait décrocher la lune, mais qui aujourd'hui se prolongeait par une errance professionnelle chaotique. Sa démarche, pour solliciter ainsi un rendez-vous dans l'urgence, tenait sans doute de cette situation. Mais l'humeur de François était bonne ce matin, et il décida de la prendre au mot concernant sa disponibilité. Il vérifia dans son agenda, il pouvait la caser aujourd'hui à 16 heures, juste avant un cours. François entama une réponse rapide :

Madame Zante,
Votre courriel m'est bien parvenu.
Compte tenu de la situation d'urgence que vous évoquez, je peux vous recevoir aujourd'hui à 16 heures dans mon bureau à la Sorbonne.

Il cliqua sur « Envoi », et n'attendit pas dix secondes pour recevoir la réponse :

Merci infiniment, Professeur Lapierre, je serai là au rendez-vous.

Elle était manifestement au taquet.

François commençait à être pressé par le temps, mais il ne résista pas à l'envie d'initier de brèves recherches sur Google concernant l'historienne Laura Zante. Des actes de colloques, des couvertures de livres, des horaires de répétitions dans des institutions universitaires, des articles en libre accès, aucune photo d'elle. Curieux. Il passa sur Facebook, et là encore, rien. Il y avait d'autres Laura Zante, l'une coiffeuse à Honolulu, l'autre ornithologue en Nouvelle-Zélande, l'autre encore jeune adolescente de Québec, productrice de *selfies* à la chaîne, mais pas de profil d'une historienne sicilienne. Étrange.

Un regard sur l'heure le ramena à sa réalité, il éteignit son ordinateur, rassembla ses affaires et quitta son appartement pour rejoindre la Sorbonne en transports en commun, en oubliant d'éteindre le percolateur.

4

Il était 16 heures pile. La sonnette de la porte du bureau du professeur Lapierre retentit. François patienta quelques instants avant d'inviter la personne à entrer, se préparant à mimer l'allure de l'enseignant débordé. Mais lorsque la porte s'ouvrit, il eut instantanément le sentiment, erroné, de perdre sa contenance. L'apparition de la jeune chercheuse italienne lui provoqua une véritable décharge électrique. Elle était tout simplement splendide, d'une féminité naturelle à couper le souffle, qu'elle ne cherchait pas à exalter – c'était inutile, et elle le savait forcément. Elle était vêtue d'un jean et d'un chemisier blanc, le visage savamment maquillé.

— Asseyez-vous, madame, je vous en prie, dit François, en pensant spontanément qu'une telle beauté ne pouvait être célibataire.

Et il se demanda d'emblée comment il était possible qu'elle soit historienne, réflexe machiste d'un vieux garçon, rat de colloques universitaires.

Faisant preuve d'amabilité, il lui proposa une boisson, qu'elle refusa tout autant par politesse, se doutant qu'il n'évoluait pas dans un environnement où il pouvait presser sur un bouton pour formuler une demande de cette nature et se faire servir par une secrétaire toute dévouée.

— Merci infiniment, professeur, de me recevoir ainsi si rapidement, je vous imagine particulièrement occupé. Mais sachez que c'est un véritable honneur pour moi de vous rencontrer, dit-elle avec le sérieux de circonstance.

François buvait du petit lait, même s'il se doutait que le compliment était formel avant d'être peut-être sincère. Il trouva néanmoins ses mots.

— Pas de souci, votre brillant CV plaidait pour vous, et je connais bien un des lecteurs de votre thèse, dit-il avec une certaine condescendance.

— Ah oui ?

— Le professeur Buglione. Nous avons écumé quelques congrès ensemble, se remémora François.

Laura fit l'effort de ne pas se rembrunir, se souvenant que le professeur Buglione l'avait draguée comme un malade lors du pot de thèse qu'elle avait offert à l'assistance après sa soutenance. La promesse de sa part de l'aider à publier sa thèse chez un éditeur renommé s'était évanouie instantanément quand elle lui avait tourné les talons.

Laura ne laissa pas le silence s'installer.

— Je sais que votre temps est compté, professeur, et j'étais très laconique dans mon courriel. Permettez-moi de vous expliquer les motifs de ma sollicitation.

François nota que son français était impeccable, sans cet accent qui fait le charme des intellectuels italiens, mais qui brouille l'oreille à l'heure d'écouter une communication savante après un déjeuner. Il s'autorisa aussi un constat malheureux : il était évident que cette femme était inaccessible, et qu'il devait renoncer d'emblée à dépenser son énergie dans une entreprise de séduction vouée à l'échec. Il décida que cet entretien allait comporter sa part de calvaire.

— Bien, dites-moi ce qui vous amène et ce que je peux faire pour vous, souffla François, résigné.

Au demeurant, il énonçait systématiquement cette formule rituelle qu'il savait teintée de paternalisme devant toute personne qui le sollicitait dans son bureau.

— Voilà, s'avança Laura, cela concerne un document historique un peu particulier, que j'ai découvert récemment. Ce document est constitué d'un texte en latin classique et d'une traduction française qui date du début du XIXe siècle. Il s'agit d'un document très singulier et s'il est authentique, il pourrait constituer une découverte majeure.

François fut soulagé de constater que l'historien reprenait le dessus sur l'homme, sa curiosité intellectuelle était piquée. Il ne s'agissait pas d'une demande de bourse, d'une lettre de recommandation ou de son indispensable contribution à un réseau international de chercheurs bien sûr complètement novateur, qui sans nul doute drainerait de confortables subsides européens au terme d'une montagne de démarches administratives et de coups de pouce aux bons endroits dans les arcanes des lobbies bruxellois.

— S'il est authentique, dites-vous… Vous n'avez pas encore pu le déterminer ?

— Précisément, professeur, vos lumières me seraient très utiles en la matière, vous êtes un spécialiste de la critique des sources et…

François l'interrompit.

— Mais vous êtes docteur en histoire, je ne vois pas ce que je pourrais vous apprendre en la matière. C'est le b.a.-ba du métier.

Laura hésitait.

— C'est que, professeur, voyez-vous, si ce document est authentique, alors il défie la raison. Et je crois qu'il l'est, mais j'ai besoin de l'avis impartial d'un historien qui possède une grande expérience. Vous êtes d'ailleurs la seule personne à qui je me confie.

François était de plus en plus intrigué. Si Laura voulait retenir son attention, elle était en train de marquer des points.

— Un document qui défie la raison ? Là, je ne vous suis plus, madame Zante.

Laura, qui trouvait le moment incongru pour lui préciser qu'elle était demoiselle, se demanda jusqu'où elle pourrait aller avec lui sans qu'il prenne ses jambes à son cou.

— Écoutez, dit Laura sur un ton plus affirmé, son contenu est une révélation tellement extraordinaire, à l'échelle de l'humanité, que le premier réflexe est de se détourner de ce document impensable, de le rejeter, de refuser son existence même. Je sais qu'il faut rester froid et rationnel devant les sources, mais celle-ci est hors catégorie.

François voulait sincèrement en savoir plus.

— Vous avez ce document avec vous ?

— Non, mais j'ai une copie. Et je crois que le mieux, si vous le permettez, c'est de vous confier cette reproduction pour que vous vous fassiez une idée par vous-même.

Elle venait de trouver une porte de sortie acceptable et François le comprit ainsi.

— Bon, d'accord, confiez-moi votre copie, je vais me pencher là-dessus.

— Merci infiniment, professeur, fit Laura, soulagée. Je reste à Paris jusqu'à vendredi, je sais que c'est un délai très court et que j'en demande beaucoup, mais si nous pouvions nous revoir d'ici là, j'en serais heureuse, et je pense que ce document va retenir votre attention.

François, détendant l'atmosphère, l'invita à lui communiquer la copie de cette fameuse source sans s'inquiéter. Elle était jeune, elle s'enflammait pour une trouvaille, et il allait la ramener sur terre, c'était classique, c'était son rôle. Laura s'exécuta et lui tendit une farde rouge peu épaisse.

— Merci infiniment, professeur, dit-elle en se levant spontanément et en lui tendant la main. J'attendrai que vous me contactiez. Voici mes coordonnées à Paris.

Il constata qu'elle ne lui confiait pas son numéro de portable. C'était mauvais signe.

En se préparant à quitter la pièce, Laura ne put s'empêcher de songer au trouble qu'elle avait provoqué chez le professeur Lapierre, et qui n'était pas exclusivement professionnel. Elle se doutait, s'il ne l'avait pas déjà fait, qu'il s'empresserait d'écumer Facebook pour trouver son profil. Ils le faisaient tous. Mais elle n'y était pas inscrite, pour éviter de passer son temps à rejeter des demandes d'amitié plus incongrues les unes que les autres.

— Au revoir, professeur Lapierre, bonne fin de journée.

— Bonne fin de journée, madame Zante.

Seul dans son bureau, François se remit de cette rencontre bizarre. Il décida de ne pas consulter pour l'instant la farde rouge, il le ferait le soir, chez lui, au calme. Il avait à présent quelques dossiers urgents à régler, et un cours à donner sur la donation de Constantin et Lorenzo Valla. Était-ce de bon augure ? songea-t-il en souriant.

Après son rendez-vous, Laura rentra directement à son hôtel, à deux pas de là, le Mercure, rue de la Sorbonne. Elle sauterait le dîner et se contenterait de thé, avant une soirée de travail dans sa chambre. Marchant à un rythme soutenu, et préoccupée de ne pas avoir tout avoué au professeur Lapierre, elle ne remarqua pas l'homme qui la suivait du regard dans la rue.

5

Le ciel de Paris était particulièrement dégagé, les étoiles scintillaient dans un ciel solidaire des lumières nocturnes de la métropole. Assis à son bureau chez lui, François contempla pendant un instant ce paysage urbain et céleste, avant de se plonger, l'esprit dégagé des obligations de la journée, dans la farde rouge de Laura Zante.

Son appartement était baigné par la musique du XVIe siècle offerte par L'Arpeggiata de Christina Pluhar et la voix sublime du contre-ténor Philippe Jaroussky. Combien de pages n'avait-il pas écrites sous les accents ancestraux des instruments sans âge et des mélodies fluides ?

Il entama un premier balayage de la source. Le texte en latin et sa traduction française pouvaient être disposés côte à côte, ce qui facilitait la comparaison entre les versions. Il s'agissait d'un long texte sur papyrus. Son destinataire s'appelait Lucilius. Sans hésitation, François attribua la lettre à Sénèque. Si le document était authentique, avant même qu'il ne se pose la question de son contenu, c'était en effet une belle trouvaille, et il se demanda d'emblée comment Laura Zante avait pu mettre la main sur l'original. Il verrait cela avec elle et nota sa question sur son carnet.

Sénèque le Jeune, philosophe stoïcien, homme politique et tragédien romain, était un personnage fascinant. On ignorait sa date de naissance, entre 4 av. J.-C. et 1 après Jésus-Christ, son parfait contemporain en âge. Il était né en Bétique, l'actuelle Andalousie, et il rejoignit Rome pour parfaire son éducation. Il séjourna en Égypte pour raison de santé vers l'âge de vingt ans et revint à Rome en 31 pour entamer sa carrière. Il avait donc passé une dizaine d'années dans une Égypte florissante d'un point de vue intellectuel et philosophique, où les courants de pensée dans la lumière de la Méditerranée convergeaient et se croisaient. Sans savoir pourquoi, François songea à la fresque de Giotto illustrant la fuite en Égypte de la famille de Jésus pour échapper à Hérode. Certains auteurs prétendaient aussi que Jésus, jeune adulte, avait achevé sa formation en Égypte avant d'entamer son ministère.

François revint à Sénèque, en se disant qu'il devait se concentrer davantage sur la question qu'il traitait et cesser d'être distrait.

Conseiller à la cour de l'empereur Caligula, Sénèque fut victime de manœuvres hostiles et dut s'éloigner de Rome. Il s'installa en Corse durant plusieurs années. Il revint à Rome en 49 et fut choisi pour être le précepteur de Néron, un des empereurs les plus fameux dans l'imaginaire occidental, stigmatisé pour sa cruauté dans toute la culture chrétienne. Sénèque devint la plume et le conseiller politique de Néron. Sénèque était très riche, sa fortune a été évaluée à trois cents millions de sesterces, une somme absolument faramineuse à l'époque, qui suscita jalousie et convoitise.

Mais Sénèque fut avant tout un des plus brillants auteurs de l'Antiquité. Il a laissé de nombreuses œuvres, notamment les traités *De la brièveté de la vie* ou *De la vie heureuse*. Ses tragédies, considérées comme des chefs-d'œuvre, ont influencé le théâtre occidental jusqu'à l'âge classique au XVIIe siècle. Il savait mettre en scène les ressorts de l'âme humaine.

L'étoile de Sénèque pâlit à partir de 62 : il était la cible des intrigants gravitant autour de Néron, qui prit ombrage du philosophe et le contraignit au suicide en 65, selon la version retenue par l'historiographie généralement acceptée.

Ce texte faisait partie *a priori* des *Lettres à Lucilius*, au nombre de 124 connues, une œuvre épistolaire parmi les plus fameuses de Sénèque, fruit d'une riche correspondance avec un contemporain plus jeune, et produite entre 63 et 64, à la fin de la vie du philosophe stoïcien.

Sans se plonger encore dans la lecture du document reproduit par Laura Zante, François examina l'aspect externe de sa traduction française. L'écriture, le style étaient bien ceux de la fin du XVIIIe siècle ou du commencement du XIXe siècle. Au début de la traduction, François put récolter la première information intéressante d'un point de vue critique. Le traducteur avait pris soin de dater sa traduction : 1810. François releva la tête vers les Invalides, happé par la vue de Paris, et il sourit : 1810 ! L'apogée de l'Empire napoléonien en Europe. Voilà qui était singulier, mais qui compliquait l'affaire. Quel lien pouvait-il y avoir entre un document de cette nature et un traducteur français de cette époque ?

Il ajouta ce point sur son carnet.

Revenant au document original en latin, il songea qu'il lui faudrait rechercher dans les lettres connues de Sénèque à Lucilius si celle révélée par Laura Zante s'y trouvait déjà. Dans ce cas, le dossier était clos. Il ne possédait pas d'édition de ces lettres, mais Internet était en ces circonstances d'un grand secours, et il trouva sans difficulté une version complète en PDF de cette édition, qu'il téléchargea sur son ordinateur pour travailler plus confortablement. Il parcourut les lettres – long et fastidieux travail – pour constater en fin de compte que le document de Laura Zante n'y figurait pas. Cette fois, François fut certain que sa mission de décevoir l'enthousiasme d'une jeune chercheuse n'avait pas lieu d'être, sous réserve d'authenticité du document. Elle avait réellement trouvé une source exceptionnelle. Il était sincèrement content pour elle. Il se savait facétieux dans sa vie d'homme, mais en tant qu'historien, l'idée que cette fille travailleuse pourrait en tirer profit pour sa carrière lui fit du bien. Il était désormais décidé à lui donner un coup de main dans ce sens.

Il considérait qu'il n'avait néanmoins pas achevé la critique externe de cette source, c'est-à-dire sa provenance, et la question de savoir si le document provenait bien d'où il prétendait provenir, si Sénèque était bien l'auteur de ce texte. Bien des questions restaient en suspens, mais il considéra que s'imposait immédiatement un examen préliminaire du contenu, de l'ordre de la critique interne, qui établirait la crédibilité ou non du document.

Avant de se plonger dans une lecture attentive, il s'offrit une pause et se dirigea vers le frigo pour boire une longue rasade de San Pellegrino, dont le pétillement légèrement salé lui rafraîchit la gorge. Il croqua dans un morceau de saucisse sèche qui traînait, eut subitement envie d'un plat de spaghettis, mais il arriva à contenir sa gourmandise. Il lui fallait faire des efforts, à l'âge où les kilos pris commencent à être pires que des tiques sur un mollet. L'argument puissant qui le motivait n'était pas vraiment sa santé, mais sa capacité à séduire des femmes. Cela dit, il avait constaté que la fréquence des victoires des spaghettis sur le désir augmentait, et il se disait chaque fois qu'il apprenait ainsi à appréhender cette forme de sagesse qui consiste à affiner la définition de son propre vieillissement.

De retour à son bureau, il se mit à lire soigneusement la traduction française de la lettre de Sénèque. Au fil de sa lecture, François passa de l'étonnement à la consternation. Il s'interrompit plusieurs fois, se leva, revint s'asseoir, la tête lui tournait. Il arrive que ce qu'on lit frappe, au sens propre du terme, secoue le cerveau, cogne le cœur, par exemple les lettres de rupture amoureuse. Tout le corps témoigne alors du choc, la raison s'oppose en vain, le sentiment d'une anomalie énorme qui s'infiltre en soi bouleverse l'esprit, le paralyse, et le refus devient refuge.

François était complètement ébranlé par cette lecture, en sachant que cette première émotion vive n'était que le prélude d'un tremblement plus profond quand il prendrait vraiment conscience des implications contenues dans ces lignes d'un texte vieux de deux mille ans. Il voulut pratiquement se raccrocher à l'idée que le document était faux, que c'était une mascarade, une blague de potache, un *fake*, comme on disait aujourd'hui, et que tout rentrerait dans l'ordre, mais dans le cas contraire, rien ne rentrerait dans l'ordre.

François resta plongé dans cette lecture et dans les interrogations qui en découlaient. Il laissait errer son esprit dans les méandres des conséquences incalculables que la révélation de cette source allait déclencher, et ne se rendit pas compte que les notes de L'Arpeggiata avaient cessé de virevolter depuis longtemps.

Il ne vit pas s'éteindre une à une les étoiles du ciel, et les lumières de Paris.

6

À 7 h 30 ce mercredi-là, n'y tenant plus, il décrocha son téléphone et appela l'hôtel Mercure. Il demanda au réceptionniste de lui passer la chambre de Laura Zante. Après quelques sonneries, une voix passablement endormie lui répondit vaguement.

— Vous êtes réveillée ? C'est François Lapierre au téléphone, s'amusa l'historien.

— Maintenant oui, dit-elle en se redressant dans son lit et en passant une main dans sa chevelure désordonnée.

— Je suis désolé d'être si matinal, mais c'est important.

Ragaillardie, elle lui répondit du tac au tac.

— Si vous m'appelez aux aurores, c'est pour m'annoncer quelque chose, je suppose.

— C'est pour vous proposer quelque chose. Accepteriez-vous de déjeuner avec moi aujourd'hui ?

Elle voyait mal comment lui adresser un refus, même si elle connaissait l'autre réputation du professeur dans les milieux académiques, celle d'un grand amateur de femmes.

— C'est d'accord. On se retrouve où ?

— Extra, on pourra faire le point. Je vous invite au Bouillon Racine, 12 h 30. Ce n'est pas loin de votre hôtel.

— Je connais. C'est bien noté, à tout à l'heure.

Le professeur arriva au Bouillon Racine, brasserie qu'il aimait pour sa somptueuse décoration Art nouveau et la qualité de sa cuisine. Il franchit la porte avec un peu d'avance, ce qu'il faisait toujours quand il avait rendez-vous avec une femme, afin de s'accoutumer au lieu où il allait la recevoir et l'accueillir. Il s'installa bien sûr à l'étage, à une table jouxtant les fenêtres, qu'il avait pris soin de réserver, et maintint un œil vigilant sur l'allée menant à l'escalier. Il savoura cette attente de la voir surgir comme un petit plaisir innocent. Il ne l'attendit pas longtemps. Manifestement, sa ponctualité ou sa curiosité l'avait conduite à arriver plus tôt elle aussi. Lorsqu'elle le rejoignit, la jeune femme en jean de la veille portait une robe légère qui mettait particulièrement en valeur sa silhouette généreuse et ses jambes interminables, qui ne manquèrent pas d'attirer l'attention de tous les mâles présents, discrètement s'ils étaient eux-mêmes accompagnés. François se rendit compte une fois encore que c'était vraiment une jolie femme. Lorsqu'elle le rejoignit, ils se serrèrent la main. Elle s'assit sur sa chaise en fer forgé avec la légèreté d'une colombe qui s'envole.

Dans un tel lieu, un rendez-vous professionnel pouvait difficilement le rester entièrement, si la convivialité prenait le dessus, et en la matière, le professeur avait sans conteste du savoir-faire.

Après les politesses d'usage, François attaqua par une question évidente.

— Pourquoi vous adresser spécialement à moi ?

Laura ne fut pas du tout déstabilisée, elle s'attendait à cette question, et s'il ne l'avait pas posée la veille en ces termes, elle devait déjà lui brûler les lèvres et c'était, estimait-elle, parce qu'il manquait, de temps à autre, un brin de modestie au professeur Lapierre.

— Je vous l'ai dit hier spontanément, vous avez une excellente réputation, vous êtes un historien honnête et sérieux…

Mais la nuit avait fait augmenter les enchères d'un cran.

— Je ne suis pas le seul sur le marché. Il y a autre chose, dit-il en se demandant ce qu'il espérait le plus comme réponse.

Laura sut qu'elle devait y aller franco.

— D'accord, il y a une autre raison. Si ce document est un faux, en Italie, en m'adressant à des professeurs ou à des collègues scientifiques pour avoir leur avis, je suis grillée. Tout se sait là-bas. Et je porterai une marque d'infamie durant toute ma carrière. On est trop nombreux sur le marché, tout est utilisé pour faire le tri. En m'adressant à un étranger, dont j'espère la discrétion, je cours moins de risques.

François ne put s'empêcher de sourire, au fond plutôt flatté.

— Et vous êtes couverte par l'assurance François Lapierre si on se casse la figure ensemble.

— C'est à peu près ça, dit-elle avec ce sourire dont elle usait avec parcimonie et qu'elle savait parfaitement irrésistible.

— Et c'est quoi l'objectif final ?

François Lapierre balisait. Laura le savait.

— Publier bien sûr, avec l'apparat critique qu'il faut. Nous pourrions même signer un article scientifique ensemble !

— N'allons pas trop vite, dit François. D'abord, j'ai appris à me méfier des documents qui jaillissent comme des lapins d'un chapeau de magicien, même si je crois à la faculté de trouvaille du chercheur qui tombe par chance sur le bon document parmi mille. Mais il faut procéder par ordre, donc s'intéresser d'abord au cheminement du document, comment il nous est parvenu. Pour son contenu proprement ahurissant, on verra plus tard.

Satisfait de son bref exposé, il ne put manquer de relever une pointe de circonspection chez son interlocutrice, à moins qu'il ne s'agisse dans le chef de Laura de reconnaître où était le bon sens. En effet, elle s'était tue un instant, songeuse. Il ne laissa pas le silence s'installer, la pire des choses dans un premier tête-à-tête.

— Bon, d'abord, où se trouve ce document, l'original ?

C'est à ce moment-là que les entrées furent déposées devant les convives. Laura avait opté pour un ceviche de thon, tartare de courgette, poivron et quinoa, François s'était rabattu après quelques hésitations sur un tourteau crémeux à l'estragon, tomate jaune et riz croustillant, le tout arrosé d'un chablis premier cru Fourchaume Héritage. Ils entamèrent leur dégustation dans le silence qui convenait à la découverte des saveurs de leurs mets.

L'intimité reconstituée, la langue charmée, le vin reluisant déjà dans les yeux, François relança sa question.

— Où se trouve la source ?

— Chez moi, répondit simplement Laura après une gorgée de vin.

— Quoi ? s'étonna François, sincèrement surpris.

— Oui, chez moi, dit-elle avec une moue désarmante, en balançant légèrement son verre qu'elle semblait ne jamais vouloir lâcher.

Il sentit qu'elle reprenait le dessus, ce qui la rendait plus belle qu'une madone.

— Il se trouve dans ma maison de famille, à Palerme. C'est une ancienne maison victime du poids des ans et des crises économiques diverses et variées, mais avec de beaux restes. Elle est très grande et ingérable, elle ferait le malheur d'un Européen du Nord, mais on y vit heureux à l'heure des apéritifs sans fin et on y perd les *bambini* dans les couloirs. On y trouve de tout, y compris des archives historiques dans le grenier.

— Donnez-moi plus de détails, dit François, sincèrement intéressé, poursuivant l'assaut de son tourteau.

— Bien, c'était il y a deux mois. En fouillant dans le grenier, ce qui m'arrive une fois tous les dix ans, je suis tombée sur une malle contenant toutes sortes de documents écrits, et dans cette malle, un coffret a attiré mon attention. Je l'ai ouvert avec soin et j'ai mis la main sur le *volumen* romain miraculeusement conservé. C'est tout simple. Il faut que vous sachiez aussi que je suis issue d'une famille aristocratique sicilienne, ce qui ne veut plus rien dire aujourd'hui. Et, vous le savez sans doute, Lucilius fut gouverneur de Sicile…

François éprouva le besoin de faire le point.

— Donc – cela reste une hypothèse de départ – ce document de Sénèque le Jeune proviendrait de Lucilius en personne, qui aurait conservé cette lettre dans le plus grand secret. Elle aurait transité jusqu'à vous via les méandres de votre vaste famille d'origine aristocratique. Ce n'est pas impossible, quoique peu probable. Il y a surtout cette traduction française accompagnant la lettre en latin classique, et surtout la note du traducteur dont la signature est illisible. Je l'ai transcrite dans mon carnet : « Traduction en tout point conforme à l'original. Fait à Paris en mars 1810 et transmis à Napoléon, Empereur des Français. » Ce court passage est très précieux, mais très insuffisant pour comprendre la situation. Je pense que cette note du traducteur est authentique ; l'écriture, le style, la langue, sans doute l'encre, le suggèrent, mais sur une photocopie, je ne peux le confirmer. Le masculin de « transmis » est *de facto* un pluriel, et semble indiquer que la traduction fut transmise à Napoléon, mais aussi l'original, mot masculin. Une transmission à Napoléon, non pas à un de ses ministres ou à un de ses intermédiaires, ce qui indique sa valeur et son importance, du moins aux yeux de Napoléon. Remarquez que le traducteur est parfait dans son rôle et ne fait pas de commentaire sur le contenu, il signe, mais sans se mettre en avant, puisque la signature est illisible. Comme sa discrétion manifeste, son érudition est certaine, je l'ai constaté la nuit dernière, c'était une pointure dans son domaine. Si je reste cohérent avec notre hypothèse de départ, la lettre serait, à un moment donné, sortie de votre lignée sicilienne, pour y revenir ensuite bien gentiment après être passée dans les mains de Napoléon en personne. Je n'y crois pas.

La conversation avait pris une tournure exclusivement professionnelle, Laura comprit qu'elle avait choisi le bon interlocuteur, touchant quand il cessait de jouer au séducteur passif. Elle se concentra de nouveau sur la question en jeu.

— À dire vrai, moi non plus, je n'y crois pas, avoua Laura. Donc l'hypothèse de la transmission par la voie familiale directe s'effondre, mais partiellement, puisque j'ai retrouvé ce document dans des papiers de famille !

François ne put qu'acquiescer.

— C'est le premier nœud du problème. Vous avez établi l'arbre généalogique de votre famille ?

— En partie, j'ai surtout tenté de savoir si un membre de ma famille avait eu quelque chose à voir avec le régime napoléonien.

— Et ?

Le serveur arriva avec les plats de résistance. L'attention de François fut immédiatement détournée vers la belle prestance de son épaule d'agneau de l'Aveyron des frères Greffeuille, tombée de pousses d'épinard. Il ne remarqua pas Laura, frustrée de sa révélation. Mais le fumet de son filet de canette, compotée d'oignons et pêches de vigne lui rendit l'esquisse d'un sourire.

La commande d'une nouvelle bouteille de vin s'imposait, la première était vide, et la canette de Laura réclamait à juste titre un bourgueil Grand-Mont 2012 Domaine de la Chevalerie.

Laura attendit de faire un sort avec gourmandise à deux bouchées de son plat avant de reprendre la conversation, alors que François se montrait vorace face à l'agneau.

— Non, je n'ai trouvé aucune piste allant dans ce sens.

François, un instant dubitatif, distrait par le beau rouge coulant dans son verre, reprit sur un ton professionnel.

— Il y a un autre problème majeur en matière de critique externe. Il manque un passage à la fin du récit, et tant qu'on n'a pas toute la source, on n'est pas sûr du sens de la source.

Laura s'attendait évidemment à ce que Lapierre soulève ce problème de taille.

— Je suis d'accord, il manque sans doute ce que nous pourrions appeler entre nous la dernière page, puisque le document s'achève par « je dois à la vérité que », la suite se trouvant sur cette page que nous n'avons pas, mais cette lacune ne peut pas mettre en péril l'ensemble des données fantastiques que nous récoltons dans cette confession de Sénèque. D'autant que le début de la phrase est en fait « Pour conclure, je dois à la vérité que ».

— Je suis bien d'accord avec vous, dit François, prenant en considération cet argument. C'est néanmoins fâcheux. Cette dernière page ne serait-elle pas restée quelque part chez vous ?

— Je peux encore vérifier, mais je suis persuadée que non. C'est un *volumen*, on ne retire pas de page à proprement parler, affirma Laura.

La conversation continua de rouler sur ce point, les assiettes furent bientôt vides, et le niveau de la bouteille baissait inexorablement. Une douce torpeur s'installait, nourrie par la belle luminosité d'un début d'après-midi parisien clément.

Tout à coup songeuse, alors que François l'écoutait avec une attention relâchée, Laura cessa de parler au moment même où ils réceptionnèrent leurs desserts. François n'avait pas pu résister à l'appel du classique mi-cuit au chocolat noir et praliné, tandis que Laura avait été séduite par les promesses du financier aux éclats de marrons et ganache au chocolat noir.

Laura reprit la conversation, elle franchissait une limite, elle le sentait, c'était la vie.

— Vous savez, je pense que vous devriez venir à Palerme voir l'original et le lieu de sa découverte, point de départ logique à toute réflexion critique.

« Point de départ logique », l'expression fit sourire François qui s'entendit dire :

— C'est sans doute la voie du bon sens.

« La voie du bon sens », l'expression fit sourire Laura à son tour, qui enchaîna.

— Écoutez. Nous sommes mercredi, je repars vendredi en Sicile. Pourquoi ne pas venir avec moi pour y passer le week-end ?

Elle s'était jetée à l'eau. Les choses s'accéléraient singulièrement. François pensait à toute vitesse, un type d'activité cérébrale dans lequel il n'était pas le plus mauvais. Homme instinctif, il entrevit immédiatement une opportunité qui se présentait à lui, sans pouvoir encore en définir la nature intellectuelle ou sensuelle, ou les deux. Il garda son calme.

— On se connaît depuis moins de vingt-quatre heures, et vous voulez me présenter à votre famille trois jours plus tard ? Vous êtes une rapide, vous, ne put s'empêcher de dire François, goguenard.

Laura joua le jeu.

— Il ne faut pas que le vin échauffe vos sens, professeur, mais c'est à peu près ça.

François décida de relever le défi et de pouvoir ainsi profiter de la présence magnétique de Laura, tout en découvrant ce document déconcertant, et dans un lieu magnifique. Il n'avait jamais rejeté un cadeau de l'existence, même s'il savait que c'était la définition même de l'aveuglement.

— Bon, je suis pris demain et vendredi par des activités académiques, mais dès samedi et jusqu'à mercredi prochain, je peux abandonner Paris.

— Bien, c'est parfait, répondit Laura avec satisfaction. Vous trouvez *illico presto* un billet d'avion, je viens vous chercher samedi à l'aéroport de Palerme, et on travaille chez moi jusqu'en début de semaine prochaine. Et en prime, vous goûterez à la cuisine de la *mamma*.

C'est sur cet argument massue qu'ils scellèrent leur accord. Laura relança.

— Demain, j'ai rendez-vous avec André Vaillant, le directeur de la Fondation Napoléon, je l'ai connu lors d'un colloque à Sorrente sur Napoléon et l'Europe. Il était plutôt entreprenant, mais il faut dire à sa décharge que le lieu s'y prêtait. Nous avons gardé de bons contacts…

François n'avait pas besoin de faire preuve d'imagination pour concevoir la scène.

— Je l'invite à déjeuner, je creuserai discrètement le volet napoléonien de cette affaire.

Elle vit une ombre passer sur le visage de François à l'annonce de cette invitation. Il connaissait le directeur, ils avaient été courtoisement rivaux plus d'une fois à l'heure de la pause-café dans les sessions de colloques, comme s'en étaient sans doute rendu compte quelques doctorantes. Laura vint à sa rescousse.

— Paniquez pas, votre tour viendra, à Palerme déjà, si les assauts culinaires de la *mamma* ne vous tuent pas…

Ils ne remarquèrent à aucun moment de leur tête-à-tête, leur tournant le dos, l'homme seul assis à quelques tables, celui qui avait suivi Laura dans la rue la veille, qui maintenant photographiait son plat – quoi de plus banal de nos jours ? – et faisait un *selfie*, prenant discrètement soin de les intégrer tous les deux dans le cadre de sa prise de vue. Il forma un numéro, expédia la photo à 1 100 kilomètres de là, reçue instantanément par un homme dans son bureau austère, qui téléphona immédiatement à un correspondant dont il connaissait le numéro par cœur.

— *Pronto.*

— Laura Zante a franchi la limite, il est temps d'agir avec discrétion.

Le prélat interrompit le bref échange sans attendre de réponse, et se plongea dans la prière, dans le plus grand silence.

À Paris, tout dévoués à la clôture joyeuse et prometteuse de leur premier déjeuner ensemble, François et Laura ignoraient que leur vie venait de basculer en moins d'une minute.

7

Alors qu'elle prenait son petit déjeuner dans la salle du buffet de son hôtel en ce jeudi matin pluvieux, Laura reçut un texto du directeur de la Fondation Napoléon :

Désolé, contretemps, je ne peux déjeuner avec vous, profondément navré, mais venez à mon bureau à 11 heures pour un bref entretien si O.K. pour vous.

Laura éprouva une curieuse pointe de soulagement, mais elle comprit aussi qu'elle ne disposerait que de peu de temps avec lui. Elle répondit tout de suite :

Pas de souci, serai là à 11 heures, merci infiniment.

Il était 9 heures. Elle remonta dans sa chambre pour achever de préparer son entretien. Elle envoya un courriel chez elle à Palerme pour expliquer la situation et annoncer l'arrivée samedi du professeur Lapierre qui séjournerait quelques jours avec eux. Elle s'amusa de la réaction maternelle à la lecture de son courriel. Ce serait l'affolement général dans le cerveau de la *mamma* pour savoir comment accueillir et nourrir dignement un *professore*. Une tornade blanche allait passer dans l'une des chambres d'amis, on mobiliserait des petites mains de toutes sortes, on allait jaser tard et faire des suppositions tout aussi débridées, et Laura sut qu'elle devrait affronter maintes allusions sur les immenses qualités de cet invité et sur son statut de femme célibataire à son âge, qui faisait d'elle un anachronisme vivant. Laura avait l'habitude des conseils en tout genre, et sa mère avait déjà épuisé la liste de tous les hommes bien nés de Palerme à lui suggérer en mariage, même si ceux-ci n'avaient pas attendu d'y figurer pour tourner autour de l'inaccessible historienne comme des chiens affamés.

Elle s'habilla sobrement pour ne pas relancer les souvenirs de Sorrente dans la tête de l'érudit napoléonien, et se mit en route pour être à l'heure à son rendez-vous. Elle irait à pied, pour déguster les rues de Paris, en dépit de l'affolement perpétuel qui leur donnait leur rythme de vie. Elle aurait même peut-être le temps de s'arrêter devant l'une ou l'autre boutique, et de fouiner rapidement chez quelques bouquinistes.

Comme toujours, elle arriva pile à l'heure du rendez-vous, et fut reçue avec un sourire doctoral par le directeur. Après un échange de banalités qui permit à ce dernier de la reluquer sous tous les angles – le prix à payer –, Laura s'arrangea pour que l'entretien débute enfin. Le directeur semblant reprendre ses esprits, elle attaqua.

— Monsieur le directeur, en quoi Napoléon pouvait-il être intéressé par des archives anciennes, en latin, au point de vouloir les faire traduire ?

Le directeur n'avait en réalité pas tout à fait repris ses esprits. Amusé, il se montra taquin.

— C'est une énigme ? Un jeu pour une revue de vulgarisation ?

Le virage était serré pour Laura, elle devait être plus claire sans tout dévoiler, et compter sur un directeur compréhensif. Elle ne tarda pas à constater que c'était en fait le cas, l'homme était fin d'esprit. Au fond, se dit Laura, elle avait de la chance de naviguer dans des eaux où le pourcentage d'hommes lourds et abrutis était moindre que dans d'autres milieux.

— Pas exactement, mais c'est difficile pour moi d'en dire plus dans l'état actuel des choses.

— Je vois… Vous avez fait une trouvaille et vous voulez faire sensation ! C'est de bonne guerre. Bon, aussi vague soit-elle, votre question m'évoque néanmoins un fait historique fascinant.

Laura mit son attention en alerte, ce que le directeur ne manqua pas de relever.

— Vous voulez que j'évoque cet épisode méconnu ? demanda-t-il, satisfait du climat créé dans lequel il savait qu'il allait briller face à une splendide interlocutrice.

— Oui, bien sûr, dit-elle en assurant son confort pour la prise de notes.

— Bien. En février 1810, Napoléon est au faîte de sa puissance, il domine une grande partie de l'Europe, y compris Rome. Il ordonne le rapatriement des archives secrètes du Vatican, du Saint-Siège à l'époque. La machine impériale s'ébranle. Peu de temps après, plusieurs convois de chariots chargés de milliers de paniers contenant les archives quittèrent Rome pour Paris. Nous étions en hiver, il fallait traverser les

Alpes, vous pouvez imaginer les conditions de transport de l'époque. Des accidents eurent lieu, des chariots renversés, des pertes de chargement, mais l'essentiel des archives parvinrent à Paris et furent entreposées à l'hôtel de Soubise, et là, les archivistes de l'Empire les répertorièrent pour les classer et prévoir leur regroupement dans les futures Archives centrales de l'Empire conçues par Napoléon. Ces archivistes ont d'ailleurs fait un excellent travail.

— Effectivement, les documents en latin devaient foisonner, s'entendit dire Laura.

Une banalité qu'elle regretta d'emblée.

— Mais ce n'est pas tout, et là, je me rapproche peut-être de votre mystérieuse trouvaille, dit-il, satisfait de démontrer sa subtilité historienne. Il se trouve que des documents issus de ces archives ont voyagé séparément et discrètement, mieux protégés, car particulièrement sensibles… Les archives les plus secrètes des archives secrètes en somme… Leur destination n'était pas l'hôtel de Soubise, non, elles furent transmises directement au ministre des Cultes de Napoléon, Bigot de Préameneu ! Drôle de nom pour un ministre des Cultes, soit dit en passant, c'est peut-être à ça qu'il devait sa nomination. Napoléon était un homme plein d'humour, vous savez.

L'historienne ne tint pas compte de sa digression, car tous ses clignotants étaient au rouge. Intuitive par nature et par profession, elle savait que l'on touchait maintenant à un point sensible qui allait la concerner directement.

Le directeur se sentait le maître du monde en reprenant son récit, rassuré sur son pouvoir de séduction intellectuelle.

— Je n'ai pas sous la main la liste des documents saisis lors de ce transfert particulier, mais s'y trouvait la bulle d'excommunication contre Napoléon, précisa le directeur qui ne put s'empêcher de sourire. Il y avait aussi le *Liber Diurnus*, recueil d'écrits de l'administration pontificale romaine. De quoi faire pression sur le Saint-Siège, voyez-vous. Mais encore des documents du procès des Templiers, des archives du Saint-Office, la fameuse Inquisition, et surtout, c'est la cerise sur le gâteau, les papiers du procès de Galilée… en latin bien entendu.

— Le procès de Galilée ? s'entendit dire Laura.

— Oui, ma chère *(Il pouvait se permettre, jugea-t-il, cette familiarité.)*, et savez-vous pourquoi ? Parce que Napoléon n'était pas qu'un homme de guerre, mais aussi un grand législateur et un défenseur des sciences et du rationalisme. Le procès de Galilée est une des erreurs de jugement les plus emblématiques de l'Église, un symbole de son obscurantisme. En fils de la Révolution française, Napoléon comptait faire traduire et publier ces archives, pour contribuer à la vérité historique et à la dénonciation de l'ignorance de l'Église face à la science. Il voulait une édition avec le texte original et la traduction française, pour se soustraire à toute accusation de manipulation. Nous sommes loin d'un tyran qui ne pense qu'à asseoir son pouvoir personnel.

Laura était sincèrement intéressée par les propos du directeur. La traduction en français des pièces du procès en latin, pour une future publication, était une ouverture par rapport à son propre questionnement, mais n'apportait pas vraiment de réponses directes à son problème. Mais ça, le directeur ne pouvait pas le savoir, et c'était beaucoup mieux ainsi. Elle devait maintenant tirer ce fil toute seule. Le directeur s'était tu, Laura avait compris.

— Je vous remercie infiniment pour cet éclairage, je vois que le temps passe et je vous sais très occupé.

— Oh, mais vous ne me dérangerez jamais, sachez-le. Restons en contact, nous avons un déjeuner en rade, je ne l'oublie pas.

— Moi non plus, dit-elle avec un charmant sourire.

— Vous devriez lire le livre de votre compatriote Sergio Pagano, vous le connaissez ?

— Non…, répondit Laura en se mordant intérieurement les doigts.

— Sur le transfert des documents du procès de Galilée. Il a fait un bon boulot, j'espère que cela ne refroidira pas votre enthousiasme, bien légitime à votre âge…

Laura nota qu'il n'avait pas pu s'empêcher cette pique savante, en se levant de sa chaise et en le saluant comme il se doit. Elle ouvrait la porte du bureau quand elle entendit derrière elle la voix du directeur.

— Si l'article que vous allez sans doute tirer de votre recherche en vaut la peine, on le publie sans hésitation dans notre revue. Vous ne m'oublierez pas dans les remerciements, n'est-ce pas ?

— Cela va de soi, monsieur le directeur.

À peine dans le couloir, elle se dit qu'elle méritait bien le café qu'il ne lui avait pas proposé. Elle sortit de l'immeuble et descendit ce qui restait de la rue Geoffroy-Saint-Hilaire pour atteindre le boulevard Saint-Marcel, qu'elle traversa pour rejoindre juste en face un bistrot, Le Baratin, dont le nom lui semblait prédestiné après ses rendez-vous avec les deux historiens français. Elle s'assit à une table à l'extérieur, il faisait doux, le soleil était revenu, et elle commanda un café crème, laissant son regard se perdre dans l'animation du quartier, tout en le dégustant.

Elle était arrivée à ce moment où l'horizon d'une recherche s'élargit, avec ses rameaux de complexité. Subitement, elle décida d'envoyer un texto au professeur Lapierre :

Rencontre finie avec le dir de la Fond Nap, top et pas top.

Elle se surprit à sourire de sa familiarité, et de la tête qu'il ferait en n'y comprenant pas grand-chose. Elle ne put aussi que constater qu'elle pensait à lui. Il avait été plutôt sage la veille au restaurant, vraisemblablement bien conscient de sa réputation.

La pause était terminée. Elle sauterait le déjeuner, elle voulait rentabiliser le temps qu'il lui restait à passer à Paris, elle avait un certain nombre de choses à faire. Elle renonça à se rendre au magnifique hôtel de Soubise, autrefois lieu de concentration des archives du Saint-Siège, mais elle n'y apprendrait rien de neuf. Elle décida de faire un saut à la Bibliothèque nationale pour y glaner quelques informations. La moisson serait forcément pauvre en un après-midi, mais ne pas faire un détour par ce lieu sacré de la recherche quand on passait à Paris était un crime à ses yeux.

Rentrée à son hôtel après avoir mangé toute seule dans un petit restaurant chinois le soir venu, elle travailla en roue libre, en se rendant compte une fois de plus que Google changeait la vie des historiens. Il était 3 heures du matin quand elle eut l'idée d'écrire à François Lapierre. En plus, il verrait par l'heure d'envoi du message qu'elle était une bosseuse, ou alors il croirait qu'elle revenait de java dans la nuit parisienne. Les deux options, curieusement, lui plaisaient.

Elle rédigea un bref courriel :

Alors, endormi ? Toujours debout ? Déjà debout ?

Elle se rendit compte qu'elle était loin du ton de sa première missive toute récente, et qu'il devait en être de même chez François Lapierre. La réponse fusa presque instantanément.

Assis.

L'échange électronique pouvait débuter, comme un jeu de dames. Laura initia la partie.

Vous passez votre nuit avec Sénèque ?
Moi, c'est avec Napoléon…

Top et pas top ?

Hum… c'est long à expliquer, je vous dirai
tout à Palerme, mais on avance.

En histoire, plus on avance et plus il y a de pistes.

Et de chausse-trappes… Et vous, vous avez creusé
le contenu de la lettre à Lucilius ?

Oui.

Et ?

Top et pas top…

:(

:)

Bon, demain, je prends l'avion, j'en ai une trouille bleue. Ayez une petite pensée pour moi en croisant les doigts.

Vous avez, demain, une malchance sur douze millions de mourir en avion, soit 0,00001 %. Ne désespérez pas… lol… Pardonnez-moi, je suis frappé de jeunisme. Je vous souhaite un bon voyage, Laura, je me réjouis de vous retrouver à Palerme.

— Moi aussi, merci infiniment pour tout, professeur.

— C'est top !

Elle souriait encore en éteignant son ordinateur, elle se sentait fatiguée et sereine, il fallait qu'elle dorme un peu : à 7 h 30, un taxi viendrait la chercher pour la conduire à l'aéroport. Elle prendrait le vol 319 d'Alitalia de 11 heures à Charles-de-Gaulle, avec une escale à Rome, et une arrivée prévue à Palerme à 16 h 10. Sa journée serait aussi longue que sa nuit.

8

L'avion avait atteint sa vitesse de croisière, les passagers se détendaient, on percevait le claquement des ceintures que l'on détache, on voyait les premiers allers et retours dans l'allée centrale pour les petites urgences vers les toilettes. Les hôtesses s'activaient déjà en toute discrétion dans la zone qui leur était réservée.

François n'avait pas envie de bouger, il était bien, sans voisin, côté hublot, le regard tourné vers le ciel, en route pour Palerme. En ce samedi après-midi, l'avion volait au-dessus de la masse cotonneuse des nuages blancs et l'azur était lumineux. Il songea à ces nuages où les hommes restés les pieds sur terre, au fil des siècles, avaient lu tant de signes, avaient perçu tant de miracles, dont le plus célèbre était sans doute la croix aperçue par l'empereur romain Constantin, vainqueur lors de la bataille du pont Milvius en 312, et qui adopterait la religion chrétienne, changeant le cours de l'histoire de l'humanité.

François avait un peu de temps devant lui, il décida de relire la lettre de Sénèque. Il prit dans sa mallette la farde rouge de Laura, en sortit la reproduction et la déploya.

Mon Cher Lucilius,
Ceci est la dernière lettre que je t'écris, et tu comprendras, au fil de sa lecture, qu'elle doit absolument rester secrète, c'est la dernière marque d'amitié que je sollicite de ta part : ton silence absolu, car je vais bientôt disparaître et je vais maintenant m'en ouvrir à toi.
Je t'ai dit ailleurs qu'il fallait apprendre toute sa vie à ne plus craindre la mort, mais quand on est contraint à la choisir comme moi, je puis t'avouer encore ignorer quels seront mes sentiments à l'heure très proche de passer à l'acte. J'espère être fidèle à mes convictions, et que mes doutes présents ne sont que le signe de mon humanité précaire.
Les ennemis de l'Empereur en profiteront pour le dénigrer, l'accuser. N'en crois rien, j'assume pleinement mon geste, dans la solitude de ma décision. Et je lui reste fidèle.
Avant de te faire d'ultimes confidences sur ma personne, je dois te parler à nouveau de mes convictions, bien plus importantes, les convictions d'un homme dans notre temps.
J'ai souvent déploré l'état de Rome, ou plutôt l'esprit de nos concitoyens. Assoiffés de plaisirs immédiats, imbus par une puissance dont ils n'ont pas eux-mêmes fait la conquête, méprisants envers les ancêtres qui leur ont offert cette puissance, ils abandonnent leurs dieux comme on quitte une bonne maîtresse dont on s'est lassé des caresses et des baisers. Ils abandonnent le prin-

cipe même des dieux gouvernant leur destinée, ne laissant aucune chance au stoïcisme de les remplacer. Je sais que le stoïcisme te parle beaucoup moins qu'à moi, pourtant c'est la forme de pensée la plus élevée qui soit.

Plutôt qu'un chaos, il y a un ordre dans l'Univers, présent dans toutes ses composantes, à la source d'une harmonie qui doit être décelée par le philosophe et expliquée à ses contemporains. Cet ordre, le Logos, est Verbe. Fondateur de toute chose, il est omniprésent de toute éternité. Et surtout, le Logos dispose d'une volonté, il n'agit pas par hasard, mais selon un plan rationnel pour l'Univers. Nous autres stoïciens, nous sommes impopulaires, isolés, peu nombreux et prisonniers entre deux puissances populaires considérables : les dieux des Romains et des peuples conquis, et le dieu des Juifs insoumis.

Les dieux des Romains s'éteignent dans leur cœur, dans l'éclat de leur indifférence corruptrice, et cette indifférence menace la moralité publique et donc l'Empire ; le dieu des Juifs brûle dans leur cœur, dans la noirceur de leur colère inassouvie, et cette colère menace la paix publique et donc l'Empire. Les dieux ne séduisent plus les hommes de bien, et le dieu séduit les hommes pervers.

Je suis persuadé que le stoïcisme serait la solution pouvant sauver l'Empire de la décadence, elle nous rendrait cette force, cet honneur et cette volonté virile qui a fondé la République. Je suis persuadé aussi que le dieu des Juifs, l'idée d'un dieu colérique auquel se soumettre dans l'aban-

don de soi et de son libre arbitre, est plus fort et plus séduisant que jamais, aux yeux des faibles, qui dominent largement le monde. Notre Empire, il est vrai, les a multipliés, ces faibles, dans l'entreprise de la nécessaire soumission des peuples pour assurer sa croissance et sa sécurité.

Dans l'angoisse du jour et les cauchemars des nuits, le vieil homme que je suis s'est demandé il y a déjà longtemps comment combattre. Comment pouvais-je rendre populaire le stoïcisme à Rome et dans tout l'Empire, et en même temps diviser les Juifs afin d'affaiblir leurs légions et l'arrogance de leurs prêtres ? J'ai trouvé une réponse à cette question, une réponse qui a causé ma perte aujourd'hui et probablement celle de l'Empire demain.

Comment en suis-je arrivé là ?

J'ai réfléchi en tragédien qui connaît le public. Un homme écoute avec bonheur des histoires extraordinaires, s'il s'y reconnaît en tant que personne ordinaire.

Et j'ai fait abondamment usage de ma fortune, car il me fallait des messagers.

Mon projet était extrêmement simple : raconter une belle histoire facile à comprendre, qui contiendrait sans l'afficher l'essentiel du message stoïcien, la faire diffuser comme une rumeur parmi les foules, et ne jamais permettre l'identification de son auteur pour qu'elle reste une rumeur libre qui enfle et se transforme au gré des récits colportés. La force de diffusion d'une rumeur anonyme peut être stupéfiante et

changer le cours de l'histoire, si cette rumeur répond à une attente du peuple.
J'ai décidé de mettre en scène un personnage à la fois banal et exceptionnel de la façon la plus élémentaire qui soit, en laissant des vides dans le récit pour stimuler l'imagination naturelle de mes innombrables destinataires. Ceux-ci, en racontant l'histoire à leur tour, comme c'est toujours ainsi, combleraient ces vides, et les contradictions inévitables qui naîtraient de ces couches de récit ne feraient que nourrir mieux le désir d'en savoir plus, et attiser la curiosité des générations suivantes, et des savants qui font des doctes querelles leur gagne-pain.
J'ai bien entendu parlé de mon projet à Néron. Il m'a soutenu et encouragé. Il aimait les mises en scène. Sans son soutien, je ne me serais évidemment jamais lancé dans cette tâche.
Pour réussir mon pari, il me fallait connaître les Romains, ce que je crois pouvoir affirmer sans fausse modestie, et surtout connaître mieux les Juifs. Je me suis fait aider. Et surtout, j'ai eu un allié et un confident en la personne de Paul de Tarse, avec qui j'ai correspondu et que j'ai rencontré plusieurs fois. Paul était l'intercesseur parfait, un stoïcien très discret et un Juif pharisien, en fait un homme plus stoïcien que juif, et dont la plume est alerte.
J'eus aussi pour complice, sans lui dévoiler mon désir de diviser les Juifs, Philon d'Alexandrie, immense lettré juif, mais tellement convaincu par sa culture hellénistique de la validité des

fondements stoïciens. Mais Philon s'est montré finalement réticent à la diffusion de mon projet, sans pour autant chercher à lui nuire d'aucune manière que ce soit.
Mon récit reposait sur les aventures et les déboires d'un personnage émergeant de la société juive, dans lequel pourraient se reconnaître les Juifs eux-mêmes, tout en étant divisés sur ses intentions, afin de stimuler la polémique, la division et le désarroi entre eux.
J'ai donné à mon personnage un prénom juif des plus communs, Yehoshuah. J'ai été laconique sur son enfance, sinon qu'il est né dans un milieu humble, mais prétendument descendant de la lignée du roi David. J'en ai fait un prédicateur à l'âge adulte, durant un bref ministère public au sein des Juifs, entouré de disciples, m'inspirant d'exemples nombreux de cette nature dans cette région agitée de l'Empire. J'ai bien entendu imaginé une fin dramatique, un ultime repas avec ses frères, une arrestation, un jugement voulu par les Judéens eux-mêmes, une exécution sanglante pour illustrer leur cruauté.
Durant son ministère, mon personnage a véhiculé un message simple : l'implantation très prochaine en Judée du royaume de Dieu, dont il était le messie attendu par les Juifs, puis viendrait son sacrifice, et l'annonce de son propre retour parmi les hommes. Bien entendu, mon idée était de me jouer de la crédulité de nos semblables, car ce personnage ne pouvait pas revenir puisqu'il

était mort et surtout puisqu'il était issu de mon imagination ! Mais j'estimais que la déception qui en découlerait pour les Juifs en situation d'attente, au sein desquels ma propagande se serait répandue, serait de nature à accentuer leurs divisions internes déjà si nombreuses.

J'ai glissé dans la bouche de mon personnage quelques adages, principes et enseignements stoïciens adaptés à des oreilles populaires.

Mais surtout, j'ai conçu une narration très simple, que même un enfant pourrait comprendre.

Pour conclure, je dois à la vérité que

La lettre s'achevait ainsi, sur une confession finale disparue, une dernière partie manquante.

— Monsieur, vous désirez quelque chose ? dit une hôtesse passant dans le couloir avec le chariot des rafraîchissements.

François releva la tête en inspirant fortement pour sortir de sa concentration.

— Oui, merci, un Coca *light*, s'il vous plaît.

L'hôtesse s'exécuta avec professionnalisme et lui tendit un gobelet rempli et une serviette.

François but sa boisson à petites gorgées, palpant les glaçons avec sa langue. Il reprenait lentement ses esprits. Les perspectives ouvertes par ce texte n'avaient pas fini de l'ébranler. Il s'était embarqué dans une aventure qui allait nécessairement impacter considérablement sa vie. Il n'y était pas préparé. Sa raison n'était pas non plus encore prête à affronter la portée universelle de cette lettre, les conséquences incalculables qu'elle allait générer, le trou béant qu'elle allait creuser dans la culture de l'humanité.

Et que pouvait contenir la partie manquante, manifestement les dernières lignes de la lettre : une banalité, une information précieuse ? Il était fâcheux de ne pouvoir détenir ce passage, et cette absence suscitait de nombreuses questions.

Des choses sur lesquelles il n'avait pas prise se bousculaient dans sa tête, et il n'appréciait cela que très modérément. Il s'était jusque-là donné les moyens de contrôler sa vie, d'élire les étapes de son déroulement, d'être libre. Il se sentait maintenant perdre pied devant ce défi intellectuel comme dans ses émotions sentimentales, perturbé par cette Laura Zante, d'une sensualité inouïe, une parfaite inconnue quelques jours plus tôt, et qu'il suivait aveuglément jusque dans son repaire de Sicile, en ne sachant pas vraiment pourquoi, et en ignorant volontairement l'asymétrie des sentiments entre lui et Laura, manifestement peu réceptive à sa séduction, et tout entière soucieuse de sa jeune carrière qui patinait, alors que la sienne, mature, était au beau fixe. Cela ne pouvait conduire qu'à la méprise, voire au conflit, et il n'avait même pas voulu y songer, en fonçant tête baissée dans cette affaire.

Il avait régulièrement payé le prix fort de la confusion des genres, il n'en avait jamais tiré leçon.

Le commandant de bord annonça qu'ils approchaient de Palerme et qu'ils allaient entamer les manœuvres d'atterrissage. François attacha sa ceinture, éprouva les premiers effets de la descente et ne put s'empêcher d'en tirer une métaphore en se demandant si ce n'était pas vers l'enfer.

9

Le teint de la peau galvanisé par la lumière sicilienne, Laura était accaparée par la route, concentrée sur le flux de circulation. À son côté, confortablement installé, François savourait le paysage et la douceur du climat, tout en lui parlant et en inclinant régulièrement le regard vers son profil, alors que ses cheveux, sollicités par le vent qui pénétrait par la vitre entrouverte, se débattaient sur sa joue et qu'elle les repoussait régulièrement en évitant de heurter ses lunettes de soleil, sa somptueuse poitrine mise en valeur par le rythme de la conduite.

François la regardait plus qu'il ne lui parlait, et pourtant il était particulièrement loquace. Il lui racontait son voyage en détail, il lui faisait part en synthèse de ses premières réflexions. Puis il fit une pause, tournant la tête vers l'extérieur. Il laissa la lumière caresser son visage et relâcha sa nuque. Tout était question de lumière, d'éclairage précisément, la lettre de Sénèque en était un, qui modifiait l'image que nous nous faisions de la combinaison des connaissances sur le thème de Jésus de Nazareth, et laissait apparaître des ombres nouvelles.

Dans l'examen du passé, nous n'avons accès qu'au paysage que nous autorise notre angle de vue, qui dépend des variations de cette lumière et des ombres qui lui sont solidaires.

Il respira profondément, maintenant heureux de vivre ce moment en présence de Laura, de pouvoir réfléchir au rythme des vibrations de la route, des éclats du soleil et de sa chaleur sur lui, de laisser errer son esprit dans le désordre de ces connaissances qui permettait d'être toujours surpris par leur constante recomposition. Rien n'était figé, rien n'était acquis. La virginité du savoir était en perpétuelle renaissance, propice à la quête, disponible comme une source de questionnements jamais tarie, qui empêchait de mourir desséché par les certitudes. Il ne craignait pas le vacillement perpétuel des repères dans le flou des acquis historiques, au contraire, il s'en nourrissait. Le doute était pour lui une consolation, la semence de la liberté plutôt que l'aigreur de l'incertitude. Il s'abandonnait dans le doute, comme il le faisait dans son désir pour Laura, imperturbable au volant, mystérieuse à son côté.

— Vous ronflez.

C'était la voix de Laura qui lui parvint à peine, il s'était assoupi au cours de sa rêverie.

— Hein !

— Vous ronflez !

— Je suis désolé, je…

— C'est le *jetlag* sans doute…

Elle souriait, et François ne pouvait que deviner les plissures de son regard dissimulé sous ses lunettes de soleil.

— Désolé, mais depuis que je vous connais, mes heures de sommeil sont en voie d'extinction, dit-il en étouffant un bâillement.

— Bienvenue dans la vie trépidante de Laura Zante !

Il sourit à son tour, s'étira, se redressa et regarda la route devant lui, pour se remettre en phase solidaire avec la conductrice. Laura en profita pour reprendre la parole.

— Nous n'en avons plus pour longtemps avant d'arriver. Je dois vous briefer. Vous allez découvrir ma famille, restez cool, d'accord ?

— Je suis un grand garçon, je donne cours à des centaines d'étudiants, et j'ai déjà serré la main du Président de la République.

— Serrer la main du Président de la République. Lequel ? Pompidou ?

— Facile. Non, l'actuel.

— Il est plutôt beau gosse, et tout jeune.

— Donc, moi aussi, je suis tout jeune.

— Il est plutôt beau gosse.

François ne sut pas vraiment comment le prendre.

— Bon, dit Laura, prête à délivrer ses consignes. D'abord, il y a ma mère, qui va vous scruter de la tête aux pieds avec un sourire grand comme ça, elle va notamment vous tester sur le plaisir de manger ses réalisations culinaires. Sur ce point, je crois que vous allez bien vous entendre. Je lui ai dit que nous nous connaissions depuis un certain temps.

— Un *certain* temps…

— Oui, professionnellement, bien entendu. Mais ça, elle s'en fiche, sûr qu'elle va vous trouver à son goût pour moi, pour votre côté rassurant et honnête, votre bonne tête bien remplie, et votre statut social. Elle est de la vieille génération, elle croit encore que les profs d'unif sont des dieux descendus parmi les hommes.

— Je l'aime déjà.

— Soyez gentil, n'entrez pas dans son jeu, contentez-vous d'une forme de paternalisme avec moi, d'accord ?

— Le doigt sur la couture du pantalon, dit-il en mimant pratiquement le geste.

En bon vivant, il songea qu'il avait recueilli là une information intéressante.

— Bien. Ensuite, il y a mon oncle Luigi, un homme simple, mais droit à sa manière, son regard sur vous sera plus mitigé, mais il aime les « types bien ». Vous êtes un « type bien », n'est-ce pas ?

— Non, je suis un affreux manipulateur.

— Il m'aime encore plus, je suis sa protégée, et nous sommes en Sicile…

— Pourquoi « droit à sa manière » ?

— On va dire que sa jeunesse a été quelque peu… tumultueuse.

François ne releva pas, il verrait bien de quel bois l'homme se chauffait.

— Et c'est tout ?

— Pour le premier cercle, oui. S'il y a d'autres gens, vous improviserez.

François nota qu'il n'y avait pas de père, ni de fratrie. Il n'évoqua pas ce point.

— Dernière chose. C'est une famille de croyants, ils vont à la messe, donc adaptez les choses concernant notre recherche, et ne vous montrez pas sous votre jour de rationaliste français.

— Et pour la cravate, quelle couleur ?

— Pas de cravate ici. On est relax dans ma famille.

— C'est bien ce que je pensais…

Elle avait fini son laïus, elle glissa un CD dans le lecteur, et ils se laissèrent bercer par les rythmes des tarentelles, les mandolines des frères Canapelli et la mélancolie de Rosa Balistreri jusqu'à la fin du voyage.

10

La maison familiale des Zante, via Maqueda, dans le centre historique de Palerme, méritait effectivement le détour. C'était un *palazzo* du XVIIIe siècle qui avait l'allure d'une robuste demeure historique pleine de charme, et les effets du temps contribuaient à accroître son potentiel de séduction auprès du visiteur. Elle donnait sur un marché populaire très animé.

Laura et François furent accueillis à bras ouverts par la *mamma*, Ariana, et *zio* Luigi. À peine entré, François se montra admiratif des fresques au plafond, des sols en faïence, de la décoration en stuc baroque et des nombreuses pièces vastes et hautes que comportait l'immeuble. L'impressionnant escalier en pierre qui menait aux étages lui sembla propice à un *remake* modeste du *Guépard.*

Ariana, aux petits soins avec son invité de marque, l'amena à sa chambre qui avait à peu près la taille de son appartement, avec toutes les commodités d'une suite de palace et du mobilier qui aurait pu figurer dans un musée. Il adorait déjà cet endroit. Il fut convenu de se retrouver pour le repas du soir, après un peu de repos et un brin de toilette.

Vers 20 h 30, François reçut un texto de Laura, qu'il ne jugea pas incongru compte tenu des grands espaces de cette demeure.

On se retrouve en bas, O.K. ?

François répondit simplement.

Donnez-moi 20 minutes pour descendre l'escalier.

Prévoyez le double pour le remonter tout à l'heure !

Il était maintenant prévenu.

Il s'était vêtu de manière simple, mais élégante – blazer de bonne coupe, chemise fine et pantalon gabardine de coton –, afin de faire bonne impression à la *mamma*, et il rejoignit la petite assemblée dans le salon. Laura était simplement en jean et polo manches courtes, mais elle était chez elle. François sentit qu'elle lui donnait un bon point pour sa tenue.

Ils passèrent tous les quatre à table, celle des grands jours, avec des couverts et des décorations de film historique. Luigi servit un premier verre de vin blanc sicilien, en guise d'apéritif, et François fut séduit par sa sensualité fruitière et son caractère minéral, synthèse des contradictions siciliennes. La discussion roula sur des sujets divers pour faire connaissance. Laura observait plus qu'elle ne parlait et Ariana ne quittait pas des yeux son invité, attentive à déceler d'éventuelles attentes chez lui. Elle se leva pour aller chercher un formidable plateau d'*antipasti misti di mare*. Et le repas débuta. La saveur du poisson frais était exceptionnelle, et François en fit l'éloge dans un bel élan de sincérité.

Puis ce fut au tour des *anelleti al forno alla palermitana*, des pâtes à la viande et aux légumes arrosées de vin rouge, en abondance dans les assiettes. François se disait qu'il n'y aurait que deux services et mangea de bon cœur. Ariana adorait que ses convives vident les plats. Elle s'adressa à François Lapierre.

— Cela vous plaît-il, *professore* ?

— Madame Zante, c'est un délice, un festin ! répondit-il, le visage épanoui.

— Appelez-moi Ariana, je vous en prie.

— D'accord, Ariana. Je vais d'ailleurs en reprendre.

Et François se resservit, sans remarquer les appels discrets que le regard de Laura lui adressait. C'était perdu, il ne survivrait pas à ce banquet.

François était comblé, il marqua une légère surprise quand le plat de résistance arriva, le *braciole alla palermitana*, des roulés de viande farcie. Une nouvelle bouteille de vin fut ouverte, et Luigi, qui avait une solide descente, leva son verre à l'appétit du *professore*, qui assuma comme un chef ce nouveau défi, tant ce plat était divin.

— Ariana, je vais vous faire une confidence, dit François, l'air heureux. Vous êtes aussi bonne cuisinière que votre fille est bonne historienne !

La cote de popularité de François Lapierre s'envola instantanément, même si Laura baissa la tête pour s'offrir un sourire entendu.

Ariana s'engouffra dans la brèche.

— Vous trouvez que ma fille travaille bien ?

— Elle a un parcours sans faute, et je lui prédis un avenir dans le monde académique.

— Si vous pouviez avoir raison, professeur… Tu vois, dit Ariana en s'adressant à sa fille, tu dois croire en ta bonne étoile, tu as toujours été brillante. Déjà toute petite, tu passais ton temps à lire des livres.

— Maman…, dit Laura qui ne put aller plus loin, interrompue par sa mère.

— Ton père aussi était fier de toi et de ton intelligence.

François comprit qu'il devait cesser de badiner.

— Vous savez, Ariana, c'est difficile d'être un jeune historien aujourd'hui, il faut beaucoup de courage pour se frayer un chemin, mais Laura a vraiment toutes les qualités pour s'en sortir. Nous travaillons pour l'instant ensemble et j'espère que ce sera profitable pour sa carrière, dit François en toute sincérité.

Luigi se tourna vers lui.

— Merci, professeur, de prendre soin d'elle, nous ne sommes pas une grande famille, et elle est ce que nous avons de plus cher.

François ne vit pas arriver le dessert, la *cassata siciliana*, une bombe de ricotta et de chocolat. Il n'en pouvait plus, mais il ne céda pas un pouce de terrain à l'adversité.

Ensuite, les deux femmes débarrassèrent la table en refusant l'aide des hommes, pour qu'ils parlent un peu entre eux.

Laura, chargée d'une pile d'assiettes, retrouva sa mère dans la cuisine, ravagée par les effets du désir de la maîtresse de maison de plaire au professeur Lapierre en faisant son bonheur culinaire. Et elle avait réussi. C'était un champ de bataille, mais sur lequel elle était victorieuse. Elle en profita pour interpeller sa fille.

— On voit qu'il te connaît depuis longtemps et qu'il t'apprécie à ta juste valeur.

— Oui, mais c'est ce que j'écris qu'il apprécie, vois-tu.

— Et cela te désole, non ?

— Pas du tout, maman.

Laura était tendre avec sa mère.

— Pas du tout. C'est un grand maître dans son domaine, une sorte de sage, et moi, je ne suis qu'une petite souris qui grignote le fromage de la connaissance qu'il veut bien me laisser.

Elle haïssait sa métaphore au point de vouloir en rire.

— Moi, j'ai bien remarqué qu'il ne te regardait pas comme une petite souris, ou alors comme un chat le fait, dit sa mère, complice. Je suis vieille, mais pas dupe, je connais les hommes, ils sont tous les mêmes, hier, aujourd'hui, demain.

— Mais non, maman, c'est parce que tu veux voir ça. Alors tu le vois.

— Regarde-toi, regarde comme je t'ai bien faite, cent fois mieux que moi. Tu as des formes incroyables, celles dont rêvent les hommes. Tu es jolie comme un cœur, et gentille, et maligne. Tu as laissé passer tant de candidats qui se pressaient derrière la porte.

— Maman, je dois d'abord réussir, assurer mon indépendance professionnelle. Tu comprends ça ?

— Mais il est riche, non ? Puisque c'est un professeur. Tu pourrais t'occuper de votre ménage et de vos enfants, et tout serait parfait. Bientôt, tu seras vieille fille et les hommes se détourneront de toi.

— Si cela arrive, alors je reviendrai m'occuper de ma chère petite maman centenaire et nous vieillirons ensemble, dit Laura en enlaçant sa mère.

Elles rirent toutes les deux, jusqu'à ce que François pointe le bout de son nez, les surprenant dans ce moment d'intimité.

— Heu… Désolé, je ne fais que passer, oncle Luigi m'a dit de venir chercher une autre bouteille de vin, du *ropalita*, je crois.

Les deux femmes, surprises, lui souriaient, il était drôle dans sa manière d'être un peu perdu et de massacrer le nom du vin sicilien. Laura vint à sa rescousse. Elle se pinça les narines pour modifier sa voix.

— Allo Houston, on a un problème de vin. Envoyez-nous une bouteille de *rapitalà*.

François renchérit en imitant Laura.

— Allo Apollo, on comprend, c'est pire que de manquer d'oxygène.

Et ils partirent tous les trois dans un grand éclat de rire. François se rendit compte combien il aimait être là, et les deux femmes songèrent à l'unisson qu'il avait quand même un charme certain.

11

Le jour était à peine levé que le soleil prenait déjà d'assaut toutes les parties de la maison susceptibles de laisser passer son inimitable lumière. Laura se déplaçait dans les couloirs et les escaliers avec une prudence de Sioux pour ne réveiller personne, luttant comme elle pouvait contre les craquements des boiseries épuisées mais robustes qui supportaient ses petits pas. Elle était très sobrement vêtue, sa chevelure nouée, le visage sans maquillage. Elle masquait sa fébrilité comme si elle était observée. Elle agissait en clandestine dans sa propre demeure.

Elle atteignit enfin la porte d'entrée qu'elle ouvrit pour sortir comme une voleuse et referma rapidement derrière elle, dans un grincement qui lui sembla dévastateur. Elle accéléra le rythme de ses pas dès qu'elle fut dans la rue, libérée, saluée par les restes de la douce fraîcheur nocturne.

François, éveillé depuis longtemps, avait trouvé sa place dans la bibliothèque, et entendit à peine la plainte de la portée d'entrée qu'il ne relia à rien. Il se sentait d'autant mieux dans cet endroit parfait pour l'étude qu'il savait les autres endormis. Il avait l'âme d'un veilleur ou d'un barreur de voilier prenant le dernier quart de la nuit. Il était concentré depuis l'aube sur ses papiers, le cerveau en surbrillance comme toujours à cette heure matinale, même après une nuit de fête. C'était le moment le plus intellectuellement rentable pour lui. Après, il déclinerait au fil des heures, aspirant au moment roi de la journée, la sieste.

François était penché sur les travaux de Rudolf Bultmann, un des plus grands théologiens du XXe siècle, auteur d'une thèse sur Paul de Tarse et professeur à l'université de Marbourg. Cet érudit protestant avait fait ses études à Tübingen, haut lieu de la critique biblique dès le XIXe siècle. Il avait étudié comment les paroles du Christ et les récits le concernant avaient été filtrés par les années précédant leurs transcriptions dans les Évangiles. Il avait eu l'audace de soulever la question des déformations, mais aussi des inventions dans ces récits. Ce fut ce point qui retint François. Il se disait que si des érudits de cette ampleur reconnaissaient que des inventions par des conteurs avaient pu se retrouver mentionnées dans les Évangiles canoniques, l'étape audacieuse suivante que lui permettait de franchir la lettre de Sénèque était de concevoir que des inventions originelles déformées par ces années intermédiaires, de bouche à oreille, de fil en aiguille, aient pu finir par constituer des souvenirs validés comme tels par la génération des évangélistes.

Il restait le problème de la conviction de ceux qui rapportaient les souvenirs, une conviction suffisamment convaincante, sincère, d'une génération à l'autre pour susciter le respect envers ces témoignages accédant à la pérennisation.

Les méprises sur la compréhension des mécanismes de la mémoire pouvaient l'expliquer. On a cru pendant longtemps la mémoire une et indivisible, notre instrument pour se souvenir du passé. Ceux qui avaient une bonne mémoire se souvenaient correctement du passé et ceux qui avaient une mauvaise mémoire oubliaient les faits de ce passé.

Mais le postulat était erroné dès le départ, parce qu'il y avait en réalité plusieurs mémoires cohabitant dans chaque individu, et non distinguées *a priori*, d'autant qu'elles étaient effectivement poreuses entre elles.

La mémoire épisodique permet de nous rappeler où sont les clés de voiture, et dans quelle armoire se trouvent les filtres à café, mais aussi la date de l'anniversaire de notre enfant, ou le nom de notre restaurant favori, voire son numéro de téléphone pour les réservations.

Et puis, il y a la mémoire sémantique. Je n'ai jamais rencontré Napoléon à Waterloo, mais je me souviens qu'il a perdu la bataille le 18 juin 1815, je me souviens des grandes charges de la cavalerie française sur les carrés britanniques. Et si j'avais le sens du récit comme un Victor Hugo, je pourrais même laisser à penser que *j'y étais* ! Je ne me trouvais pas au Bataclan le 13 novembre 2015, mais j'ai suffisamment lu sur l'attentat pour que je puisse décrire son déroulement.

Lorsque ces deux mémoires se confondent, et elles le font *tout le temps*, les faux souvenirs induits par un récit extérieur ou une conviction propre peuvent s'imposer avec une force insoupçonnée, celle de la sincérité.

Et, comme par miracle, ces faux souvenirs inconscients deviendront de vrais souvenirs conscients chez ceux que j'aurai pu convaincre.

François interrompit sa réflexion, ignorant d'ailleurs pourquoi, mais il éprouva le besoin de se lever de sa chaise et de gagner la fenêtre, titillé par une légère inquiétude dont il ignorait l'origine.

Laura poussa la porte de la *chiesa di Sant'Agostino*, située via Francesco Raimondo. La petite église, d'une blancheur aérienne dans la décoration de ses murs et de son plafond, était encore vide à cette heure très matinale avant la messe dominicale. Laura se signa à l'eau bénite et se dirigea vers ses parties annexes. Alberto l'attendait. Plus elle se rapprochait de lui, et plus elle sentait l'intensité de son regard.

François rejoignit la cuisine pour se refaire un café, il avait sa dose de travail solitaire, il espérait maintenant que la maisonnée se réveillerait et s'agiterait. Il pensait à Laura, et sans savoir pourquoi, il voulait subitement qu'elle apparaisse.

Laura et Alberto étaient maintenant face à face, l'émotion était palpable, ce qui les reliait avait toujours été très fort. Ni la distance ni le temps n'avaient affecté cette réalité qu'ils partageaient, la force de ce lien.

François se demanda s'il n'allait pas monter faire un peu de bruit à proximité de la chambre de Laura pour qu'enfin elle se réveille. Il ne s'autorisa pas cette gaminerie. Il regagna la bibliothèque pour fouiner dans les livres, avec l'espoir d'en trouver un en français.

Alberto, dans un élan très doux, tendit la main à Laura qui ne la refusa pas, ils laissaient infuser le temps qui les réunissait si rarement, mais toujours avec la même intensité. Ils ne laissèrent pas les mots s'introduire entre eux, dans ce silence battait leur cœur, et le silence de l'église les protégeait. Alberto avait le regard tendre, comme aucun autre homme qu'elle connaissait, s'était souvent dit Laura, qui sentait combien il était ébranlé par leur proximité, ému, au bord des larmes. Pourquoi ce qu'ils éprouvaient l'un pour l'autre était-il si puissant après toutes ces années ?

Le prêtre, tout sourire, invita Laura à franchir la porte du presbytère…

François trouva des livres en français, mais finalement ne s'y intéressa pas. Il était gagné par une irritation désagréable qui contrastait avec sa récente fébrilité intellectuelle productive.

Il entendit enfin du bruit, mais à la lourdeur des pas qui tambourinaient les marches de l'escalier, il devina que c'était la *mamma*.

12

Après avoir pris le petit déjeuner seul avec la mère de Laura, François fit une promenade, un peu perdu et décontenancé. Laura ne lui avait pas encore montré la source et avait déjà disparu. Son absence en cette première matinée palermitaine dont disposait François lui semblait particulièrement incongrue.

Il se perdit dans les rues avoisinantes, découvrant le marché aux échoppes débordant de fruits, de légumes et de poissons. Les cris des vendeurs, les couleurs, les odeurs achevèrent de le distraire et il rentra à la maison des Zante à 11 heures.

Quelques minutes plus tard, Laura franchissait à son tour la porte. Elle salua François, plutôt froidement selon lui, en échangeant quelques banalités, et monta dans sa chambre, laissant le professeur quelque peu pantois. Mais elle redescendit rapidement pour l'inviter à découvrir la source et l'endroit où elle l'avait trouvée. Elle ne lui donna aucune explication concernant son absence, ce qui était parfaitement normal, et François sentit qu'il devait en être ainsi. Mais il ne put s'empêcher de trahir une certaine mauvaise humeur.

— Pourquoi vous tirez la tête ? dit Laura, étonnée. Vous allez toucher du doigt le plus important document de votre vie d'historien, et vous n'êtes même pas joyeux !

— Si, bien sûr que si, Laura, répondit-il, se forçant à sourire.

Elle avait raison, et il avait tort de ne pas accepter qu'elle ne lui dévoile pas les faits et gestes de sa vie privée. Il reprit contenance et suivit Laura vers les étages, enfin éveillé par la curiosité.

Ils atteignirent un grenier tellement ample qu'on aurait pu s'y tenir debout sans problème et le parcourir à grandes enjambées s'il avait été bien ordonné. François imagina cet espace dégagé dans lequel il aurait pu concevoir de gigantesques batailles avec les innombrables petits soldats en plastique qu'il avait conservés de son enfance – une collection enrichie par de frénétiques achats réguliers sur eBay – et qui gisaient dans des boîtes en carton au fond de sa cave.

Ce grenier était l'antre inespéré d'un brocanteur, il y avait de tout : meubles anciens de toutes époques, vêtements miteux, y compris la chemise rouge d'un *garibaldino* qui aurait valu en bon état une petite fortune, des jouets d'une autre époque, des armes qui devaient remonter à la Renaissance, des tableaux poussiéreux, des bibelots dont, à l'évidence, certains étaient précieux, des couches d'héritages et des amoncèlements dans un chaos pathétique.

Il en voulut presque à Laura de ne pas être à la hauteur dans la défense et la promotion, et sans doute l'exploitation, de ce véritable patrimoine à l'abandon.

Il formula une remarque dans ce sens et Laura prétexta qu'elle n'avait jamais eu le temps de se plonger dans la réorganisation du site. C'était un chantier, elle s'y consacrerait plus tard. Quelle misère ! Lui se sentait comme un enfant et aurait passé tous ses loisirs dans ce fatras ; elle, petite fille riche à moitié pauvre, n'en avait cure, tant la normalité de ce désordre s'accommodait de ses valeurs et de ses urgences.

François faillit glisser sur une épée du XVIIIe siècle et se retint grâce à une vieille horloge déglinguée. Ils avançaient dans une jungle dont les feuillus étaient de véritables traces de civilisations disparues. Ils atteignirent un grand coffre robuste, et Laura l'ouvrit, pour offrir à la vue un monceau de papiers de toutes époques, et de toutes les écritures, y compris des partitions musicales de musique médiévale, le tout entassé et mélangé !

François fixa Laura d'un regard courroucé. Celle-ci se contenta de laisser passer la petite tempête sous le crâne du professeur Lapierre. Elle se concentra sur un coffret et le sortit pour l'emporter avec elle.

— Voilà la bête, dit-elle. Exactement dans son jus. Je l'ai laissée ici pour que vous retraciez exactement ma démarche. C'est en fouinant que j'ai mis la main dessus, par hasard. Il n'avait pas été ouvert depuis très longtemps, les fermetures métalliques étaient rouillées, j'ai dû les forcer pour en venir à bout. Maintenant, quittons ce lieu qui vous provoque de l'urticaire.

Ils sortirent du grenier avec le coffret et descendirent jusqu'à la bibliothèque, où les papiers de François traînaient encore.

— Je vois que vous avez investi les lieux, dit Laura.

— Que voulez-vous… Vous m'avez abandonné comme une voleuse ce matin, il fallait bien que je comble ce vide immense et rentabilise le peu de temps de ma présence dans votre auguste demeure.

Il l'avait dit, il s'était libéré de sa frustration puérile, pensa Laura qui ne retourna pas le couteau dans une plaie aussi horriblement béante. Elle choisit la complicité.

— Bien, professeur, à vous l'honneur, maintenant. Je vous laisse ouvrir le coffret et extraire la source.

François dut bien s'avouer qu'il était ému – l'émotion primordiale de l'historien, découvrir une source, la clé d'une satisfaction que tous les membres de sa corporation recherchaient dans leur vie. Laura et lui étaient maintenant parfaitement en phase.

François ouvrit délicatement le coffret, qui contenait une autre boîte en bois enveloppée d'un tissu ancien couleur ocre. Après avoir retiré cet emballage, il actionna un système d'ouverture très simple en métal et révéla le contenu, un troisième petit caisson où se lovaient un *volumen* romain et une enveloppe. Un *volumen* romain qui contenait un papyrus ! Jamais François n'en avait effleuré, et ils étaient extrêmement rares. Les lettres à Lucilius étaient parvenues jusqu'à nous via des copies du Moyen Âge. D'une manière générale, les papyrus romains n'avaient pas résisté au temps, au climat. François remarqua d'emblée des traces de sable dans le caisson, preuve du bon sens du premier propriétaire qui connaissait manifestement le secret de conservation des papyrus égyptiens.

L'enveloppe, quant à elle, contenait la traduction en français du XIXe siècle.

Toute cette opération s'était déroulée dans un silence religieux. Un appel déchira ce silence, le prénom de Laura retentit dans la pièce ! C'était la *mamma* qui les appelait pour le déjeuner. Sans même se concerter, ils décidèrent de sauter le repas, ce qui impliqua une négociation serrée entre Laura et sa mère, qui céda à condition qu'ils emportent dans la bibliothèque un plat de charcuterie à tomber par terre et du pain frais qui sortait du four.

François trouva le compromis excellent, sachant qu'ils ne toucheraient au plat qu'après avoir terminé la manipulation de la source et s'être lavé les mains avec du désinfectant – il n'était pas si rare que des archives empoisonnent leurs consultants. Même s'ils utilisaient des gants de chirurgien pour traiter la source, deux précautions valaient mieux qu'une.

Leur dernière démarche sur le document consista à vérifier les dégâts occasionnés par la perte de la dernière partie. Le papyrus n'était pas déchiré, mais littéralement découpé, avec soin d'ailleurs. C'était un acte volontaire et mûri qui était à l'origine de la violation de la source. Il leur faudrait plus tôt que tard résoudre ce mystère. Un document mutilé rend son interprétation historique bancale, au minimum aléatoire, et est de nature à interrompre la procédure de jugement historique, par choix de l'examinateur dans ce sens. Mais Laura et François décidèrent néanmoins d'aller de l'avant. C'était escalader une montagne avec du matériel défectueux, ils savaient que cela augmentait considérablement les risques. François ignora son rôle de maître à ce moment précis, sans vouloir se rendre compte que les bases qu'ils jetaient ensemble risquaient vraiment de compromettre l'édifice qu'ils allaient construire. François se rendait-il compte qu'il commettait une erreur de débutant, ou ne voulait-il pas l'admettre ? Et quel rôle jouaient les yeux et la silhouette de Laura dans la réponse à cette question ?

13

Le plateau de charcuterie bien entamé et les pains grignotés, dans cet environnement d'étagères remplies de livres, donnaient l'impression d'une nature morte à destination d'un peintre du dimanche. Le plat de résistance était ailleurs, et Laura se chargea d'attirer sur lui l'attention du professeur.

— Maintenant que nous sommes bien installés à Palerme tous les deux, que vous avez vu l'original, et que vous êtes, j'imagine, repu, nous pourrions peut-être aborder le fond du document. Que pensez-vous de son contenu ?

L'impatience de Laura se lisait sur son visage, elle n'était que fébrilité, elle transpirait du désir d'avancer dans le travail de réflexion qui lui faisait miroiter la sortie par la grande porte de sa condition d'historienne prolétaire.

— D'accord, obéit François. Notre première question est : le projet de Sénèque est-il crédible ? Alors qu'il semble insensé, la réponse est pourtant oui, grâce à deux processus, celui de la rumeur et celui de la mémoire. Je vais partir de ce que l'on sait, et voir comment notre – votre – découverte s'insère dans cette connaissance, et ce qu'elle apporte comme plus-value, partant du principe que ce document est authentique, c'est-à-dire issu de la main de Sénèque.

Laura apprécia la rectification de justesse.

— J'écoute votre exposé, professeur.

Elle s'avoua qu'elle adorait sa voix.

— Il faut d'abord faire abstraction de tout ce qui vient avec et à la suite des Évangiles jusqu'à nos jours, se lança François. Ce n'est pas si simple, notre esprit est conditionné par notre culture. Ainsi, dans la datation que je vais formuler, je serai déjà en porte-à-faux avec ma propre injonction, comme en vous disant que Jésus est mort vers 30, donc vers 30 après lui-même. Nous devrions formuler cette date selon le calendrier du temps appliqué à Jérusalem ou à Rome. Mais bon, nous ferons comme si. Mais rappelons-nous que nous sommes dans un monde, dans un moment de l'histoire, où il n'y a pas de *représentations* de Jésus, au sens large du terme.

— J'ai bien compris, professeur, s'impatienta Laura qui n'était plus une étudiante.

— Donc Jésus est mort vers 30, tout le monde est à peu près d'accord là-dessus, mais les premières histoires de sa vie datent, disons, d'au moins une quarantaine d'années après. C'est le début des Évangiles, avec probablement celui de Marc. Entre 30 et 70, il y a un trou, qui correspond à l'époque de la maturité de Sénèque et de sa disparition. Durant cette période, Sénèque évolue en intellectuel actif et en personnage puissant, puis c'est la disgrâce et la mort, précédant la période de rédaction des Évangiles. C'est une première chronologie acceptable.

— Donc notre interrogation principale ici porte sur cette période 30-70 ? dit Laura qui suivait avec attention les propos de François.

— Pas seulement, mais c'est un bon début. Cette période est celle de la génération de témoins vivants potentiels de Jésus, de témoins oculaires et de témoins secondaires. Mais, de même qu'il n'y a aucun écrit de la main de Jésus, il n'y a pas non plus de témoignages directs formulés et formellement identifiés. Toutefois, il est clair que pour arriver aux Évangiles, il s'est passé quelque chose en matière de communication d'informations. Les thèses sont nombreuses, vous le savez, je vous conseille de lire les travaux de Bart D. Ehrman, professeur de l'université de Caroline du Nord, ils sont assez éclairants.

— Je les connais, dit Laura, ne souhaitant pas être prise en défaut.

— Bien, on a longtemps enseigné que les Évangiles seraient le regroupement de témoignages oculaires, dans une société où la culture orale était largement dominante, gage d'une certaine fiabilité. L'écrit étant rare, il fallait nécessairement détenir une mémoire précise des choses dites pour communiquer correctement ensemble. Mais si on se penche sur les processus mémoriels, on peut trouver facilement des arguments pour remettre en cause cette thèse, qui serait la déclinaison d'une forme de paternalisme condescendant d'une société d'écriture comme la nôtre envers des sociétés de l'oralité considérées comme plus primitives. Or ces sociétés *oublient* aussi, et même bien davantage que les sociétés d'écriture, parce qu'elles n'ont pas d'archives de référence, et les versions d'un événement courent un plus grand risque d'être effacées par les versions des générations suivantes.

— L'homme qui a vu l'homme qui a vu l'ours, écriture ou pas, c'est de toute manière le gage assuré d'une déformation du propos initial, intervint Laura.

— Oui, confirma François. L'homme déforme, qu'il sache écrire ou pas, qu'il conserve par écrit ou qu'il transmette par la parole. C'est pour cela que j'ai écrit quelque part que la représentation de la réalité…

— … était toujours plus forte que la réalité. Je vous ai lu, professeur !

L'historien ne put s'empêcher d'esquisser un sourire dévoilant une once de satisfaction personnelle. Laura lui rendit son sourire. François dut admettre en son for intérieur qu'il n'était pas si facile de réfléchir et de travailler en sa présence, mais il n'en conçut aucune irritation. Il reprit la parole.

— Les avancées actuelles en matière de psychologie cognitive, de sociologie ou d'anthropologie concernant les processus mémoriels permettent d'appréhender les textes bibliques sous un autre œil, et de prendre la mesure des aléas qu'ont subis les récits sur le Christ au cours de leur transmission. Les souvenirs mis par écrit par les évangélistes, après avoir circulé par voie orale pendant des décennies, ont drainé tant de modifications naturelles, d'altérations potentielles. Les faux souvenirs se sont mélangés aux vrais, comme dans toute narration historique brassant des témoignages. C'est un processus classique et maintenant bien connu. Mais la vraie question est : quels sont ceux, les conteurs, qui ont fait circuler ces souvenirs en premier ?

Laura n'osa pas répondre que c'était peut-être les messagers grassement payés, dispersés par Sénèque.

Sa raison se refusait encore à cette évidence audacieuse, et François le comprit parfaitement, lui-même étant contaminé par cette autocensure culturelle.

Mais il savait au fond de lui que la force de cette autocensure avait aussi nourri la puissance du christianisme au fil des siècles.

14

Ils restèrent enfermés dans la bibliothèque jusqu'à la fin de l'après-midi de ce dimanche besogneux, prenant des notes, échangeant des arguments, dans une sorte de danse intellectuelle où ils étaient deux partenaires maîtrisant les pas. Ce fut une séance intense, la découverte de pouvoir avec aisance combiner intellectuellement leurs forces et leurs sensibilités respectives. Mettre deux historiens ensemble sur un même thème était loin d'être une garantie de résultats et de réussite, mais là, le couple intellectuel fonctionnait, c'était une évidence pour chacun des partenaires, et ce constat les stimulait dans cette joie si rare de partager sincèrement des idées ensemble. Laura, finaude, jouait son rôle de pseudo-apprentie à la perfection, et François savourait celui de maître faussement incontesté, sans aucun désir d'en abuser. Ils étaient deux violons jouant la même partition. Ils vivaient un premier moment de grâce ensemble. Le temps passa comme une flèche.

Ils pouvaient encore s'affranchir de la bibliothèque et jouir de cette belle fin de journée. Laura prit l'initiative de proposer une promenade à la plage de Mondello.

François accepta bien volontiers de s'y rendre, il ne la connaissait évidemment pas.

Cette plage de sable blanc était située un peu en dehors de Palerme. Peu fréquentée en cette période de l'année, elle était tranquille et propice à laisser le promeneur savourer du regard et des pieds l'eau limpide couleur turquoise.

L'environnement exceptionnel dans lequel ils évoluaient maintenant raffermit leur envie de poursuivre leur conversation, comme si la nature si belle leur confiait l'intimité dont ils avaient besoin pour réfléchir. Ils déambulaient dans l'espace, ils firent de même dans le temps.

— Notre conception de la vie de Jésus est constituée par des couches de représentations successives, affirma François. On a l'impression qu'un récit cohérent du passé nous est arrivé sans encombre, il n'en est rien, ce sont des morceaux épars qui se sont agglomérés au fil du temps pour former une histoire désormais popularisée.

— Exemple ? demanda Laura.

François en avait en abondance.

— Des images qui n'ont pas échappé à votre enfance. Joseph très vieux fiancé à Marie très jeune, née miraculeusement d'une mère stérile, Anne. La question des frères ou des cousins de Jésus. Marie enceinte sur un âne en route vers Bethléem…

— Cela me rappelle les santons des crèches, ne put s'empêcher de lâcher Laura.

— On ne trouve ces éléments que dans le *Protevangelium Jacobi* ou *Protévangile de Jacques*, un évangile apocryphe qui date du IIe siècle seulement, et nulle part ailleurs. Avant, il n'y a rien, et tout apocryphe qu'il soit, on y a puisé allègrement ces références. Vous savez, la fonction principale d'un souvenir n'est pas de renvoyer à la réalité historique, il est construit pour dire quelque chose aux contemporains qui en prennent connaissance. Peu importe qu'il soit déformé, pourvu qu'il donne du sens. Sénèque, en grand tragédien, connaissait les hommes, il a précisément joué sur une corde sensible de l'âme humaine, un mécanisme psychologique pour être exact, décrypté, étudié et formulé bien longtemps après lui. Un récit inventé auquel on croit peut très bien devenir un récit historique accepté comme tel si ceux qui le répercutent ensuite sont convaincus par sa crédibilité. Il ne faut pas plus d'une génération pour que cette alchimie opère, que ce récit s'habille de témoignages formulés avec conviction, d'autant plus facilement dans un environnement où l'esprit critique n'est pas une priorité.

François et Laura s'arrêtèrent de dialoguer, poursuivant leur promenade en s'accordant spontanément une pause. Quel étrange séjour… Ils étaient dans un endroit splendide et apprenaient à se connaître en débattant de la mémoire de Jésus.

Laura revint sur l'exemple évoqué par François.

— L'exemple choisi est tiré d'un évangile apocryphe, et si la *vox populi* s'en est emparée, il y a quand même une distinction avec les Évangiles canoniques que les Pères de l'Église ont pris soin de valider, non ?

— Il y a un phénomène curieux. Quand les évangiles sont estampillés apocryphes, on conçoit mieux qu'ils véhiculent des inventions ou des déformations ; par contre, nous ne les voyons plus, ou nous les validons, si elles proviennent des Évangiles canoniques.

Et cela parce que le Nouveau Testament fait partie de nous-mêmes, de nos repères culturels. Et si je vous disais que Jésus, à peine âgé de deux ans, a domestiqué des dragons, me croiriez-vous ? Jésus était avec ses parents, des dragons surgirent, il garda son calme, et les dragons s'inclinèrent, apprivoisés.

— Pas vraiment, non. Il n'est pas le chevalier de la Belle au bois dormant dans Walt Disney, précisa Laura.

— Et pourtant il l'a fait.

— Qu'est-ce que vous racontez là ? se contenta de répondre Laura, dubitative.

— Bien sûr, affirma François, c'est dans l'*Évangile du pseudo-Matthieu*. Et si je vous disais que la Sainte Croix parlait ?

— Je ne vous croirais pas, dit-elle en esquissant un sourire. C'est ridicule. Le bois ne parle que dans *Le Seigneur des anneaux*.

— Et Groot aussi, dans *Les Gardiens de la galaxie*, renchérit François.

La conversation déviait. François reprit la barre.

— Une croix qui parle… Et pourtant, c'est explicite dans l'*Évangile de Pierre*. Mais c'est exactement ça, une croyance, il n'y a pas meilleur mot. Une croyance que l'on rejette ou que l'on accepte selon le degré de crédibilité accordé au récit qui génère cette croyance, et nous donnons naturellement, spontanément, une crédibilité aux récits qui proviennent d'une autorité que nous reconnaissons comme telle, qu'elle soit familiale, morale, culturelle, politique ou religieuse. Nous sommes forgés comme ça dès notre naissance. C'est pourquoi marcher sur l'eau, multiplier les pains, réanimer les morts ne vous semble pas ridicule mais au fond – et le mot est fabuleux – plausible, parce que c'est validé dans des Évangiles canoniques. Peut-être juste un peu ridicule quand même, mais alors vous compensez par l'analyse métaphorique, en expliquant qu'il y a un sens caché à la description de ces impossibilités physiques. Vous en faites même une discipline intellectuelle, que l'on appelle la théologie. Si le dragon dont je parlais devient Satan, alors il a son passeport pour entrer dans vos valeurs culturelles.

— Bon, je reviens là-dessus, dit Laura. Mais les exemples que vous m'avez cités proviennent d'évangiles apocryphes.

— Ils sont devenus apocryphes comment ?

— Quand l'Église a validé les quatre Évangiles canoniques dont vous parliez, et rejeté les autres, soutint Laura.

— Oui, plusieurs siècles après les faits ou prétendus tels, et en fonction des croyances et surtout de la définition de la crédibilité à l'époque où ce choix a été fait, et des rapports de force entre les décideurs, car ce choix était aussi une opération politique. Les Pères de l'Église qui ont retenu les vingt-sept livres hétéroclites d'auteurs multiples constituant le Nouveau Testament ont réalisé ce choix en accord avec les croyances de leur temps et de leur milieu. Trois siècles ! C'est la durée qui sépare Jésus du premier concile rassemblant les Églises chrétiennes à Nicée en 325, pour décider de la nature du lien entre le Christ et Dieu, en en profitant pour jeter l'anathème sur une minorité de chrétiens dissidents.

— Vous savez quoi ? Partons du principe que je suis croyante, et que votre analyse me séduit, et pourtant, je sens que je vais rester croyante.

— Je n'essaye pas de vous convaincre de ne plus l'être, j'expose mon analyse, et je sais très bien qu'elle ne modifiera pas vos croyances. Le cerveau est un immeuble à appartements, les croyances sont au huitième et la raison au sixième. Parfois, on entend ce qui se passe vaguement dans l'un ou dans l'autre quand on est sur le balcon, mais chacun vit chez soi. Il faut une vraie brisure psychologique pour modifier ses croyances, un effondrement de l'édifice.

— Et la mémoire est la concierge de l'immeuble, dit pertinemment Laura.

François se tut un instant, il lui fallait aller au bout de la conclusion de ce point.

— Vous savez ce que nous enseigne Sénèque ? Longtemps, on a cru que des récits populaires épars mis en ordre par des savants comme Jean ou les Pères de l'Église, qui leur donnèrent une signification théologique, avaient constitué l'essence du christianisme. C'est exactement le contraire : l'essence du christianisme, c'est le projet philosophique d'un tragédien solitaire qui s'est plié aux règles de la communication populaire dans la construction de son personnage et la formulation de son récit puis sa diffusion.

François s'arrêta de parler comme quelqu'un qui était allé trop loin dans la confidence et qui en prenait conscience, son intellect avait besoin d'une pause, ses mots commençaient à le dépasser, à submerger les repères qui l'avaient fait évoluer jusque-là dans un monde intelligible pour lui. Il contempla l'horizon pour s'offrir un zeste d'oubli.

Laura regardait la mer, elle aussi, la continuité éternelle du mouvement des vagues accueillies sur la plage.

Elle ferma les yeux pour respirer à pleins poumons la geste du vent qui accompagnait ce cycle de la nature. Son esprit n'était pas prêt à la contrainte d'une telle évidence. Sa raison ne voulait pas mesurer l'ampleur de cette perspective. Ses yeux clos et le rythme régulier de sa poitrine vivante étaient comme un refuge provisoire. Et il y avait François à côté d'elle, le docte François, qui lui faisait peur et la rassurait tout à la fois, qui s'enfonçait sans protection dans le magma de l'illusion historique fondatrice de civilisations. Sa voix qui frappait, sa présence qui réchauffait. À cette contradiction s'ajoutait au plus profond d'elle-même la peur de renouer avec le désir, et l'ignorance de savoir si cette peur annonçait immanquablement son retour au fond de son ventre, à la surface de son cœur.

Mais à cet instant précis, assis côte à côte sur la plage, ils étaient tous les deux bien trop éloignés de leurs certitudes pour que leurs corps s'enlacent à leur insu.

15

Quand ils quittèrent la plage et reprirent la voiture, la nuit était tombée. Laura considéra qu'il fallait célébrer dignement cette journée, très riche sur le plan intellectuel et plutôt frugale d'un point de vue alimentaire. En excellente promotrice de sa ville chérie, elle voulait faire découvrir à François Lapierre un lieu qu'il n'oublierait pas. Le professeur était un gastronome, il allait être servi, et comme manifestement il était du genre citadelle pouvant résister à deux assauts coup sur coup, après la cuisine de la *mamma*, il allait faire connaissance avec celle du Bye Bye Blues, un restaurant étoilé sur les hauteurs, en dehors de Palerme, mais accessible rapidement depuis la plage de Mondello.

Bien entendu, François se laissa faire, la faim était revenue, dopée par la curiosité éveillée par les propos de Laura sur la nature de son invitation improvisée. Il prenait maintenant le chemin des écoliers dans la nuit tombée sur Palerme, l'errance parfaite dans le *continuum* ininterrompu de leur aventure savante à deux voix.

Manifestement, en matière de gastronomie, il n'y en avait pas un pour rattraper l'autre, et François était ravi de pouvoir partager ce grand plaisir de la vie avec quelqu'un du même format que lui, sinon qu'il avait constaté qu'elle avait des limites dans les quantités absorbées, et lui non.

Situé dans une rue résidentielle, le restaurant était pratiquement indétectable, sans signe extérieur flagrant pour le distinguer des autres maisons. Il fallait le connaître pour s'y rendre, et il était pratiquement bondé, par des autochtones plutôt que par des touristes. Sa décoration intérieure était moderne et dépouillée, les murs garnis de photographies d'art, tandis que le personnel se montra très accueillant. Laura et François prirent place à une table et optèrent d'emblée, sur les conseils de l'historienne sicilienne, pour un menu dégustation composé de fruits de mer et de poissons, vin inclus. François jouait gagnant, car Laura conduisant, elle avait proposé qu'il termine la plus grande partie des verres qui lui seraient proposés avec cette formule.

Dans ce restaurant, le chef cuisinier était une femme, Patrizia di Benedetto. Elle fit une apparition dans la salle et se dirigea directement vers la table des deux historiens. Les deux femmes s'embrassèrent comme de vieilles camarades de classe et discutèrent un instant en patois sicilien, le sourire aux lèvres.

— On se connaît depuis longtemps, dit Laura, sa complice repartie en cuisine. Dans sa famille, on cultive la bonne cuisine depuis toujours. Elle m'a dit que vous aviez une tête de bon vivant, et je lui ai répondu que vous alliez tomber amoureux d'elle. C'est une jolie brune, non ?

François, un peu surpris quand même, lui répondit sur le même ton qu'il ferait éventuellement sa déclaration dans une heure, selon le verdict de ses papilles gustatives. Il n'allait pas être déçu.

— Bon, dit Laura, préparez-vous à un enchantement.

À ce moment-là, un garçon apporta un petit matériel étrange, en fait une rangée de sel de différentes origines et de couleurs variées. Puis vint le plat de poissons crus, savamment découpés et joliment présentés, le principe étant qu'à chaque morceau était attribué un sel différent en guise d'assaisonnement.

Et l'alchimie opéra, chaque bouchée transfigurant François devant Laura qui souriait de contentement.

— C'est merveilleux, vraiment merveilleux, avoua François. Dites à votre amie que je l'épouse demain.

Et il conclut sa fantasque décision par une gorgée de vin dont il influença savamment la trajectoire dans sa bouche, un Ferrari Perlé blanc de blanc, chardonnay du Trentin issu des terres de la famille Lunelli, d'une exceptionnelle qualité.

— Quand vous mangez, on dirait que vous sauvez votre vie, dit Laura, espiègle.

— C'est un peu vrai, non ?

D'autres plats allaient suivre, et d'autres verres de vin tout aussi fabuleux. Laura considéra que le moment était propice pour en revenir à Sénèque, car après, il serait trop tard.

— Donc, la *tragédie* de Sénèque serait le socle de base de l'épopée du discours chrétien, dit Laura. Mais qui alors l'a étoffée, pour nous amener aux Évangiles que nous connaissons ? Qui a ajouté une couche d'inventions sur l'invention de Sénèque ?

François n'était jamais plus apte à discourir qu'en présence d'une jolie femme et de trésors gastronomiques.

— Dans mon enseignement sur les conceptions de l'histoire, il y a un chapitre que j'aime beaucoup communiquer aux étudiants, développa François. Il nous amène au XIXe siècle, quelques décennies après l'épisode napoléonien qui fit sortir notre document des secrets des archives romaines. Nous sommes en Allemagne, en pointe dans tous les domaines des sciences, nous sommes dans le contexte de l'analyse critique des textes bibliques, menée notamment par des théologiens eux-mêmes. C'est une époque incroyable, celle où les théories évolutionnistes de Darwin se diffusent, où l'athéisme gagne du terrain, comme le socialisme en politique, mais aussi le nationalisme biologique soit dit en passant. Bref, considérer les textes sacrés, inspirés, comme des sources à analyser de manière critique, comme n'importe quel document écrit, s'est imposé, y compris dans les milieux universitaires chrétiens les plus avancés. La perspective prise était que ceux qui ont écrit les Évangiles n'étaient sans doute pas à proprement parler les auteurs des récits qu'ils produisaient. Leurs récits écrits étaient des morceaux de récits oraux dispersés et rassemblés par eux longtemps après les faits supposés, d'où les contradictions entre les Évangiles. En somme, leurs auteurs n'ont pas été les témoins oculaires des faits qu'ils rapportent. Au XIXe siècle, c'était encore révolutionnaire de dire ça. On s'est penché sur l'ordre chronologique des Évangiles, en se disant que les plus anciens étaient forcément les plus proches des faits dans le temps. Est-ce que cela en fait *de facto* les sources les plus crédibles ? Rien n'est moins sûr. L'Évangile de Jean est à part, les trois autres Évangiles ont été appelés synoptiques, car ils sont susceptibles d'être comparés. Ils présentent des convergences, des ressemblances et des différences. En soi, cela plaide plutôt en leur faveur en fait, car les témoignages les plus crédibles sont ceux qui se ressemblent sur le fond et diffèrent sur la forme, ce qui suggère leur indépendance respective. Mais il manquait une pièce du puzzle. Donc, nous avons Marc, Matthieu et Luc. Marc serait le premier, il aurait même en partie inspiré Matthieu et Luc. Mais Matthieu et Luc sont inspirés ensemble par des éléments qui ne se trouvent pas dans Marc. Il y a une pièce du puzzle qui manque, ce que les Allemands ont appelé la source Q, la « source » qui se dit *Quelle* en allemand. Elle aurait inspiré à la fois Matthieu et Luc pour les parties communes qu'ils partagent, des parties que l'on ne trouve pas chez Marc. La source Q serait un assemblage de *logia*, c'est-à-dire de paroles de Jésus, mises par écrit vers 50.

Laura qui connaissait les éléments présentés par le professeur Lapierre, mais qui avait choisi de ne pas l'interrompre pour savourer et son verre de vin et sa voix, posa la question attendue.

— Et vous pensez que Sénèque est la source Q ?

— J'y ai songé, mais non. Sénèque se situe avant même la source Q. Sénèque est la source S. Il fait diffuser des *logia* via ses informateurs, peut-être des *logia* qui vont transiter par le truchement de la source Q vers Matthieu et Luc, avec les déformations de circonstance. Mais j'y reviendrai, restons sur Marc pour l'instant, vous allez voir, c'est fascinant. Marc est le récit le plus ancien, mais c'est aussi le récit le plus court, rédigé vers 70. Cela plaidait en sa faveur d'être la source la plus proche des faits, la moins édulcorée, non corrompue par la surcharge des ajouts et des recompositions postérieures. Cette lecture a été battue en brèche par le bibliste allemand William Wrede, dans son livre *Das Messiasgeheimnis in den Evangelien*.

— « *Le Secret messianique dans les Évangiles* », s'empressa de traduire Laura.

— Exactement, réagit François. Wrede a compris que Marc était déjà une œuvre théologique détachée des faits, et non l'illustration précoce d'un rassemblement de témoignages directs. Dans Marc, Jésus ne manifeste pas le désir d'installer le royaume de Dieu sur terre, il est très discret sur son identité de messie, il ne la clame pas et il souhaite même que ses disciples ne l'annoncent pas sur tous les toits, posture paradoxale de la part de Jésus si c'était un souvenir historique, vous en conviendrez. Pourquoi vouloir taire une qualité fondamentale conférant du poids au message pour lequel il s'est pourtant sacrifié ? En fait, Marc est moins un homme que l'une des communautés chrétiennes parmi d'autres, bien longtemps après les faits supposés. L'Évangile de Marc, c'est le fruit du débat collectif qui devait agiter cette communauté devant une contradiction, car cette même communauté reconnaissait le caractère messianique de Jésus, alors que de son vivant, il n'était pas identifié comme tel par ses contemporains, ce qui est d'autant plus logique si c'est un personnage fictif n'ayant *de facto* jamais rencontré *personne*. Du coup, la communauté de Marc a considéré que Jésus avait dû cacher lui-même son identité messianique, et ainsi cette communauté de croyants se réconciliait avec elle-même, par le truchement d'une option théologique et non historique.

— Donc le plus ancien Évangile est déjà une œuvre théologique, résuma Laura. *Quid* avant Marc ?

— Avant Marc ? répéta François. C'est précisément ici que nous devons faire intervenir Sénèque dans la chronologie. Mais d'abord, laissez-moi vous évoquer la figure de Karl Ludwig Schmidt. Il s'agit d'un érudit allemand du début du XXe siècle. Il s'est penché sur l'Évangile de Marc pour constater que celui-ci avait construit sa narration sur la base de petites histoires indépendantes, une guérison ici, un enseignement, un miracle là, qu'il replaçait dans un contexte spatial et chronologique pour habiller ces histoires. On a même donné un nom à ces séquences : des perles, et l'évangéliste a réalisé le collier. C'est Sénèque qui, selon moi, est à l'origine des perles, en partie, pour transcrire son message stoïcien. Il est aussi à l'origine des axes d'assise très modestes de la biographie de Jésus, personnage de tragédie qu'il invente, c'est clair dans sa lettre. Tout ce qui suit se résume à des souvenirs faux, des pseudo-souvenirs déformés ou des versions théologiques.

— Il l'invente comme Lewis Caroll a inventé *Alice au pays des merveilles*. Et les adaptateurs vont se presser au portillon, ajouta Laura.

— En somme, oui. Ces perles sont issues de traditions orales véhiculées longtemps avant par les conteurs dispersés par Sénèque, premiers diffuseurs mandatés et financés par lui avec l'aval de Néron. Leurs récits étaient très simples, afin de pouvoir être ensuite rendus plus complexes par d'autres, ce qui brouillait ainsi leur origine.

Ils quittèrent le restaurant comblés et reprirent la voiture, avec heureusement Laura au volant, pour reprendre la route en lacet vers la mer et rentrer à la maison. La douceur de la nuit, les sens exaltés par la soirée donnaient un air de *dolce vita* à cette balade nocturne.

Le vin n'avait que modestement altéré la capacité de raisonnement de François. Il était déchaîné, songea Laura qui mobilisait son attention sur sa conduite. Les vitres de la voiture étaient ouvertes, le vent s'engouffrait pour les stimuler tous les deux, ils se sentaient vivants comme jamais.

François, inspiré par cette situation excitante, continuait à partager ses réflexions.

— Les récits sur Jésus illustrent davantage l'état d'esprit des communautés qui les véhiculaient que la biographie de Jésus elle-même. D'ailleurs, c'est nous qui cherchons un Jésus historique, alors que les premiers chrétiens n'en avaient que faire.

Laura devait se concentrer sur les tournants incessants de la route et le trafic relativement intense. Elle le laissait parler tout simplement aussi parce qu'elle aimait l'écouter.

— En lisant *La Case de l'oncle Tom*, en lisant ce livre sous le bon angle, poursuivit François, j'en apprends plus sur les antiesclavagistes que sur Tom lui-même, et Tom est d'abord un support à la cause antiesclavagiste, avant que d'être un personnage de chair et d'os. Il n'a d'ailleurs pas besoin d'exister en tant que personnage historique pour être pertinent dans l'argumentaire antiesclavagiste. Vous avez lu *La Case de l'oncle Tom* ?

— Oui, quand j'étais beaucoup plus jeune, répondit Laura.

— C'était à prévoir. Vous savez que ce livre fut numéro deux des ventes de livres au XIXe siècle après la Bible ?

— Je l'ignorais.

— Et vous vous êtes déjà demandé si Tom avait véritablement existé ?

— Je ne pense pas, non.

— Moi non plus, figurez-vous. Et ici, dans cette voiture, je suis incapable de vous dire si Tom a existé ou pas, alors que je vous parle de son histoire. Et les lecteurs de l'époque ne le savaient sans doute pas non plus, ils n'avaient pas besoin de cette information pour comprendre le livre, pour lui donner sa valeur, pour adhérer à son impact. Et quel impact ! Il a participé à préparer les esprits à la guerre de Sécession. On raconte qu'Abraham Lincoln aurait rencontré l'auteure, Harriet Stowe, et lui aurait dit : « C'est donc cette petite dame qui est la cause de cette grande guerre. »

Laura recentra la conversation sur Jésus, sinon l'intarissable professeur risquait d'emprunter d'autres chemins de la littérature universelle.

— Mais, pour en revenir au Christ, les apôtres martyrs, qui se sont sacrifiés pour lui, auraient-ils pu mourir pour un fantôme ?

— Pas pour un fantôme, Laura, pour une représentation.

— On ne meurt pas pour une représentation.

— On meurt surtout pour une représentation. Songez à ceux, innombrables, à toutes les époques, morts pour que la Patrie vive. Qu'est-ce qu'une patrie ? C'est davantage que l'endroit où l'on est né et où on a vécu. C'est la signification que nous devons à cette représentation qui nous motive à la servir. Lors de la Première Guerre mondiale, en France, des poèmes circulaient pour inviter les soldats à se battre, et sans doute à se sacrifier, pour quelqu'un qui a vécu au Moyen Âge et dont la vie a été singulièrement édulcorée par la légende, et ces soldats l'ont fait, ils ont trouvé de la motivation à monter au feu en pensant à ce personnage.

— C'était qui ?

— Jeanne d'Arc.

16

François dormit d'un sommeil de plomb cette nuit-là. Il s'éveilla plus tard que d'habitude. Il prit son temps pour se lever et se préparer, se disant que Laura devait être encore assoupie. Elle était plus marmotte que lui. On était déjà lundi, et il repartait à Paris mercredi. C'était trop court, pensa-t-il, bien trop court.

Il quitta sa chambre pour se rendre dans la cuisine, où il découvrit Laura déjà attablée, un peignoir qui devait dissimuler une robe de nuit délicieuse sur elle, un bol de chocolat chaud à portée de bouche.

— Déjà levée ?

— J'ai du nouveau concernant la trajectoire de la source. J'ai un peu planché cette nuit, j'avais beaucoup moins ingurgité de *vino bianco* que vous.

— Pitié ! supplia François. Laissez-moi absorber un peu de café avant de solliciter mes neurones.

Elle était contente d'être opérationnelle alors que lui traînait la patte, c'était plaisant de monter de temps en temps sur la tête du maître. Elle le laissa reprendre ses esprits en arrêtant de le taquiner. À la troisième gorgée de café, elle estima qu'il pouvait suivre une conversation.

— Je peux ? dit-elle, sur un ton un peu forcé.

— Oui, vous pouvez, docteur Zante. Je suis tout ouïe.

À peine avait-il dit ça qu'il fit mine de s'effondrer sur la table la tête la première, et il ne bougea plus.

— Allez, ça va maintenant. Relevez-vous.

Entre-temps, la *mamma* les avait rejoints, découvrant le professeur dans cette posture incongrue. Laura se tourna vers sa mère.

— Il est mort, maman, mort d'avoir trop mangé de la cuisine sicilienne. Tu as un nouveau martyr sur les bras.

François, comprenant qu'Ariana était présente, releva subitement la tête pour faire bonne figure, mais il était trop tard.

— Je suis désolé, se contenta-t-il de dire, face aux deux femmes qui lui souriaient.

Laura et François décidèrent de se réfugier dans la bibliothèque, c'était leur milieu naturel, là où ils pourraient entamer leurs travaux de la journée.

Cette fois, ce fut Laura qui entra dans le vif du sujet.

— J'ai donc du neuf. Lors des Cent-Jours, Napoléon, revenu à Paris, interrompt le retour vers Rome des archives du Saint-Siège et confie l'affaire à l'archiviste de l'Empire, Pierre Daunou. Puis, c'est de nouveau le chaos après Waterloo. Daunou, sans doute sur ordre de l'Empereur, fait évacuer des documents particulièrement sensibles vers une autre destination. À partir de là, c'est la confusion, mais on retrouve des archives secrètes vaticanes devinez où ? Au Trinity College de Dublin ! C'est dingue, non ? C'est un général irlandais fidèle à l'Empereur, un certain O'Flaherty apparemment, qui s'est chargé de cette mission de cacher ces archives en

Irlande, un chariot entier, une centaine de volumes d'archives. Après, mystère… Donc, si on conserve l'hypothèse que la lettre était dans ce lot irlandais, c'est vers Dublin qu'il faut nous tourner.

— Et nous sommes à Palerme… J'ai un collègue et bon ami au Trinity College, le professeur John Milton. J'ai même son numéro de portable enregistré ici.

— Appelez-le !

— Là, depuis la bibliothèque d'un palais sicilien en déclin… ?

— Vous connaissez quelque chose de plus excitant ?

— Devinez.

Il songeait en fait à la robe de nuit de Laura, invisible sous son peignoir.

Il prit son portable et sélectionna le numéro. Par chance, quelqu'un décrocha immédiatement au bout de la ligne.

— Allo, ici François Lapierre…

— François… Ça alors, quelle bonne nouvelle ! Comment va Paris ?

— Paris est égale à elle-même. Bonjour, cher John. En réalité, je suis actuellement à Palerme.

— Heureux homme ! Vous vous partagez entre la vie trépidante de l'historien et les affolantes beautés siciliennes, je vous envie !

— C'est à peu près ça, oui. Écoutez, c'est une histoire un peu compliquée. Serait-il possible de vous rencontrer cette semaine pour vous en parler ? Cela concerne les archives secrètes du Saint-Siège transférées au Trinity College en 1815.

— *Well done !* Le mot « trépidant » était trop faible. Dans quoi avez-vous mis les pieds, cher ami ?

— Je me le demande encore. Nous sommes sur la piste d'une source très importante.

— Je serai ravi de vous recevoir quand vous voulez.

— Merci vraiment, John. Je vois avec les horaires de vol et vous informe… Je ne serai pas seul.

— Une femme !

— Oui, une brillante jeune historienne sicilienne, mais ce n'est pas…

— Oh, François, le mot qui remplaçait « trépidant » doit être absolument remplacé à son tour par un mot encore plus fort ! À bientôt au Trinity College.

— « Brillante jeune historienne sicilienne », hum, je vous engage pour faire ma com'.

— C'est professionnel, Laura.

— C'est justement pour ça que je vous engage…

17

François décida de sauter le déjeuner, il n'en pouvait plus, et une brève période de diète ne pourrait pas lui faire de mal. Il prit congé des habitants de la maison pour s'octroyer une vraie sieste. C'était un moment sacré : quinze minutes de lecture, soixante minutes de sommeil. Imparable.

Il s'assoupit avec une question dans la tête : pourquoi les archives du pape avaient-elles conservé ce document compromettant plutôt que le détruire ? Il était fréquent que les pouvoirs fassent disparaître les preuves qui pouvaient les accabler, et là, la disparition aurait été d'autant plus aisée que la lettre de Sénèque était parfaitement inconnue dans l'histoire, personne n'aurait pu soulever le lièvre par la suite. La seule hypothèse qu'il pouvait souligner pour le moment tenait dans le mystère de la dernière page. Il sentait instinctivement que c'était par là qu'il fallait creuser, mais il ne savait pas comment.

Il était trop las pour aller plus loin, et, alors qu'il sombrait dans le sommeil, on tambourina subitement à la porte ! Il se leva pour aller ouvrir, et fut frappé d'horreur… Un prêtre abominable se dressait devant lui, prêt à lui planter une croix aiguisée en pointe dans la poitrine.

Il vociférait des incantations en latin, d'une voix nasillarde. François recula, alors même que la voix du prêtre muait pour diffuser un son continu plus rauque, plus grave, une sorte de cri sorti des entrailles de la terre, et l'être malfaisant se transforma en un diable rouge, faisant éclater sa soutane dans les effets de la métamorphose, et offrant à la vue un corps luisant, fumant, au sexe démesuré, puis… François se réveilla en sueur, on tambourinait à la porte, c'était la voix de Laura.

— Venez, réveillez-vous. Descendez, s'il vous plaît, professeur. Rejoignez-nous dans le salon au plus vite !

François, en nage, se leva comme un automate et tenta de reprendre ses esprits. Que se passait-il ? Il se rendit dans la salle de bains de sa chambre, but beaucoup d'eau et se rafraîchit rapidement. Il s'habilla en catastrophe et descendit au salon.

Laura était pâle, entourée de sa mère et de Luigi. Ce dernier paraissait extrêmement tendu. Il interpella François dès son arrivée.

— Professeur, il faut partir d'ici, au plus vite. Il y a un contrat sur vous.

— Un contrat ? Qu'est-ce que…

— Un contrat sur votre tête et celle de Laura. La mafia… J'ai été averti en douce, je n'ai pas de détails, je ne sais rien, mais vous êtes des cibles. C'est très grave, vous comprenez, très grave, martela l'oncle de Laura.

— Mais qu'est-ce que c'est que cette histoire ? se contenta de demander François.

Laura, qui n'avait encore rien dit, intervint, alors que sa mère était tétanisée.

— Quand c'est comme ça, il faut partir au plus vite, semer ceux qui vont nous poursuivre.

Son oncle reprit la parole.

— Ce n'est pas une petite affaire. S'il y a un contrat sur votre tête, c'est que vous avez fait une grosse bêtise.

— Une grosse bêtise ? Mais quoi ? dit François, réduit à poser des questions sans réponse.

— Dans quoi avez-vous entraîné ma fille ? se plaignit Ariana, en pleurs, entre deux reniflements.

François tenta de trouver une issue.

— Mais je n'ai rien fait, il y a un malentendu, je vais leur parler.

— Mais non, monsieur, dit Luigi. Ça ne marche pas comme ça. Il faut fuir, fuir, vous comprenez.

— Laura, dites quelque chose, enfin. On n'a fait que travailler sur une source historique et…

Laura intervint, elle était sombre et particulièrement irritée.

— Ça suffit, inutile de palabrer, on va quitter les lieux en catimini.

Son oncle reprit le contrôle de la situation pour planifier leur sortie.

— C'était quoi votre programme pour aujourd'hui et les prochains jours ?

Laura lui apporta des précisions.

— Aujourd'hui, on devait travailler ici. Demain mardi, j'avais prévu d'emmener le professeur au *palazzo* Conte Federico en visite privée, puis à un dîner au Scrigno dei Sapori. J'ai déjà réservé une table. Mercredi, le professeur devait reprendre l'avion pour Paris, mais on a changé le billet pour Dublin et je pars avec lui.

— Bon, dit Luigi un peu calmé, n'annulez pas votre réservation au restaurant ni votre billet Palerme-Dublin de mercredi. Faites vos bagages, on prend la voiture et on file vers Catane. On roulera de nuit. Là, vous prendrez un autre billet pour Dublin. Dès demain matin. Cela brouillera un peu les pistes.

François était complètement sonné par ce rebondissement, il ne comprenait rien. Fébrile, il se rendit dans sa chambre faire sa valise, pendant que Laura faisait de même et prenait soin d'emporter cette fois-ci le document original avec elle.

Elle consulta rapidement les vols Catane-Dublin pour réserver les billets, c'était galère. Il fallait aussi modifier la réservation de l'hôtel. Elle trouva un vol KLM Catane-Dublin, avec un départ à 6 h 05 du matin et une arrivée à 16 h 40, avec une escale à Milan et une autre à Amsterdam : 11 heures 35 de voyage… Il leur faudrait environ trois heures pour rejoindre l'aéroport de Catane par l'autoroute A19. Le timing était serré, mais tenable, il avait même une petite marge, son oncle avait vu juste.

Elle se dit qu'ils mériteraient un peu de confort à l'arrivée et réserva deux suites dans le somptueux Westbury Hotel, très central, sur Grafton Street.

Elle savait que le trajet entre Palerme et Catane serait pénible, elle soupçonnait l'origine de la traque, et elle allait devoir vider son sac.

18

Après un repas léger, et les adieux de Laura à sa mère complètement angoissée, ils avaient pris la route comme des fuyards. Quel contraste avec le jour de l'arrivée du professeur Lapierre ! Les choses prenaient une tournure totalement inattendue et très inquiétante. François se dit que le lendemain, pratiquement à l'heure d'atterrir à Dublin, il y aurait une semaine que Laura Zante avait déboulé dans son existence paisible, laborieuse et active certes, mais très sécurisée. Il était certain qu'il ne regagnerait pas Paris mercredi, il lui faudrait gérer d'Irlande la situation à la Sorbonne. Assis à côté de Laura à l'arrière de la voiture, il la sentait pensive et inquiète. Le lien avec la mafia ne pouvait que l'impliquer, il n'avait rien à voir là-dedans, c'était en tout cas ainsi qu'il voyait les choses. Il s'abandonna au rythme de la route, dans l'atmosphère maussade qui régnait dans l'habitacle, avec un conducteur concentré et silencieux. Il espérait que Laura se libèrerait du poids qu'il la soupçonnait de devoir porter.

Laura, en boule dans son coin, se souvenait de sa dernière conversation avec Alberto, la veille. Elle se remémorait le désarroi de son ami, elle entendait encore ses paroles et combien elles étaient terribles, leur dialogue était gravé dans sa mémoire :

— Tu n'as cessé d'être dans ma vie, Laura, depuis toujours, depuis notre enfance. Plus tard, j'ai voulu être curé à cause de toi, pour te fuir, pour fuir mon désir de toi, et puis j'ai voulu cesser d'être curé encore à cause de toi, pour te retrouver, pour manifester une autre foi de tout mon cœur, pour croire que tu m'aimerais enfin un jour. Mais je savais que c'était illusoire, j'avais ton amitié pour toujours, mais je n'aurai jamais ton amour. À la fin, j'ai accepté ma condition, je me suis contenté de ton amitié, en remettant à une autre vie la chance de pouvoir t'aimer, et je me suis investi dans ma mission. J'ai voulu donner de la cohérence à ma vie, être un bon prêtre, intègre, et je crois que j'ai fini par le devenir. Et toi, comme chaque fois, tu brises le fragile équilibre que je me construis patiemment, cette fois-ci avec cette lettre incroyable que tu m'as soumise. J'étais piégé. Tu dois me comprendre, Laura, je devais ne fût-ce que simplement me confier à quelqu'un de mon Église. Je sais que je rompais ainsi la promesse que je t'avais faite de n'en parler à personne, mais toi, tu m'as mis dans une situation impossible, je n'aurais pas dû accepter de lire ce document, tu aurais pu me prévenir du danger de le faire pour quelqu'un comme moi, dans ma situation. Tu as agi comme une inconsciente et une personne égoïste.

— À qui tu en as parlé ?

— À l'un des archivistes du Vatican, un vrai ami, spécialiste des textes antiques.

— Un ami ?

— Oui, un spécialiste, je lui ai demandé d'agir en toute discrétion. Ce n'était pas malin, je l'entraînais lui aussi dans la spirale que tu as déclenchée. Mais je te jure que personne d'autre en dehors d'un cercle très restreint dans mon Église n'a été informé. C'est impossible.

La voiture poursuivait sa route sans encombre, la circulation était dérisoire à cette heure. Laura sentit qu'elle était observée par son voisin et émergea de ses pensées, c'était François qui la regardait, bien sûr, et pour la première fois, la jugeait. Cet homme savait tirer les fils, il devait sentir qu'elle était la cause de quelque chose. Son oncle conduisait et ne disait rien, mais il était lui aussi en attente, l'oreille tendue.

— Bon, dit Laura, j'ai merdé.

Elle sentit une pointe de soulagement chez François, il n'avait pas peur de la vérité. Il en avait même besoin pour calculer et affronter les dangers.

— Voilà : hier matin, je me suis rendue à l'église voir mon ami d'enfance Alberto, le prêtre que tu connais, *zio*. Il m'avait appelée et voulait profiter de mon retour à Palerme pour me voir.

Elle décida de s'abstenir d'évoquer devant les deux hommes les tourments sentimentaux perpétuels du prêtre à son égard.

— En fait, lorsque j'ai fait la découverte du document il y a deux mois, j'avais besoin de me confier à quelqu'un, un véritable ami qui soit aussi un lettré et bon connaisseur du latin.

— Et vous avez choisi un prêtre comme victime ! ne put s'empêcher de dire François.

— Je n'ai pas des masses d'amis, voyez-vous. Je n'y peux rien, c'est comme ça. C'est vrai, j'ai commis une erreur, car il a été frappé bien évidemment par son contenu. Mais je lui avais dit que c'était peut-être un faux, qu'il fallait d'abord l'apprécier comme une curiosité littéraire.

— Une curiosité littéraire ? répéta François.

— Oh ! Vous n'allez pas m'interrompre tout le temps pour vous moquer de moi. Vous ne croyez pas que j'en bave déjà assez, ça ne se voit pas ? dit Laura, au bord des larmes.

François consentit à constater qu'il glissait vers une cruauté inutile, et que cela ne servait à rien de l'accabler. Elle était visiblement sincère dans l'expression de sa culpabilité et dans son exaspération contre elle-même.

Laura perça l'abcès.

— Il m'a dit qu'il n'avait pas pu résister à contacter un ami archiviste au Vatican pour discuter avec lui du document, mais en restant dans le vague. C'est ça, la fuite. C'est tout ce que je sais, et lui aussi, je vous le jure.

Ce fut Luigi qui prit enfin la parole.

— Ma petite, le Vatican est un nid de vipères, tout se sait là-bas, tout circule, tout est filtré et répercuté. L'ami d'Alberto n'y est sans doute pour rien, mais l'information est remontée chez un pourri, un prélat félon en lien avec la mafia.

— C'est à peine pensable, dit François, c'est dans les romans que l'on trouve des amitiés particulières de cette nature.

— Si vous lisiez les journaux italiens, vous verriez que ça n'arrive pas que dans les romans. Il y a des scandales tout le temps, du blanchiment d'argent, des trafics d'influence, des règlements de comptes. Je sais de quoi je parle, j'ai un peu traîné avec eux dans la mauvaise partie de ma jeunesse, j'ai gardé des contacts, je n'en suis pas fier, mais c'est pourquoi on roule vers Catane.

Laura s'était murée dans sa mauvaise humeur, la tête tournée vers sa vitre, un mouchoir à la main. Elle pleurait maintenant, doucement, en silence. François se devait de réagir.

— Ne serait-il pas plus simple d'appeler la police ?

— Pour qu'ils nous confisquent la lettre, cet objet du désir de ces monstres ? Jamais de la vie, répliqua Laura, vindicative.

— Et puis, on n'a rien de concret, que de vagues menaces, renchérit Luigi.

François laissa tomber, il valait mieux que tout le monde se calme et que s'apaise la tension.

Il ne se passa plus rien jusqu'à l'aéroport de Catane, où Luigi déposa ses passagers et leurs bagages. Les adieux furent brefs, des sourires d'encouragement furent échangés. Ce n'était que le début d'un long voyage.

19

Ils restèrent taiseux durant la procédure d'enregistrement de leurs billets et le passage du contrôle à la frontière. Laura donnait juste l'impression de bouder, et François, paradoxalement, se sentait plus léger. Il rationalisait la situation. Il y avait sans doute une part d'exagération chez l'oncle de Laura. Malgré les apparences, cet homme était d'une nature tourmentée. Et puis, François dut bien se l'avouer, il était rassuré concernant l'escapade de Laura du dimanche matin, elle n'avait pas rejoint un amant imaginaire. Il se sentit ridicule en formulant cette pensée, mais il ne put s'empêcher de la savourer. Lui aussi était plus tourmenté qu'il n'en avait l'air, mais pour des raisons qui tenaient à des habitudes de vie de privilégié dont le seul obstacle notoire dans la vie était l'éventuelle carapace de résistance des femmes à ses efforts de séduction. Il ne lui vint même pas à l'esprit qu'il pouvait faire parfois un bien piètre conquérant.

Arrivés dans la zone internationale, ils s'installèrent dans un bar pour prendre un café pour François et un thé pour Laura, et manger quelques pâtisseries. François tenta de relancer la conversation et leur complicité.

— Il faut que j'appelle John Milton pour fixer un rendez-vous demain matin si c'est possible.

Il s'exécuta devant elle, et le rendez-vous fut pris, non au Trinity College, mais au domicile privé de l'historien irlandais. Durant la conversation, Laura l'observait du coin de l'œil, un peu moins furieuse que durant leur trajet en voiture. Elle apprécia qu'il reprenne les choses en main et travaille à leur enquête malgré l'ambiance de plomb qui s'était invitée dans ces circonstances.

— Vous n'avez pas la trouille ? dit-elle lorsqu'il eut terminé son appel.

— Non, c'est vous qui avez la trouille en avion, pas moi.

Elle esquissa un sourire, il était balaise, le professeur Lapierre.

— Moi, j'ai la trouille, c'est vrai, et depuis que je vous connais, je prends l'avion tous les deux jours.

— Fallait pas fouiller dans votre grenier. Et venir bousculer ma petite vie. Et mettre en péril mon pauvre foie.

Elle lui sourit vraiment, il fallait qu'elle fasse une concession.

— Je suis désolée, sincèrement. J'ai commis une erreur et ce n'est pas à vous de la payer. Vous n'avez rien fait de mal, moi si.

— Laura, stop ! Ce sont les choses de la vie, c'est fait, c'est passé. Maintenant, on est une équipe, on est sur un défi, on bosse ensemble, et on ne lâchera pas le morceau.

— Je suis un fléau apocalyptique. Pourquoi vous faites ça pour moi ?

Que devait répondre François ? Il ne le savait pas lui-même. Était-ce parce qu'il la désirait ardemment, et que sa démonstration de mâle protecteur faisait partie de son processus de séduction ? Était-ce par goût de la recherche de la vérité historique et détestation de ceux qui voulaient la bafouer ? Était-ce parce que le document était vraiment exceptionnel, qui surgit une fois dans une carrière ? Était-ce son goût inné de la liberté qui augmentait à l'aune des risques exceptionnels encourus, alors qu'il était plutôt pleutre au quotidien ? C'était sans doute tout cela à la fois.

— Parce que vous le méritez, s'entendit-il dire. Je découvre une personne qui est quelqu'un de rare, qu'on a envie de voir s'en sortir. Vous êtes brillante, et puis j'aime bien travailler avec vous, voilà.

Laura était sincèrement émue, elle savait qu'il taisait l'autre raison, qui crevait les yeux. Elle lui en savait gré. Au fond, Lapierre était un type bien, mieux qu'elle ne l'avait imaginé au départ. Sa réputation sulfureuse était à corriger. Ou alors, il avait un talent fou en la matière. Elle décida de ne pas trancher la question maintenant.

Ils tuèrent le temps jusqu'à l'appel pour l'enregistrement et la montée dans l'appareil. Tous les deux espéraient pouvoir dormir enfin dans l'avion.

Ils ne se doutaient pas qu'au même moment, à 200 kilomètres de là, Luigi, qui avait rejoint Palerme en avalant de nouveau du bitume, était cueilli devant chez lui par trois hommes qui le tabassaient à coups de poing et de pied, et qui semblaient ne jamais devoir s'arrêter.

20

Laura Zante et François Lapierre trouvèrent difficilement le sommeil au cours du voyage vers Dublin. Ils étaient épuisés en arrivant à leur luxueux hôtel et chacun gagna sa suite avec soulagement.

À l'heure du dîner, Laura déclina l'invitation de François, elle était rompue, elle s'effondra littéralement dans son lit *king size* et dormit dix heures d'affilée. François s'était contenté du *room service* et avait fait de même.

Après une bonne nuit réparatrice, en ce mercredi matin, ils étaient plus frais, de meilleure composition, et s'étaient donné rendez-vous pour le petit déjeuner, enfin mis en appétit.

François beurrait son croissant avec délicatesse. Laura grignotait ses *corn flakes*. Ils étaient sereins, ragaillardis par une vraie nuit de sommeil, dans un lieu voué au bien-être. Alors que Laura croquait maintenant dans son toast à la confiture d'orange, son visage incarnant l'hommage reconnaissant du bruissement d'une bouche aux délices offerts en sacrifice, François s'adressa à elle, presque à mi-voix, pour ne pas brutaliser l'atmosphère cossue du restaurant.

— J'ai réfléchi à notre dernière conversation, comment dirais-je, intelligible, en liaison avec notre travail.

— Dimanche ?

— Oui, avec les témoins oculaires, les perles, le collier…

— O.K.

— Hier, je me suis de nouveau posé la question des messagers de Sénèque, la première ligne, les petites mains de son grand mensonge. Qui étaient-elles, ces petites mains ? dit François en imitant le ton d'un conspirationniste sur YouTube, avant de poursuivre plus sérieusement. Techniquement, ce sont les témoins dits oculaires, posons cela comme hypothèse. Eh bien, même dans ce cas, on n'a pas besoin de discuter, savez-vous combien d'Églises ont été fondées par des témoins oculaires ? Je parle de celles qui sont les socles originaires, les fondations, de la diffusion du christianisme, les Églises de Corinthe, de Rome, de Philippes, de Thessalonique, d'Éphèse, de Derbé, de Crète, d'Antioche, de Tarsis… La réponse est : aucune !

Laura fut sincèrement surprise, c'était un point qu'elle ignorait totalement, tant le contraire, la fondation d'Églises, de communautés chrétiennes par des témoins oculaires de Jésus, lui semblait une évidence, un passage historique obligatoire.

— Aucune Église n'a été fondée par quelqu'un qui se revendiquait témoin oculaire du Christ ? demanda Laura, pour être sûre d'avoir bien entendu.

— Aucune, confirma François, et il n'y a même pas besoin de polémiquer, c'est le Nouveau Testament lui-même qui le confirme…

— C'est incroyable !

— Et pourtant, il a bien fallu que quelqu'un les crée, ces Églises, poursuivit François, en se resservant du café. Alors qui ? C'est très difficile à dire, il y a quelques références, mais cela reste vague. On connaît Paul, fondateur de l'Église de Thessalonique et de Philippes. Sinon, ce sont apparemment des missionnaires dont on n'a pas retenu l'identité. Sinon, on n'en sait tout simplement rien. Donc non seulement les témoins oculaires ne sont pas nécessairement fiables, mais aucun d'entre eux n'est un fondateur d'Église chrétienne. Il y a des détails troublants. Par exemple, Paul écrit une lettre aux chrétiens de l'Église de Rome, dans laquelle il ne s'est pas encore rendu. Dans sa lettre, il salue une série de membres qu'il cite nommément, comme on énumère le nom des gens à qui on adresse des vœux, vous voyez. Eh bien, Pierre, l'apôtre Pierre, n'est pas dans la liste… Il faut parfois un peu gratter. Il y a un fait curieux. Paul raconte que Pierre – témoin oculaire, on est d'accord – est venu à Antioche. Paul et Pierre se sont retrouvés avec d'autres convertis autour d'une table pour manger ensemble et communier. Pierre, à cette occasion, a mangé la nourriture de païens convertis. Ensuite sont venus des membres de l'Église de Jérusalem, et alors, dans cette circonstance, Pierre n'a plus voulu manger avec les païens leur nourriture qui n'était pas kasher. Paul a traité Pierre d'hypocrite et ils se sont disputés. Autrement dit, le témoin oculaire – et quel témoin ! –, l'apôtre Pierre, fut accusé publiquement par Paul, qui n'a jamais rencontré Jésus, de méconnaître le message du Christ. C'est un comble, non ? Ne trouvez-vous pas étrange cet incident ? Il passe, bien sûr, inaperçu dans le flux des récits entremêlés liés à Jésus, mais si on s'y arrête, si on prend le temps de le creuser, il ouvre des pistes de réflexion déstabilisantes. Le diable est dans les détails, la vérité sans doute aussi.

François acheva sa tasse de café et fut tenté d'en reprendre. Il se leva d'abord pour retourner au buffet, voir ce qui restait à piller. Laura surveilla d'abord son déplacement, et finalement abandonna sa résolution d'avoir fini de manger, et se laissa elle aussi entraîner au pillage, tout en prenant la mesure de la gravité de la situation. Partager le quotidien du professeur Lapierre signifiait se perdre assurément dans le péché de gourmandise. Par chance, par un hasard génétique, elle métabolisait tout ce qu'elle absorbait, en conservant la ligne d'une femme de vingt ans. Elle le rejoignit alors qu'il lorgnait le plateau de saumon frais. Elle songea à l'épisode de la multiplication des poissons par Jésus, alors que Lapierre se retournait vers elle pour partager une réflexion, tout en élisant la portion de saumon digne de lui.

— Comment un missionnaire pouvait-il convertir quelqu'un qui avait déjà ses dieux ? En lui racontant nécessairement une histoire, celle de Jésus. Mais point n'était besoin de l'avoir rencontré, de l'avoir vu de ses propres yeux pour être cru. Pourquoi ? Parce que l'histoire racontée était en soi fascinante, elle répondait à un besoin, un besoin d'individualisme : « Je peux être sauvé, moi. Le fils de Dieu a embrassé même les plus pauvres, même les plus malades, même les plus rejetés, même les plus minables. Moi, alors, je serai aussi aux côtés du fils de Dieu après ma mort. » Le christianisme est apparu au moment où la conscience individuelle se consolidait dans le bassin méditerranéen.

Il fallait une belle histoire à la hauteur de ce phénomène. La conscience de soi dans la multitude du troupeau. « J'ai en moi une part de tout l'Univers. » C'est aussi ce que les stoïciens ont voulu dire aux hommes, mais ils ne s'adressaient qu'à des princes, pas à des mendiants. Sénèque a voulu corriger le tir. Mais il a été dépassé par sa propre création tragique, par sa créature. Pourquoi ? Parce que Sénèque, dans sa manipulation expérimentale, était plus préoccupé par sa philosophie que par les misérables, et les misérables ont débordé sa philosophie, sans même se rendre compte qu'ils le faisaient, indifférents à l'enjeu du philosophe.

François n'oublia pas d'emporter un morceau de citron et du pain grillé, et quitta Laura pour regagner leur table, où il se servit enfin une nouvelle tasse de café. Il fut rejoint par Laura qui avait jeté son dévolu sur une pâtisserie au chocolat. Elle lui apportait aussi la conclusion.

— En somme, Jésus aurait très bien pu avoir une « existence » sans témoin oculaire.

— Absolument.

Elle entama avec délicatesse sa pâtisserie, sembla méditer un instant et reprit la parole.

— Cela me fait penser à une expérience remarquable. En 1992, un avion de la compagnie israélienne El Al s'est écrasé sur un immeuble d'habitation à Amsterdam. Vous imaginez la catastrophe. Une expérience fut menée par un psychologue hollandais quelques mois plus tard sur la question des vidéos du crash à la télévision, une enquête au sein d'une population de niveau universitaire, donc *a priori* évoluant dans un environnement rationnel : 62 % des sondés disaient se souvenir des images passées à la télévision. Mais il y a une petite subtilité, car aucune image vidéo n'existe de ce crash et *a fortiori* n'a été transmise à la télévision ! Et en plus, de nombreuses personnes furent capables de donner des détails de ces images qui n'existaient pas… celles propices à être archétypales dans tout crash aérien.

— C'est en effet révélateur, dit François.

Il se souvint alors d'un détail complètement étranger à leur conversation.

— J'ai oublié de vous dire un truc. John Milton, chez qui nous allons nous rendre maintenant, adore servir des petits gâteaux à ses invités avec le thé.

— Traître ! dit Laura, avec un air sérieux.

— Et il déteste qu'on refuse sa petite collation.

— Assassin !

— Et la politesse veut qu'il apporte à table une deuxième fournée.

— Monstre !

Ils éclatèrent de rire, constatant que c'était souvent comme ça qu'ils achevaient une conversation, un repas, un moment ensemble.

21

Milton était âgé, mais bien vert, se dit François devant l'extraordinaire attention que suscitait chez lui la présence de Laura. Il ne la quittait pratiquement pas des yeux, se demandant peut-être si une créature pareille existait vraiment.

Accueillis dans la bibliothèque de l'érudit irlandais, les deux historiens avaient pris place dans de confortables fauteuils, face au bureau où s'était assis Milton. Des petits gâteaux attendaient les invités. François les attaqua en vantant leur qualité et en riant sous cape devant les efforts consentis par Laura pour débuter leur consommation. Milton ne perçut rien de ce manège, sinon la complicité mutuelle qui transpirait à l'évidence de ses deux interlocuteurs.

François lui fit une synthèse de l'état de la question en évoquant la lettre de Sénèque et son parcours, mais en omettant la mutilation de la fin du document. Milton prit la relève à la fin de la présentation de François.

— Bon, vous avez un général irlandais, moi, j'ai une famille de Dublin, fameuse, très fameuse, les Wilde, annonça John Milton.

— Oscar Wilde, précisa François.

— Tout juste. Lui, le pourchassé, il a pignon sur rue, maintenant. Au 21 Westland Row, qui est le lieu de sa naissance, vous trouverez le Trinity Oscar Wilde Center for Irish Writing, qui fait partie du Trinity College. Oscar était le fils de William Wilde et de Jane Francesca Elgee – vous noterez au passage la consonance italienne de son deuxième prénom – qui signait ses écrits sous le nom de Speranza. En effet, c'était une poétesse irlandaise nationaliste, née en 1821, l'année de la mort de Bonaparte, soit dit en passant. C'est une hypothèse, mais elle est séduisante. Jane avait pour parents Charles Elgee et une certaine Sarah Kingsbury. Au demeurant, la sœur de Sarah, Henriette, fut chanteuse, et épouse de l'écrivain Charles Robert Maturin. Vous voyez, nous sommes dans un milieu cultivé. Mais revenons à mon hypothèse. Sarah, la mère de Jane et la grand-mère d'Oscar, eut un amant qu'elle aima d'un amour profond. Sa correspondance avec lui est inédite. Et vous savez comment elle appelait son amant secret ? « Mon petit général bonapartiste »...

— Le général O'Flaherty..., s'entendit dire François.

— Bingo !

— Il aurait confié la lettre de Sénèque à l'élue de son cœur, et cette lettre serait devenue un document de famille des Wilde, comme dans le cas de Laura. Cela reste une hypothèse qu'on ne peut rejeter, dit François.

Laura savourait cette conversation, elle attendait impatiemment la suite.

— C'est curieux que vous proveniez de Palerme, Oscar Wilde a dit de cette ville... Je vais vous le dire en italien, mademoiselle : *Palermo* [...] *è deliziosa, la città con la più bella posizione al mondo.* C'est triste, Wilde y a passé l'ultime printemps de sa vie, en avril 1900. Il est mort à Paris quelques mois plus tard. J'ai vérifié où il avait séjourné, au Grand Hôtel des Palmes.

Laura pâlit instantanément, les deux hommes remarquèrent ce contraste sur sa peau cuivrée par le soleil et la jeunesse. Observée, elle se sentit obligée d'intervenir.

— Cet hôtel a été géré un temps par ma famille... Il était tenu par un de mes aïeux, la brebis galeuse des Zante, car apparemment, il était homosexuel...

Cette fois, ce furent les deux hommes qui pâlirent. François rompit le silence.

— Votre aïeul aurait-il pu être l'amant de Wilde ?

— J'ai vu des photos, il était beau comme un dieu...

— Je crois savoir, précisa Milton, qu'il a vécu un grand amour demeuré longtemps secret à Palerme, sans doute le dernier de sa vie.

— Wilde approchant de la fin aurait fait don de la lettre de Sénèque, cet étrange sauf-conduit de ceux qui l'ont détenue, à son bel amant sicilien. C'est comme ça qu'il se serait retrouvé dans les papiers de votre famille, Laura. C'est une hypothèse qui se tient, pensa tout haut François.

— Vous savez, dit Milton en s'adressant à Laura, j'ai préparé notre entretien : dans une lettre de septembre 1900, Wilde évoque votre ville en disant que son cœur était à Palerme, mais aussi son plus grand secret...

Une émotion partagée avait envahi la pièce, elle suscita un recueillement silencieux. Ils venaient de relier des faits entre eux, de consolider une portion du passé, une action qui donnait tout son sens aux aspirations historiennes.

François eut tout à coup le sentiment que l'entretien n'était pas terminé, peut-être même qu'il ne faisait que commencer. Le silence fut rompu par un geste inattendu de John Milton qui poussa en avant vers le professeur le bronze sur son bureau représentant un aigle impérial.

Les deux hommes s'observèrent. François prit le bronze et l'examina.

— Retournez-le, dit Milton.

Et François s'exécuta, en sentant alors immédiatement un frisson désagréable lui parcourir l'échine. Il ne pouvait pas croire ce qu'il lisait, choqué.

— Qu'est-ce que…

— Les apparences peuvent être trompeuses, se contenta de dire Milton.

Laura, dans un geste presque inconsidéré, lui retira l'objet des mains, pour se figer à son tour dans une interrogation. Elle venait elle aussi de découvrir le sigle de la S.S. sous le socle de l'aigle.

Laura et François se regardèrent sans comprendre.

— Ce n'est pas ce que vous croyez. Le svastika – la croix gammée – provoque aussi cet effet quand on le découvre sur des représentations indiennes vieilles de plusieurs siècles, qui n'ont donc rien à voir avec l'hitlérisme.

— Expliquez-nous, s'empressa de dire François.

— Si nous poursuivons la conversation, annonça avec gravité John Milton, nous allons passer de l'autre côté du miroir, je ne sais pas si vous êtes préparés à cela, mais je vais en prendre le risque. De même, je vais violer un serment pour vous, Laura.

L'étonnement de ces deux vis-à-vis était de plus en plus palpable. La tension avait succédé au recueillement qui avait suivi la révélation concernant Oscar Wilde. Milton ménageait ses effets, mais ce n'était pas par vanité, il lui fallait préparer ses interlocuteurs à l'impensable. Il amena François sur un terrain échappant en partie à Laura, qui choisit de ne pas intervenir, comprenant d'emblée qu'elle aurait rompu un sceau.

— François, j'ai toujours déploré cette ségrégation entre nous, vous irrégulier et moi régulier. Tout cela a-t-il vraiment un sens ?

François comprit et lui rendit le sourire qui s'était à peine esquissé sur le visage du vieil Irlandais.

— Pas vraiment, nous sommes tous les deux des Fils de la Veuve.

— Et l'Orient éternel sera notre dernier havre commun.

Laura comprit qu'ils étaient francs-maçons, dans des maçonneries aux rites différents, mais unis par l'initiation. Elle perçut mieux la nature de leur relation. Elle fut émue qu'ils l'aient associée à cet instant.

— François, la maçonnerie est une antique société secrète, continua Milton, mais en son sein, il y a une société encore plus secrète qui n'est connue que par quelques initiés, la S.S. À la fin du XIXe siècle, des sociétés ésotériques de toutes sortes ont fleuri partout, et certaines ont nourri abusivement la mystique nazie par la suite. La S.S. n'avait rien à voir avec cela, Hitler essaya d'en être membre dans sa jeunesse, il fut bien sûr rejeté comme quelqu'un qui se trompait de voie. Il en garda une telle rancune qu'il s'arrangea pour que sa SS, ses fameux « escadrons de protection », soit formulée avec les mêmes initiales. Une vengeance à la fois mesquine et terrible. C'est pourquoi le signe sous l'aigle signifie autre chose.

Il fait référence à la Stoic Society, la S.S., une élite qui a maintenu la tradition stoïcienne à travers le temps depuis l'Empire romain, et dont la quête n'était pas le Graal, mais la dernière lettre de Sénèque à Lucilius. Lorsque les chrétiens ont pris le pouvoir, ils ont persécuté tout ce qui bougeait. Les stoïciens, particulièrement amers d'avoir généré un monstre idéologique, ont recherché dans le plus grand secret la preuve de la machination de Sénèque, en vain. Et elle est entre vos mains maintenant. Et vous êtes de l'autre côté du miroir.

L'air grave, François tenta de reprendre ses esprits après cette annonce. Laura était stupéfaite. Les deux partenaires n'en finissaient plus de prendre conscience des enjeux de ce document incroyable.

— Écoutez, John, s'efforça d'expliciter François Lapierre, ce sont les amoncellements du passé. Aujourd'hui, nous sommes au présent, il s'agit d'un document historique et…

— Ne vous voilez pas la face, vous êtes comme Napoléon, comme Wilde, comme d'autres dont vous découvrirez peut-être l'identité, et même comme le Vatican. Vous vous dites : que faire de ce document ?

Laura, frondeuse, intervint.

— Nous comptons le publier de manière scientifique comme un document historique, c'est la seule chose à faire, et tant mieux si des abcès sont percés. Les voiles du mystère sont faits pour être déchirés.

— Ce n'est pas si simple, mademoiselle, d'autant que votre document est incomplet, asséna Milton.

— Comment le savez-vous ? répliqua Laura, se souvenant que François avait volontairement omis ce point dans sa présentation générale faite à Milton.

— Vous croyez que vous êtes les premiers à vous interroger sur l'absence de la dernière page ? Vous croyez qu'un document pareil n'a pas été chassé, traqué, avant vous ?

— Où est la fin de la lettre ?

— Bien sincèrement, je n'en sais rien, déplora Milton. La source est arrivée incomplète à Dublin. C'est tout ce que je peux dire. Lorsque Wilde se rendait à Paris, il questionnait les bonapartistes, il avait ses entrées dans leurs milieux, son père ophtalmologue a soigné Napoléon III. C'est assez drôle : lors de son voyage de noces en 1884, il s'installa dans un appartement de l'hôtel de Wagram, rue de Rivoli…

John Milton appréciait les digressions, François réorienta la conversation.

— John, vous avez un lien avec la Stoic Society ?

La réponse fusa, sans fioritures.

— J'en suis le Vénérable Maître actuel… D'une certaine manière, nos intérêts sont convergents. Vous avez retrouvé une source que nous cherchons, et vous êtes aussi en quête de sa dernière page. Nous pourrions mutualiser nos efforts.

Laura détestait la tournure que prenait la conversation. La jeune historienne devenait craintive, comme l'animal sauvage redoutant de devoir partager sa proie. François le sentit, et il eut un geste inédit envers elle, il lui prit brièvement la main. L'effet fut immédiat, elle se tranquillisa, en étant la première étonnée de cet apaisement soudain. Elle comprit instantanément qu'il était de son côté.

— John, je ne sais plus si je parle au collègue historien, à l'ami, au frère, au Vénérable Maître de la Stoic

Society, dit François. Les enjeux ne sont pas nécessairement convergents, ils sont à géométrie variable. Nous allons continuer notre quête, oui, en historiens, sans entrer dans des rapports de force qui nous dépassent. Nous pensons, en historiens, que si la vérité fait mal à court terme, elle soulage à long terme. Nous sommes tout disposés à recevoir toute aide qui viendrait de l'extérieur, mais nous n'entrerons dans aucune combine.

Soulagée, Laura pensa que ce type était décidément intéressant.

— Mon cher François, réagit Milton, s'il y a bien une chose au monde pour laquelle je pourrais mourir, c'est la défense du libre arbitre. Je me plaçais simplement dans la posture du conseiller. Continuez seuls votre quête si cela vous chante, mais vous n'allez peut-être pas aimer ce que vous allez découvrir, et surtout, vous allez déchaîner des forces dont vous ne soupçonnez pas l'ampleur, y compris en vous-mêmes.

Laura sentit qu'il lui fallait s'exprimer pour rétablir les équilibres.

— Monsieur Milton, nous vous remercions infiniment pour les informations que vous nous avez données, elles font considérablement avancer notre enquête. Laissez-nous juste poursuivre notre tâche sans nous juger ou nous contraindre, et de toute façon, vous serez informé des résultats puisque nous nous sommes engagés à les rendre publics.

John Milton regretta de ne pas avoir trente ans de moins, cette femme était décidément une merveille de sensualité et d'intelligence. Il décida d'acquiescer avec une certaine tendresse dans le regard. François comprit que la conversation devait s'interrompre là.

— Bon, John, nous allons nous retirer, en vous remerciant encore pour votre accueil et votre disponibilité. Nous restons en contact. Je vous tiendrai au courant.

— Mais je n'en doute pas, mon ami. Je suis certain que nous communiquerons dans très peu de temps sur le sujet…

Ils quittèrent la maison de John Milton avec des sentiments partagés, et avec plus de questions que de réponses. C'était le propre de toute avancée historienne, mais la distance nécessaire qui les séparait de leur objet d'étude se réduisait singulièrement, tout comme le lien qui les unissait dans cette aventure se resserrait. Ils le sentaient tous les deux.

François chercha à détendre l'atmosphère.

— Pourquoi, quand vous dites « merci », vous dites toujours « merci infiniment » ?

Laura lui sut gré de ce trait d'humour dans ces circonstances, infiniment.

22

Laura et François n'étaient pas partis depuis dix minutes que Milton décrocha le téléphone fixe de son bureau et forma un numéro international qui débutait par 00972. Après trois sonneries, quelqu'un décrocha. Milton prit une inspiration. Sa démarche était exceptionnelle, mais dans ces circonstances impérieuses, il n'y avait pas de temps à perdre.

— Allo Moshe, ici, c'est John Milton, de Dublin.

— Bonjour John, comment allez-vous ? lui répondit-on très courtoisement.

— Je me porte bien, mais, entre minorités persécutées à travers l'histoire, je dois vous communiquer des informations de la plus haute importance.

— Je vous écoute, John, fit Moshe, sur un ton professionnel.

Milton résuma la situation, développa son point de vue sur l'affaire, lui fit prendre conscience des enjeux.

— C'est donc au Premier ministre que vous vous adressez, John ?

— C'est au frère qui est Premier ministre, Moshe. C'est à l'homme sage pour qui j'aurais pu tuer afin qu'il ne se salisse pas les mains.

Il y eut un silence à l'autre bout du fil, qui sembla interminable à Milton.

— Elle est donc revenue à la surface ?

— Oui, un signe de Dieu, via la divine messagère dont je vous ai parlé.

— Incorrigible John Milton, vous ne changerez jamais.

— Fidèle à moi-même, comme aux causes qui me sont chères.

— C'est bon, je prends l'affaire en main. Envoyez-moi les détails à l'adresse électronique sécurisée que vous connaissez.

— Merci Moshe, c'est le bon choix.

— Merci John, que Dieu vous protège.

23

François reçut un texto de John Milton. Il ne comportait que trois mots qui formaient un nom : Hermann Samuel Reimarus.

— Reimarus, pensa tout haut François, attirant l'attention de Laura. Sacré John, il veut nous faire réfléchir sur le destin d'un homme…

— Ce Reimarus ? demanda Laura.

— Oui, un écrivain du Siècle des lumières, un linguiste, se contenta de préciser François, en allant à l'essentiel. Cet homme a écrit un livre qu'il ne révéla à personne, pas même à ses intimes, et qui ne fut pas publié de son vivant. C'est pourtant le livre le plus important qu'il ait produit. Vous pouvez imaginer ça pour un écrivain habitué à publier : ne dévoiler son œuvre majeure à personne, pas même son existence.

— C'est en effet peu fréquent, se contenta de dire Laura, néanmoins intriguée.

— S'il l'avait fait, il serait mort socialement, sous le poids des polémiques, déplora François.

— Et quel était son sujet ?

— Les sources historiques de Jésus… D'abord, sachez que l'on connaît cet ouvrage grâce à une pointure, le philosophe allemand Lessing. C'est lui qui a pris le risque de le publier après la mort de Reimarus, mais il avait les reins nettement plus solides. Il édita entre 1774 et 1778 les travaux de Reimarus dans les *Wolfenbüttel Fragmente*. C'est une présentation tranchante des failles historiques du récit biblique. Jésus y est présenté comme un prédicateur juif parmi d'autres, qui n'a pas le moins du monde souhaité être un messie, mourant crucifié pour prendre sur lui les péchés des hommes, et ensuite ressuscité. Le messie et sa résurrection sont une fable conçue par ses partisans après sa disparition afin de recueillir un peu d'audience. Avec Reimarus, c'est une affaire de mots justes. Selon lui, les mots de Jésus doivent être entendus comme ils l'étaient à l'époque même de Jésus, et pas dans le cadre d'extrapolations théologiques postérieures. Quand il parlait du Royaume de Dieu, comme juif de cette époque, ce n'était pas le ciel, mais bien un royaume terrestre, politique, juif, avec un roi à sa tête. Notre vision est déformée par le climat souvent *idyllique*, si je puis dire, qui se dégage des Évangiles, en comparaison avec l'état de guerre civile qui régnait dans cette partie de l'Empire romain, la lutte menée par les zélotes et les répressions sanglantes, systématiques, et cela durant des décennies. Rome y a engouffré des légions entières et massacré des populations, elle a fini par détruire Jérusalem. Au final, l'empereur Hadrien, excédé, a rayé le nom du pays pour le remplacer par *Palaestina*, Palestine, un terme utilisé par les Romains pour nier la patrie des Juifs. C'est ça le monde réel des Ier et IIe siècles sous ces latitudes. Les Juifs haïssaient les Romains et c'était réciproque. Sénèque l'exprime à peine à demi-mot dans sa lettre.

Et dans l'esprit de Sénèque, prêter ce projet de royaume juif à son personnage, c'est y voir un *empire*, précisa François, un empire stoïcien, en liaison avec l'harmonie du Logos. Du coup, le messie, *celui qui a reçu l'onction de Dieu*, n'est en réalité que l'homme qui se conforme à l'enseignement qu'il retire de sa connaissance du Logos. Et le messie est le roi d'Israël, choisi comme tel parce que capable de gouverner par la sagesse, comme l'empereur le faisait pour Rome. Mais en même temps, et c'est le nœud de la tragédie, Jésus veut faire sécession d'avec Rome, alors il le paya de sa vie comme un rebelle. C'est l'autre leçon de Sénèque aussi : Jésus a payé le désir d'être un souverain indépendant de Rome. Donc Sénèque diffuse en même temps les principes de base stoïciens et l'avertissement subliminal adressé aux Juifs concernant la *dura lex* de Rome. Mais ceci, Reimarus ne pouvait le comprendre sans la source que nous possédons. Les partisans de Jésus, selon Reimarus, furent mis sur la touche après la mort de leur guide. Ils ont alors réorienté le message politique originel de Jésus vers la rhétorique religieuse pour en faire un être divin, passant du royaume terrestre au royaume céleste, et lui garantissant ainsi une immortalité mémorielle. Leur trait de génie, toujours selon Reimarus, fut la résurrection, en réalité l'escamotage du corps de Jésus pour, si je puis dire, matérialiser cette résurrection. C'est l'interprétation de Reimarus, qui se trompe, si on s'en tient à Sénèque, car Jésus n'étant qu'objet littéraire, se débarrasser de son corps n'a même pas été nécessaire… En attendant, la publication de Reimarus assumée par Lessing a produit un choc considérable à l'époque. Mais nous n'étions qu'à dix ans de la Révolution française.

Laura, futée comme un renard, savait qu'il y avait autre chose que la suggestion d'un point d'histoire de la littérature dans l'initiative de Milton.

— C'est quoi la signification du texto de Milton ? Il nous invite au silence comme Reimarus ou à la parole comme Lessing ?

François apprécia la question.

— Je pense qu'il nous laisse le choix. À moins que sa finesse psychologique ne lui ait fait détecter qu'il y avait parmi nous deux un Reimarus et un Lessing potentiels… Il faut que nous sachions bien tous les deux jusqu'où nous sommes prêts à aller.

— Jusqu'au bout, répondit Laura sans hésiter.

— Alors jusqu'au bout, se contenta de dire François, d'un ton de voix dont la neutralité inspira à Laura à la fois crainte et confiance.

Elle prit conscience qu'elle glissait sur cet homme-là, elle qui avait l'habitude de les accrocher tous au harpon, en ayant toujours une longueur d'avance sur leurs intentions.

24

La nuit était tombée. John Milton méditait dans son bureau sur les récents événements quand il entendit un bruit suspect à l'entrée de la cuisine qui donnait sur le jardin. Il fut immédiatement sur ses gardes. Il était seul, mais pas démuni. Il alla chercher dans un tiroir une arme à feu, prêt à accueillir un visiteur indésirable. Ce n'était pas la première fois qu'il était victime d'une tentative de vol. Il brancha les caméras de surveillance, dont celle qui couvrait la cuisine, éteignit les lampes et appela discrètement la police. Il ne lui restait plus qu'à attendre. Il se posta dans un coin de son bureau, tout en lorgnant l'écran de contrôle, décidé à surprendre l'intrus et à lui ficher la trouille de sa vie.

Ce n'était pas un homme, mais quatre qui pénétraient l'un après l'autre dans sa cuisine, susceptibles de se disperser ensuite dans plusieurs directions. On n'était plus dans un scénario de vol ordinaire. Il se rendit compte qu'il ne ferait pas le poids, et chercha une issue de secours pour fuir.

Il entendit subitement frapper à la porte, et l'injonction « Police ! »

Ils avaient fait drôlement vite, se dit-il, mais ils étaient sans doute déjà en patrouille dans les parages. Peu importe, la cavalerie était arrivée et Milton se précipita dans le vestibule pour leur ouvrir la porte. Il prit néanmoins le temps de vérifier par l'œilleton de la porte qui étaient ceux s'annonçant de la sorte : deux policiers en civil, de solides gaillards. Le rapport de force allait changer.

Il ouvrit la porte et trouva deux revolvers pointés sur sa poitrine. Il était piégé par des complices. Mais il réagit instantanément et referma la porte violemment sur les nouveaux intrus, surpris à leur tour par la vivacité du vieil Irlandais.

Pendant que les deux faux policiers tambourinaient et tentaient de défoncer vainement la porte d'entrée blindée, Milton, collé au mur du vestibule, dans le noir, mais dans un lieu familier, se dirigeait de nouveau vers son bureau pour s'y barricader. Il se dit que six hommes, ce n'était décidément pas des voleurs ordinaires, et qu'il jouait sa vie. Ils étaient venus pour lui, pas pour ses biens. La cuisine semblait silencieuse, ils s'étaient sans doute déjà dispersés pour l'encercler. Il arriva néanmoins à rejoindre son bureau où il reprit sa position initiale, avec la possibilité de consulter les écrans de contrôle de ses caméras. Il songea un instant à fuir par la fenêtre, mais il était trop vieux pour cela.

Il sentait que la situation ne pouvait que mal se terminer pour lui, que ses options étaient extrêmement réduites. Gagner l'étage restait possible, mais aléatoire, tout dépendait de la progression de ses adversaires qui avaient sans doute repéré les caméras. Le temps lui était compté, il devait prendre une décision.

Qui étaient ces agresseurs ? Il ne manquait pas d'ennemis, évoluant dans différents milieux de pouvoir. Mais il eut le sentiment que c'était lié à l'affaire de la lettre de Sénèque et à la visite des deux historiens. C'était plié, ces amateurs avaient été suivis, et il se félicita d'avoir prévenu à temps les Israéliens. Soudain, il entendit une voix, dans un anglais approximatif.

— John Milton, rendez-vous ! Nous voulons discuter avec vous. Si vous collaborez, il ne vous sera pas fait de mal. Vous n'avez aucune chance en résistant.

Milton, ancien de la guerre des Malouines, issu d'une vieille famille irlandaise qui avait connu tous les maux de la terre, frère stoïcien, retint de cette invitation les mots rendez-vous et résistant. Il se surprit à sourire, il fallait donc six hommes manifestement jeunes et vigoureux pour venir à bout d'un vieillard.

L'aigle impérial à portée de main, il le saisit et posa un baiser sur le bronze. Il regarda les livres de sa bibliothèque qu'il aimait tant, se souvint que le sage se préparait à la mort sans la redouter. Il se redressa, étrangement serein, et chargea, l'arme à la main, vers la cuisine en ouvrant le feu.

25

En ce jeudi matin, François appela son assistant Henri Martin pour l'informer qu'il devrait se charger de ses cours le lendemain et sans doute la semaine suivante. Tout dévoué, Martin accepta, bien sûr, et François se dit qu'il gagnait du galon. Avant que leur bref entretien ne s'achève, Henri Martin informa son patron de thèse que quelqu'un voulait le joindre de manière urgente et qu'il s'était permis de lui communiquer son numéro de portable. François acquiesça et salua son assistant. Il n'aimait pas se débarrasser de ses responsabilités pédagogiques, mais il était clair qu'il devait retarder son retour à Paris. Il avait accepté la proposition de Laura de partir à Rome, où elle avait un minuscule appartement très discret, qu'elle tenait de sa mère, dans la charmante via del Boschetto.

Durant le petit déjeuner à l'hôtel, ils discutèrent encore du contenu de la source et de l'éventualité de la publier en l'état, pour interrompre la traque.

François calait sur la logique de transmission, ou plutôt de dissimulation, qui avait animé les différents détenteurs de la source.

— Curieusement, on dirait que cette lettre a été conçue comme une sorte de sauf-conduit par ses propriétaires provisoires, du moins ceux qui nous sont connus. Un sauf-conduit qui le restait si le document n'était pas dévoilé. Napoléon a fait pression sur l'Église, Oscar Wilde sur le puritanisme de son temps, mais aussi différents soient ces deux hommes, aucun d'eux n'est passé à l'acte de le rendre public pour définitivement mettre à bas l'un l'Église et l'autre le puritanisme. Pourquoi cette espèce d'entre-deux, cette posture à cheval sur la dissimulation et la révélation ? Et pourquoi, surtout, l'Église n'a-t-elle tout simplement pas détruit ce document quand elle le possédait ? En le conservant, elle vivait avec le risque qu'il soit dévoilé un jour et contribue à sa perte, c'est absurde, c'est au moins paradoxal. Il y a quelque chose qui nous échappe, Laura. J'ai l'intuition que la clé est dans la partie égarée. Et si on publie le document maintenant, en rompant une chaîne du silence incompréhensible pour nous, ou en brisant ce paradoxe, ce quelque chose nous échappera pour toujours. Quand on y pense, quelqu'un est allé jusqu'à mutiler la lettre, par un acte volontaire, non accidentel. Pourquoi ? Pour que le lecteur ne puisse pas lire la dernière partie de la source. Donc cette partie pourrait receler quelque chose qui concerne l'interprétation de l'ensemble du document et qui modifierait sa signification apparente, démentant ce que le document semble nous apprendre. Si nous le publions en l'état, nous commettons l'erreur d'égarer le lecteur en nous égarant nous-mêmes, et compte tenu de l'enjeu, je ne pense pas que ce soit salutaire.

Laura ne voyait pas les choses de cette manière, sa lecture était radicalement différente.

— Ce que vous énoncez reste une hypothèse, une extrapolation même. Vous ne pouvez pas anticiper le contenu de la partie manquante, ni conclure qu'elle est en contradiction avec le reste du texte. Cette contradiction ne pourrait provenir que de Sénèque lui-même, qui aurait expliqué toute une démarche pour laquelle il s'est finalement suicidé, et enfin conclu sur le contraire ou la contradiction de sa démarche. C'est absurde. À la limite, la dernière partie confirme de manière insoutenable la première aux yeux de l'auteur de l'acte de vandalisme.

— Alors, pourquoi ne pas avoir détruit tout le document ?

— Personne ne peut dire que la dernière partie est détruite, dit Laura. Elle a disparu, elle est absente, mais elle est peut-être cachée quelque part.

François et Laura étaient tiraillés entre leurs convictions respectives et le bon sens qu'ils pouvaient honnêtement déceler chez l'un comme chez l'autre. La frontière qui les séparait était ailleurs, elle résidait dans la volonté plus ou moins affichée de voir ce document exceptionnel rapidement publié pour Laura, et de patienter pour François. Il leur manquait un aveu pour être sincère l'un envers l'autre, celui de voir progresser sa carrière pour Laura, et une crainte sourde, physique, pour François.

Ils le comprirent tous les deux, n'exprimèrent pas cette compréhension et creusèrent ainsi un fossé entre eux.

Au même moment, à 4 000 kilomètres de là, un petit groupe d'individus se penchaient avec attention sur leur pedigree.

26

— La bombe atomique ! Il la saute ? s'exclama Boss en regardant la photo de Laura Zante et celle de François Lapierre, dans le dossier qui lui était tendu par l'officier traitant.

Il sentit le regard courroucé de la jeune femme assise à son côté en face de l'officier.

— C'est son assistante, non ? ajouta-t-il en lui souriant en coin, malicieux.

— Va te faire foutre, Boss, répondit-elle en levant les yeux vers le plafond.

Petite, menue, filiforme même, la femme toute bouclée présentait un visage dur, maigre, presque austère, mais avec des yeux de braise qui en disaient long sur sa volonté et sa ténacité.

— C'est utile de savoir ça, c'est de la psychologie, la Mouche, précisa Boss dont la ressemblance avec Bruce Willis jeune était frappante.

L'officier supérieur qui leur faisait face, dans cette salle dénuée de toute forme de décoration, à part les petites bouteilles d'eau sur un plateau en métal, et dotée d'une climatisation qui aurait tué de froid un ours, reprit la conduite de la réunion.

— Bon, vous avez tout dans ce dossier : les cibles, la nature de l'opération, son objectif. Ce n'est pas votre pire mission. Vous partez pour Rome aujourd'hui. Il y a un vol Alitalia qui décolle à 15 h 40 de l'aéroport David-Ben-Gourion. Arrivée à Fiumicino à 18 heures. Vos billets sont dans le dossier.

— Rome ! On va prendre ça comme un pré-voyage de noces. Qu'en dis-tu, la Mouche ?

— Tu peux pas me lâcher un peu, tas de testostérone !

— Et on sera logé au Cavalieri ? Tu verras, la Mouche : une vue sublime, une piscine, des cocktails à gogo.

— C'est fini ? reprit l'officier. Vous serez logés dans une de nos planques, les locaux vous fourniront en matériel.

— Une *safe house* ? Oh nooon, surjoua Boss. On va manger des spaghettis tous les jours.

— Ben, on sera à Rome aussi, dit la Mouche, qui s'essaya à l'humour. Sois content. Si c'était l'Éthiopie, ce serait des criquets tous les jours.

— Je vous rappelle qu'il s'agit d'une mission *soft*, on essaye de ne déglinguer personne, on ne sème pas la ruine sur son passage comme Alaric, on travaille avec la caboche, dit l'officier, fatigué de supporter dès le matin ces deux agents de terrain.

— Travailler avec la caboche ? Je comprends pourquoi tu m'as mise sur le coup avec Boss, dit la Mouche, presque sérieuse, s'adressant à l'officier.

— C'est qui ce mec, Alaric ? Un djihadiste kosovar ? dit Boss, apparemment intrigué.

— Alaric a foutu le boxon dans Rome en 410, c'était le chef des barbares de l'époque, il t'aurait sans doute plu, vous auriez formé une bonne équipe, précisa la Mouche, ingénue.

— Dis donc, j'avais oublié que tu avais des lettres, la Mouche. Ça tombe bien, nos deux bonshommes sont des historiens.

— Il y a une fille dedans, Boss.

— Ouais, mais le masculin l'emporte sur le féminin, la Mouche.

— Arrêtez un peu vos enfantillages, tous les deux, dit l'officier, de la lassitude dans la voix. Il y a une info qui vient de tomber que vous n'avez pas dans le dossier. Le type qui nous a branchés sur cette affaire est mort, assassiné dans sa maison. Il y a de fortes chances que ce soit lié à ce qui est devenu notre affaire. On ne sait pas encore qui sont les tueurs, mais cela ne saurait tarder. En attendant, cela signifie que nos historiens sont en cavale, et sur leurs gardes. Soyez-le aussi.

— Je me disais aussi que votre mission simple, avec deux tourtereaux pour cible, c'était du pipeau.

— C'est pas ambiance Somalie non plus, ça reste une mission de routine.

— O.K., patron. On va d'abord traiter le prof. D'après son profil, c'est le moins couillu des deux.

27

Après un vol Ryanair de trois heures sans problème de Dublin à Rome, Laura et François débarquèrent en début d'après-midi. C'est en passant devant l'un des téléviseurs perpétuellement allumés de l'aéroport qu'ils apprirent la mort de John Milton. Sidérés, ils ne trouvèrent pas les mots, accrochés à la *breaking news* peu détaillée. L'historien irlandais avait été abattu chez lui durant la nuit après une fusillade, l'enquête ne faisait que commencer. C'était tout. Mais pour les deux historiens, silhouettes figées dans un flux de passagers pressés et indifférents, c'était trop.

François était particulièrement affecté, Milton était un homme pour qui il avait une profonde estime, et cette mort résonnait comme un avertissement sinistre pour lui. Son cœur battait vite, sa bouche était sèche, il avait l'impression de vivre un cauchemar. Laura, perturbée elle aussi, portait son inquiétude sur son compagnon d'infortune, à le voir ainsi ébranlé. Elle songea qu'il avait une capacité moindre à s'investir jusqu'au bout, parce qu'il n'était pas le demandeur, parce qu'il pouvait vivre parfaitement heureux sans cet épisode de sa vie qu'il n'avait pas cherché à vivre. Tiendrait-il le coup ?

Pour elle, c'était différent, elle misait tout, elle gagnait ou elle perdait. Mais elle s'avoua que ses calculs avaient quelque chose de déplacé en ces circonstances, traduction d'un égoïsme dont un sursaut de conscience lui fit mesurer l'abîme. Elle chassa toutes ces pensées de son esprit et voulut agir. Elle prit le bras de François pour le faire revenir à la réalité du moment, et l'entraîner en direction du lieu de reprise des bagages. Ils marchèrent en silence en suivant les flèches indicatrices comme des automates.

Ayant débarqué à Ciampino, ils mirent une demi-heure en taxi pour rejoindre la via del Boschetto, très jolie rue au cœur de Rome. Ils s'installèrent dans l'appartement de Laura dans une ambiance qui n'était pas au beau fixe. La petitesse des lieux fut leur seule distraction. Ils se demandèrent comment ils allaient organiser leur vie commune, sans être intimes, dans cet espace étroit. Il fut décidé que François dormirait sur le canapé défoncé du maigre salon, et Laura dans le lit qui prenait pratiquement toute la place de la petite chambre. Cette situation provoqua quelques traits d'humour chez l'un comme chez l'autre, Laura se demandant déjà comment elle allait combattre les ronflements du professeur Lapierre.

Ils avaient surtout besoin d'être seuls. François décida d'aller se promener et Laura accueillit cette perspective avec un certain soulagement. Elle pourrait aussi remettre de l'ordre dans le chaos de cet appartement où elle n'avait pas prévu d'inviter quelqu'un. Elle se dit que ce serait l'occasion d'appeler Alberto, elle avait besoin d'entendre sa voix.

François quitta l'appartement de Laura, bien décidé à prendre l'air et à déambuler dans les rues de cette ville qu'il aimait par-dessus tout. Depuis la via del Boschetto, il se dirigea vers le *palazzo del Quirinale*, pour obliquer ensuite vers le Panthéon et atteindre la piazza Navona.

Au rythme de la marche, confronté aux couches mémorielles de cette ville incomparable, l'historien reprenait le dessus malgré tout. François comprenait pourquoi toute une littérature s'était interrogée sur les relations entre Sénèque et les chrétiens, sachant qu'il manquait la clé à tous ces auteurs. Ils avaient pris le problème en contresens. Ainsi Tertullien, auteur latin des IIe et IIIe siècles, converti au christianisme et théologien de Carthage, considérait que la sensibilité et la morale de Sénèque étaient voisines de celles des chrétiens. Il avait écrit : *Seneca saepe noster*, « Sénèque souvent des nôtres ». Tertullien avait remonté un fil, en confondant le récepteur et l'émetteur. D'autres savants avaient expliqué que Sénèque avait été influencé par le christianisme naissant. Cela témoignait aussi de l'échec de Sénèque, dépassé par les effets de son projet, et qui finalement était resté en rade lorsque ce dernier s'était développé sans lui, une perte de contrôle qui l'avait conduit au suicide.

Lactance, rhéteur chrétien des IIIe et IVe siècles, déplorait que Sénèque ait ignoré l'existence des Évangiles, car il se serait sans aucun doute converti au christianisme. Quelle ironie du sort ! songea François. Des parentés avaient bien été décelées au fil du temps entre Sénèque et le christianisme, mais personne n'avait relevé que les écrits de Sénèque étaient *antérieurs* aux Évangiles. Et ces parentés avaient été plus particulièrement relevées à partir du moment où le christianisme avait été en expansion, et où le tri de ses origines comme de ses influences était devenu une opération éminemment politique.

Le premier auteur chrétien à avoir évoqué les liens entre Sénèque et saint Paul était une pointure, il s'agissait de saint Jérôme, au IVe siècle. Paul le complice était devenu Paul le maître à penser. Comme il était facile en histoire, aidé par l'inertie du temps qui passe, d'inverser les rôles, de modifier les centres de gravité, en somme de pétrir la vérité. François Lapierre n'était pas le premier historien à considérer que son métier était une imposture intellectuelle, une rustine pour combler le besoin impérieux de l'homme de ne pas vivre sur le continent de l'amnésie. Il savait que la connaissance du passé le disputait sans cesse à l'imagination, et c'était pour ça qu'il avait compris combien la démarche de Sénèque était loin d'être dénuée de bon sens et d'intelligence. Son plan avait échoué parce que son personnage était plus séduisant que les arrière-pensées compliquées du philosophe stoïcien, et que les hommes choisissaient toujours la pente de la facilité quand il s'agissait de donner du sens à leur vie et éventuellement au reste du monde. Et ça, les tyrans l'avaient infiniment mieux compris que les philosophes.

Arrivé piazza Navona, il s'arrêta et contempla le site encombré de touristes, en passant d'une fontaine à l'autre. Dominée par l'obélisque égyptien de Domitien, avec sa fontaine des Quatre-Fleuves de l'architecte Le Bernin, cette place laissait se déployer l'expression la plus aboutie de l'art baroque. Face à la magnificence, François ne luttait pas contre ses pensées maussades qui risquaient d'attirer en lui l'amertume comme le miel les mouches. Il connaissait cette pente douce, prémices de la tristesse, et la beauté des lieux, comme toujours à Rome, exacerbait ce sentiment naissant.

Sans trop savoir pourquoi, il obliqua dans la petite via de Lorenesi pour tomber sur l'église Santa Maria dell'Anima, d'une austérité toute germanique dans son aspect extérieur, qui contrastait avec l'attractivité de son immeuble voisin, l'hôtel Raphaël, à la façade couverte de feuillage, dans lequel il aurait volontiers passé quelques nuits.

Il franchit la porte de l'église, se disant qu'il pourrait s'y reposer quelques instants. Elle était petite et somptueuse, richement décorée et pratiquement déserte.

Laura forma le numéro de portable d'Alberto, elle éprouvait un furieux besoin de lui parler, non pour lui faire des reproches, mais au contraire pour l'apaiser, car elle se doutait des tourments qu'il traversait. C'était la raison qu'elle se donnait. Elle avait surtout envie d'entendre sa voix.

François contempla le tombeau du pape Adrien VI et plusieurs tableaux, dont *Le Martyre de saint Lambert* du peintre vénitien Carlo Saraceni. Après avoir déambulé dans ce bijou de la Renaissance, il s'assit sur un des bancs de l'église. À proximité de lui, en biais, une vieille dame priait, une photo entre les mains, celle d'un enfant souriant, heureux de vivre, dont le visage contrastait avec celui de la dame, tourmenté, des larmes coulant dans le murmure de son imploration.

Qui était-elle ? Qu'avait-elle fait pour mériter de subir une telle tristesse ? François déduisit que cet enfant devait être son petit-fils décédé, et qu'elle était plongée en enfer.

Elle regarda la croix du Christ comme si un message venait de lui parvenir, ses traits se détendirent, elle serra la photo contre son cœur, de toutes les forces qu'elle pouvait encore offrir face au destin implacable. Elle n'avait pas manifesté son désarroi ou sa colère envers un dieu insensible, au contraire elle reprenait des forces devant le mystère insondable qu'elle attribuait à sa volonté.

Alors François fut oppressé par un sentiment d'une puissance inattendue, provoquée par l'empathie qu'il éprouvait pour cette grand-mère anonyme. Il se sentit devant un miroir, comme le jour de son initiation maçonnique au grade de compagnon. Il était son premier et son plus grand juge. Il fut pris de vertige et laissa un flot de pensées l'envahir. La misère humaine s'exprimant dans ce lieu où régnaient la beauté et la paix, c'était un résumé de la vie des hommes, qui se battaient contre le désespoir et la peur depuis la nuit des temps. Et parmi eux, cet homme qui avait prêché l'égalité, la liberté et la fraternité, qui était mort sur la croix, était à l'origine d'une déclinaison infinie d'espérances humaines, d'actes généreux, de sacrifices, de formes d'expression grandioses.

De quel droit allait-il briser tout cela ? Quelle était cette vérité qui faisait de son porteur un potentiel destructeur de mondes ? François se mit à pleurer doucement, épuisé par les récents événements, submergé par la responsabilité qui était la sienne, et le bouleversement de sa vie en quelques jours. Tout cela en valait-il la peine ? Était-ce une leçon de vie imposée par une force supérieure le mettant au défi devant son arrogance intellectuelle et sa vie sans véritable sincérité, sans amour ?

Cette vieille dame, dans ses illusions, valait mieux que lui, dans ses certitudes.

Alberto n'avait pas décroché, malgré plusieurs tentatives d'appel. Laura s'en inquiéta. Qu'avait-elle déclenché ? Elle se sentait perdre le contrôle de la situation, elle qui vivait persuadée que ce n'était jamais le cas, alors que le bilan de sa vie, si elle osait le regarder en face, était une somme d'échecs. Elle n'était pas à la hauteur des possibilités que l'existence lui avait offertes, elle se sentait subitement sale d'être au fond insensible à l'amitié, à la réciprocité. Elle passait sa vie sur ses gardes, elle trônait, mais ne régnait pas. Séduite par sa propre beauté et sa vivacité d'esprit, elle redoutait tout examen de conscience, elle était la traduction de l'égoïsme qu'elle croyait généralisé dans l'espèce humaine, passant à côté de l'essentiel, la tendresse, la compassion, la curiosité du cœur.

Laura et François se retrouvèrent dans le petit appartement de la via del Boschetto. Ils tentèrent en vain une soirée détendue, ne s'avouant pas leurs souffrances intimes. Ils n'avaient jamais été aussi éloignés l'un de l'autre.

28

Assis à son bureau qu'il ne semblait jamais quitter, le prélat, sous-secrétaire de la Commission pontificale d'archéologie sacrée, forma un numéro de téléphone. Après trois sonneries, on décrocha. Un dialogue froid s'engagea, chirurgical.

— Le meurtre du professeur Milton n'était pas nécessaire.

— On ne peut pas tout prévoir, c'est lui qui a attaqué nos hommes, ils se sont défendus.

— Cette affaire ne devait pas faire de vagues.

— Si vous nous avez mobilisés, vous en avez pris le risque.

— Tenez vos hommes en laisse, Riccardo.

— Laissez-nous faire notre boulot, ou renoncez. Mais si vous avez peur de brasser de la merde, ne faites jamais appel à nous.

— C'est moi qui vous paie grassement, j'entends que le service soit à la hauteur, et selon mes vues.

— Considérez que c'était un accident, Monseigneur.

— C'est comme ça que je vais le prendre.

Il raccrocha. Les doigts tâtonnant sur son chapelet, il se mit à prier pour l'âme de John Milton et pour la réussite de l'opération en cours.

29

François, levé le premier, après une nuit aléatoire sur le divan hors d'âge, avait renoncé à préparer du café, ne comprenant rien au fonctionnement de la cafetière moka de Laura. Il ne savait rien faire sans café le matin. Mais Laura était éveillée aussi et le rejoignit rapidement. Elle avait noué ses cheveux à la hâte et portait un pyjama trop large à l'effigie de Mickey qui devait dater de ses études universitaires.

Elle sourit de le voir décontenancé devant le défi de la cafetière moka. Elle s'approcha de lui et lui expliqua le mécanisme comme à un enfant. Il surjoua son rôle d'ignorant. Le soleil baignait la petite cuisine, aujourd'hui était un autre jour.

Ils reprirent vigueur et, par un accord tacite, décidèrent de se replonger dans le travail. Ce fut Laura qui dégaina la première, alors que François sirotait enfin son café, soulagé comme un drogué touchant des doigts sa dope.

— J'ai du nouveau concernant les archives secrètes du pape, plutôt interpellant.

Elle voulait introduire un peu de suspense dans sa présentation, mais sentait d'emblée que cela sonnait faux. Elle n'avait pas cette espèce d'allant spontané du professeur Lapierre, raboté par des années de chaires et d'auditoires. Sa scène à elle, c'était les petites réunions de groupes de contact avec toujours les mêmes têtes, les séminaires modestes où les participants s'invitaient mutuellement à tour de rôle aux frais de la princesse des subsides publics chichement additionnés et où des étudiants réquisitionnés mourant d'ennui formaient l'essentiel du public. Elle avait appris à dire la même chose avec des mots différents. Elle savait que tout colloque commençait par le rituel de souligner l'importance du thème du jour et la qualité des intervenants, pour conclure invariablement sur la nécessité de se revoir, car il restait beaucoup à faire pour dissiper les zones d'ombre. Elle maniait remarquablement le mot rebondir dans les débats et prenait soin de l'utiliser pour renchérir sur les propos des collègues qu'elle aimait bien, mais jamais sur ceux des collègues qu'elle n'aimait pas. Elle savait qu'il fallait dire qu'on était heureux d'être là au début de toute communication à un congrès international, même si on se réjouissait d'en avoir fini avec son exposé pour somnoler durant celui qui suivrait. Elle avait adopté la vieille règle non écrite d'intervenir au moins une fois dans les débats de journée d'étude, pour marquer sa présence comme on pisse sur un arbre. Elle connaissait par cœur les rubriques à remplir des documents administratifs pour les remboursements de billets de train de deuxième classe. Elle se riait de savoir que la cote moyenne des hôtels de colloque d'historiens était deux étoiles, petit déjeuner compris, avec des parois de chambre tellement fines qu'on entendait baiser les couples de passage. Elle ne montait jamais à la tribune comme le professeur Lapierre qui pouvait se la jouer modeste en toute circonstance, sans jamais vivre les affres de la modestie.

— Je disais, si vous voulez bien me suivre, que j'ai trouvé un truc intéressant.

François, bien sûr, redressa la tête pour l'écouter. Ses yeux étaient plus grands quand il écoutait vraiment, elle avait appris à détecter ce signal chez lui.

— Monseigneur Gaetano Marini, le préfet des Archives du Saint-Siège à l'époque de leur transfert, a rencontré Napoléon quand les archives secrètes étaient à Paris. Napoléon en personne est allé voir ces archives et a dit à Marini quelque chose qui a retenu mon attention. Il lui a dit : « Je pourrais imiter Henri VIII, mais je veux la religion catholique. »

François répéta mentalement cette phrase.

— Que voulait-il dire ?

Laura développa son point de vue.

— En rompant avec Rome en 1531, une rupture d'où émergea l'anglicanisme, le roi d'Angleterre Henri VIII a brisé encore un peu plus l'unité du christianisme déjà entamée par le protestantisme de Luther. Napoléon estimait lui aussi avoir les moyens de faire un tort considérable à l'Église. Et c'est forcément lié aux archives qui réunissaient les deux hommes lors de cet échange. Mais Napoléon ajouta d'emblée qu'il avait fait le choix de conserver, de préserver même, la religion catholique, ce qui était plutôt rassurant pour l'Église. Napoléon ne voulait pas rompre avec elle d'un point de vue politique.

— Cela s'appelle une menace à peine voilée, une épée de Damoclès, intervint François.

— Marini comprit que Napoléon renonçait provisoirement à publier les documents du procès de Galilée. Or la procédure de publication s'est poursuivie, donc aussi la traduction en français des pièces du dossier, auquel tenait particulièrement l'Empereur. Savez-vous que Napoléon avait obtenu à sa demande une copie des documents de son bibliothécaire d'État, Alexandre Barbier, et que c'est lui qui aurait suggéré leur traduction française ? Après la chute de Napoléon, l'idée de publier ces archives n'a pas été abandonnée, grâce à un intercesseur, l'astronome français Jean-Baptiste Joseph Delambre. Il fit parvenir les documents à Giovanni Battista Venturini qui les a publiés en partie sous la Restauration, en 1818, dans un ouvrage intitulé *Galileo Galilei, Mémoires et lettres inédites*. Or cette révélation publique n'a pas brisé l'Église. Napoléon le savait, bien sûr, il savait que publier les sources du procès de Galilée ne ferait que causer des torts limités et ne pourrait pas faire de lui un Henri VIII. Il y avait donc derrière son allusion à Marini une autre pièce d'archives bien plus potentiellement destructrice que le dossier Galilée, que sans doute Marini lui-même ne connaissait même pas.

— La lettre de Sénèque.

— Exactement.

— Cela se tient, dit François, mais dans notre critique de provenance, on reste avec la deuxième énigme non résolue, la dernière page de la lettre. Comment et dans quelles circonstances a-t-elle disparu ? Nous sommes bloqués sur ce point.

Laura le reconnut aisément, ce deuxième mystère était devenu plus compliqué que le premier.

François reprit la conduite de l'échange.

— Résumons-nous. La lettre de Sénèque est reçue par Lucilius. Elle est – on ne sait pas quand ni comment – versée aux archives de l'Église romaine. Elle passe entre les mains de Napoléon qui a conscience de sa portée, puis elle transite en Irlande où elle se retrouve chez les Wilde, et enfin dans votre famille depuis la fin du XIXe siècle. Les « trous » sont pratiquement comblés. Mais on ne sait rien de la dernière page, quand elle disparaît, et où elle se trouve si elle existe toujours. J'ai une question subsidiaire que je ne cesse de relancer, ajouta François. Pourquoi les autorités catholiques, quand la source se trouvait à Rome, n'ont-elles pas détruit un document pareil ? Quelque chose cloche, mais je ne sais pas quoi. Cette lettre rend tout le monde silencieux, ceux qui la possèdent taisent son existence, ceux qui sont compromis par elle ne la font pas disparaître, et ceux qui pourraient en tirer profit la conservent bien cachée. Je cale complètement.

Il s'assit sur une chaise, se prenant la tête entre les mains, indifférent au regard de Laura sur lui. C'était la première fois qu'elle voyait l'historien François Lapierre aussi irrité par son impuissance à comprendre quelque chose. Elle aimait plutôt ça, elle captait mieux le sens de l'équipe qu'ils formaient quand il était dans cet état. Ils devenaient, chacun dans leur genre, deux dominants dominés. Elle mesurait mieux leur complicité dans ces circonstances, émoussée à force par la prestance doctorale habituelle de son partenaire. Un frisson lui parcourut la colonne vertébrale et ça, elle dut bien s'avouer que c'était nouveau.

La pièce du minuscule appartement romain semblait vibrer de l'intensité de leurs interrogations maintenant silencieuses. Laura brisa la torpeur qu'elle sentait s'installer.

— Pourquoi avoir laissé « En conclusion, je dois à la vérité que… » ? Pourquoi avoir laissé cette indication à d'hypothétiques lecteurs ? Pourquoi les avoir prévenus qu'il manquait une partie ? Ce passage commence au début d'une ligne. Si la césure avait été appliquée dans l'entre-deux lignes supérieur, le texte serait resté parfaitement cohérent et la lettre aurait semblé complète. Si on avait vraiment voulu faire disparaître la fin pour toujours, on aurait pratiqué de la sorte, donc la césure à cet endroit était planifiée comme… comme… un message… Qui aurait pu procéder ainsi ?

Les yeux de Laura brillaient, elle vivait dans toutes ses fibres sa progression intellectuelle. François était complètement sous le charme de cette intelligence en action. Et soudain, Laura eut une intuition.

— Il me faut une loupe !

Elle farfouilla dans le tiroir désordonné de son petit bureau et sortit l'instrument. Elle se pencha sur l'original qui était sur la table, en pointant le bas du document, qu'elle parcourut de gauche à droite avec la loupe. François, fasciné, suivait l'opération toute simple.

Elle redressa la tête et le regarda avec un sourire en coin, et lui tendit la loupe. Il s'en empara et reproduisit les gestes de Laura. Avant qu'il ne relève à son tour le regard vers elle, Laura l'entendit murmurer :

— Nom de Dieu !

Quel contraste avec la soirée de la veille ! Ils échangèrent le plus beau sourire de complicité qu'ils aient jamais partagé jusque-là, et dans ce petit appartement romain, il y avait autre chose que la quête éperdue du savoir, que la volonté de résoudre des énigmes historiques. Il y avait ce fluide de l'instant présent attirant deux êtres l'un vers l'autre, cette huile de l'attraction universelle entre un homme et une femme. Mais ils en restèrent là, dans une attitude passive qui semblait dictée par un accord implicite, mais qui ne diminua en rien l'intensité du moment.

Leur découverte tenait en une barre minuscule, une petite ligne verticale au bas de la source, artificiellement produite par un trait de plume, dont l'encre était manifestement similaire à celle utilisée par le traducteur. Laura conclut aisément :

— Donc, quelqu'un, avant de séparer les deux parties, a pris soin de les marquer par un trait de plume transversal, afin de les réunir un jour.

— J'ai fait ça avec mon premier billet de banque quand j'étais petit, dit François. Je l'ai coupé en deux, en ayant au préalable tracé un trait au crayon, et j'ai offert une partie du billet à mon meilleur ami. Ainsi, nous pourrions réunir ces deux pièces marquées quand nous serions grands, avec la certitude qu'elles avaient été unies un jour.

Laura sourit poliment à cette histoire incongrue et donna l'estocade au mystère.

— C'est Napoléon qui a violenté la source.

— Et qui a conservé la dernière page, ajouta François. C'est lui la clé.

François se saisit de son téléphone portable et forma un numéro, sous le regard à la fois intrigué et détendu de Laura. Quelqu'un décrocha au bout de la ligne. Elle se dit qu'il avait de la chance avec le téléphone. Il joignait toujours ses interlocuteurs du premier coup, elle jamais.

— Allo, bonjour Jean, c'est François Lapierre.

— Oh, sacré François ! Comment ça va ?

— Très bien, et toi ? Liège est toujours aussi ardente ?

— Viens vérifier, mon pote ! On t'attend, ici. On n'a pas oublié ta prestation mémorable imitant Serge Lama aux Olivettes.

— Et moi, les boulets sauce Lapin me manquent terriblement.

— Et que me vaut cet honneur ?

— Voilà, j'ai besoin d'un nom, celui du meilleur connaisseur de Napoléon que tu connaisses, pas nécessairement un collègue, non, le genre plutôt érudit passionné et touche-à-tout. Celui que les collègues consultent sans l'avouer nécessairement, tu vois le genre.

— Je vois… J'ai ton homme. Je te préviens, il est fou. Il habite à Plancenoit, c'est à côté de Waterloo. Je t'envoie ses coordonnées sur ton GSM.

— Mon GSM ?

— Ton portaaable, sacré Français !

— Merci infiniment, Jean.

— À la prochaine, mon ami, sur les bords de Seine ou de Meuse !

Laura, qui avait suivi la conversation en mode haut-parleur, était relativement éberluée.

— Dites, vous êtes vraiment l'ami de tout le monde, vous. C'est qui ce type ? C'était codé, votre conversation ? La sauce Lapin, Serge Lama, le fou de Waterloo ?

Laura avait envie qu'il joue à être François Lapierre, et celui-ci avait compris. Ils prirent une pause.

— Bien, dit François, je vous explique. Jean est un excellent historien de l'université de Liège, en Belgique.

— Oui, je sais quand même que Liège est en Belgique.

— Bien, si vous en avez l'occasion, ne manquez jamais un colloque à Liège, vous y êtes traité comme un roi, et les Liégeois vous feront passer un moment convivial inoubliable. Vous ne pourrez pas éviter les boulets sauce Lapin, le plat national, et Lapin, c'est le nom de la femme qui a inventé cette sauce, pas l'animal. Ensuite, Serge Lama aux Olivettes, il s'agit d'un cabaret où les clients poussent la chansonnette. Le dérapage est assuré si le péket est de la partie, leur alcool national.

— Ce n'est pas la bière ?

— Aussi, mais ils en ont plusieurs. Et le fou de Waterloo, je vais le découvrir avec vous.

— On repart ?

— Il me semble que cela s'impose, non ? Même si les comptables des budgets voyages de mon compte universitaire vont s'arracher les cheveux, et que mon assistant va me haïr. Depuis que je vous connais, j'ai planté tout le monde à la Sorbonne.

— Dites, vous avez oublié que j'ai la trouille en avion ?

— Non, je ne pense qu'à ça, mais je vous ferai rire et cela passera le temps. Je vais d'abord contacter notre napoléonien passionné.

— Et moi, je m'occupe des billets et de l'intendance, et j'appelle mon oncle, il vaut mieux le tenir au courant de nos déplacements.

Elle s'interrompit, comme si un souvenir refaisait surface.

— Quand vous avez terminé votre conversation avec ce Jean, vous avez dit « merci infiniment ».

— Quoi ?

— Vous avez dit « merci infiniment ». Je vous civilise, professeur Lapierre.

30

Laura était sortie pour faire les courses en vue du déjeuner, son frigo était moins garni que celui d'un étudiant la veille d'un week-end de retour en famille. François travaillait à la table du salon sur son PC et tentait de désorganiser les vagues de courriels en retard qui le harcelaient en rangs serrés. Il avait complètement abandonné ce qu'il appelait désormais « sa vie antérieure » et se sentait grisé par cette liberté provisoire et factice.

Son téléphone portable se mit à vibrer. Le numéro de son correspondant était inconnu. Curieusement, il décrocha, alors qu'en général, s'il ignorait l'identité de l'appelant, il préférait écouter son message sur sa boîte vocale *a posteriori*. Il usait de cette stratégie pour ne pas être pris dans les filets d'un journaliste en quête d'interview sur un sujet bateau, ou recevoir une invitation à participer à une réunion académique « de la dernière chance » sur un problème interminable à résoudre.

— Allo, dit François, d'une voix neutre.

— Allo, bonjour professeur Lapierre, ici Boss à l'appareil, Hugo Boss, comme les vêtements. Je ne vous dérange pas ?

François fut incapable d'identifier l'origine du léger accent de son correspondant. Il se mit instantanément sur ses gardes.

— C'est bien moi, que puis-je faire pour vous ?

— Voilà, je suis également à Rome…

— Comment savez-vous que je suis à Rome ?

— Je suis également à Rome, répéta Boss sans se démonter, et je crois qu'il serait utile pour vous comme pour moi de nous rencontrer en tête à tête.

— Qui êtes-vous, monsieur Boss ?

— Un ami, qui est au courant de vos tribulations actuelles, et qui voudrait vous aider.

François se raidissait intérieurement, prêt à suspendre la communication à tout instant. Il réussit à conserver son sang-froid, optant pour une autre stratégie, celle d'en savoir plus.

— Je n'ai pas besoin d'aide, merci, je ne vois pas de quoi vous parlez. Pouvez-vous être plus précis ?

— Monsieur Lapierre, ne jouons pas au plus malin. Je sais que vous faites des recherches avec madame Laura Zante sur une lettre de Sénèque. Je dispose d'informations qui peuvent vous aider dans votre quête, et j'ajoute que je n'ai rien à voir avec ceux qui ont mis votre tête à prix, au contraire.

François comprit que cet homme en savait beaucoup, et qu'il ne pouvait être écarté d'un revers de main. De quelle nature étaient les informations dont il disposait ? Il maudit la curiosité de l'historien.

— Monsieur Boss, j'entends bien, je suis tout ouïe concernant ces informations.

— Monsieur Lapierre, il serait préférable d'en parler ailleurs qu'au téléphone. Je sais que vous êtes méfiant et c'est normal. Vous aimez les glaces ?

Décontenancé par cette dernière question, François répondit spontanément par l'affirmative. Boss poursuivit.

— Parfait, alors je vous propose une rencontre dans un lieu public et agréable, chez le glacier Giolitti, via Uffici del Vicario, c'est le meilleur de Rome. Aujourd'hui à 16 heures, cela vous va ?

— Oui, c'est possible, céda François.

— Merci monsieur Lapierre. Une dernière précision : il est préférable que vous veniez seul.

Et il raccrocha, sans laisser le temps à François de réagir.

La conversation était à peine achevée lorsque François entendit Laura ouvrir la porte de l'appartement et entrer avec un simple sachet de victuailles. Elle l'apostropha.

— J'ai pas eu le temps de faire mieux, j'ai rapporté des lasagnes… Vous en faites une tête ! Vous êtes tout pâlot, ça va ?

François, déjà décontenancé par l'appel téléphonique, était perturbé par l'arrivée subite de Laura, ne sachant pas s'il fallait lui révéler son rendez-vous ou pas. Il avait quelques secondes pour prendre sa décision.

— Oui, ça va… J'étais perdu dans mes pensées… et vous m'avez brutalement ramené à la réalité.

C'était fait, il avait choisi, il était trop tard.

— Ramené à la réalité, hum, répéta Laura, dubitative et joyeuse. Après les lasagnes, une sieste s'impose, professeur.

François allait devoir lui mentir, c'était la première fois, et il détestait ça.

Les lasagnes avalées, François ne fit pas de sieste et annonça à Laura qu'il sortait, prétextant une ultime promenade dans Rome avant leur départ pour la Belgique. Laura comprenait qu'on puisse difficilement se lasser des beautés de cette ville.

Il quitta l'appartement et se rendit à son rendez-vous. Il avait peu de temps à consacrer au mystérieux Hugo Boss.

31

C'était la cohue habituelle chez Giolitti. François se faufila à travers la file des amateurs de glaces à emporter pour rejoindre une salle élégante qui était pratiquement comble. Il se rendit compte qu'il ignorait à quoi ressemblait son interlocuteur, mais ses doutes furent rapidement dissipés. Un homme plutôt costaud, assis seul, lui fit un signe de la main, arborant un large sourire amical. François se dirigea vers lui, et ce dernier se leva de sa chaise pour lui serrer la main comme s'ils étaient de vieux copains.

— Bonjour monsieur Lapierre, je suis enchanté de faire votre connaissance.

Ils s'assirent et, instinctivement, François se saisit de la carte dont les photos de compositions de glace attiraient l'attention. Ils furent prestement rejoints par un serveur qui prenait les commandes.

— Pour moi, dit Boss, ce sera une coupe pistache, coco, fraise avec de la *panna* ! Et pour vous, monsieur Lapierre ?

— Je prendrai une coupe vanille, chocolat.

Le serveur s'en retourna, et Hugo Boss n'avait toujours pas abandonné son large sourire. Il interpella François.

— Vous avez compris ?

— Compris quoi ? demanda François.

— Ma glace pistache, coco, fraise…

— Et ?

— Vert, blanc, rouge… Le drapeau italien ! C'est drôle, non ?

— Oui, c'est drôle, répliqua François, en se disant que cette histoire était jalonnée de gens bizarres.

Le malaise était sur le point de s'installer lorsque, au grand soulagement de François, mal à l'aise face à cet inconnu, celui-ci redevint sérieux.

— Bien, merci d'être venu. Je suis désolé d'avoir été si peu explicite, mais vous allez comprendre…

— Écoutez, l'interrompit François, je n'ai pas l'habitude de foncer tête baissée vers un inconnu qui me sollicite. Qui êtes-vous vraiment et que voulez-vous ?

François n'attendit pas la réponse, elle fusa.

— Je suis un agent secret israélien et je veux l'original de la lettre de Sénèque.

François resta sans voix devant cet aveu direct. Il voulait la franchise, il l'avait. Le serveur leur apporta leurs glaces, le temps était comme suspendu, et cet intermède permit à François de reprendre son sang-froid. Au moins, c'était clair. Il était frappé par le calme émanant d'Hugo Boss, de nouveau tout sourire, mais cela faisait partie de son métier.

— Monsieur Boss, vous êtes très direct, ce dont je vous remercie, mais je vous avoue malgré tout ne pas saisir la raison d'être de notre rencontre.

Boss s'attendait évidemment à devoir être plus convaincant.

— D'abord, je suis dans le camp des gentils. On ne devient méchant qu'avec les ennemis de l'État d'Israël ou les ennemis des Juifs, or vous n'êtes ni l'un ni l'autre.

— Comment pouvez-vous le savoir ?

— C'est simplement mon job, se contenta de dire Boss. Ensuite, vous êtes seul et sans allié dans la place. C'est comme dans la jungle : vous êtes seul, vous êtes mort. Enfin, notre intérêt pour la lettre n'est pas éloigné du vôtre.

François tentait d'avancer dans ce jeu du chat et de la souris.

— Donc vous nous offrez votre… protection en échange d'une source historique ?

— Votre protection et celle de la lettre, que vos ennemis, soyez-en assuré, veulent faire disparaître à jamais, ce qui n'est pas notre vœu.

— C'est quoi l'arnaque ? lâcha François.

— Je vais m'engager à une chose avec vous, dit Boss qui fixait son interlocuteur dans les yeux. Je vous dirai toujours la vérité. Vous savez, c'est plus rentable, la vérité. Par exemple, vous n'avez pas parlé de notre rencontre à Laura Zante, vous allez maintenant perdre un temps fou pour savoir comment gérer ce mensonge. Ce n'est pas rentable, ça.

— Comment le savez-vous ?

— Je le déduis par votre personnalité que j'appréhende. Ça aussi, c'est mon boulot.

François devait se souvenir qu'il parlait avec un homme qui vivait dans un monde parallèle au sien, un professionnel rompu à des techniques de séduction psychologiques. Lui aussi savait lire dans les hommes, du moins, il voulait s'en convaincre. Mais Boss ne le lâchait pas.

— Et puis, vous avez obéi, vous n'êtes pas venu avec Laura. Elle était en fait la bienvenue, je suis sûr qu'elle adore les glaces. Elle adore la vie, d'ailleurs.

Cette espèce de salaud refermait son piège sur lui, François n'avait pas la main. Boss enchaîna.

— Du coup, prof, vous n'avez le sens de la survie que dans votre petit univers. Dans celui où vous vous êtes fourré, vous ne tiendrez pas deux rounds.

François ne devait pas perdre pied, mais essayer d'en savoir plus.

— Pourquoi voulez-vous la lettre ?

— Parce que je suis juif. Ça, tout le monde s'en fout, mais toute la chaîne de commandement qui me relie à mes employeurs jusqu'au sommet est juive, vous comprenez ?

François tentait de se dégager de la nasse, mais il décida d'un coup de cesser d'être sur la défensive.

— Non, je vous avoue que j'ai l'impression que vous tournez autour du pot pour me faire avaler des couleuvres.

— Je pensais bien qu'un historien aurait besoin d'un contexte pour comprendre. Mon pays, né officiellement en 1948, a une longue, très longue histoire, qui est d'abord l'histoire d'une diaspora contestée, persécutée, massacrée. Mais ce n'est pas à un historien que je dois expliquer cela, ni surtout à quelqu'un dont la grand-mère est une Juste parmi les nations.

François fut estomaqué. C'était une chose dont il ne parlait jamais, à personne. Mais c'était exact : sa grand-mère avait protégé des Juifs au péril de sa vie durant la Deuxième Guerre mondiale, et l'État d'Israël lui avait accordé le titre de Juste.

— Comment diable savez-vous cela ?

— C'est mon boulot, monsieur Lapierre, mon boulot. Mais rien que pour ça, je vous dirai toujours la vérité, parce que votre grand-mère aurait pu sauver la mienne.

Les deux hommes échangèrent un regard où se lisait une forme de solidarité masculine indescriptible, fugace, tribale, qui ne pouvait pas être de l'ordre de la manipulation. François laissa tomber ses dernières défenses et Boss poursuivit.

— Nous aimons la vérité historique, nous en avons besoin, car nous devons vivre avec le passé en permanence, et le contenu de cette lettre est de nature à nous aider à vivre avec nos héritages, avec nous-mêmes. Mon peuple n'est qu'héritage.

François découvrait une fausse grosse brute, Boss ne devait pas souvent se montrer sous ce jour-là. Il prit la parole.

— Moi aussi, je vais jouer cartes sur table. Si nous vous confions la lettre, quelles garanties avons-nous de la revoir ?

— Vous les avez toutes. Des spécialistes de mon pays veulent examiner la source originale et vous la rendre ensuite.

— C'est aussi simple que cela ?

— C'est aussi simple que cela.

— Mais pourquoi nous la rendre ? insista François.

— Parce que vous êtes les seuls à pouvoir dénicher la partie manquante sans laquelle le document est caduc. Non seulement on vous rendra la lettre, mais on vous aidera pour la suite de vos recherches. On n'est pas des pilleurs de tombes.

— Et je dois vous croire sur parole ? dit François qui esquissait pour la première fois un sourire.

— Oui, et en prime, si vous me croyez, vous resterez en vie. Dans le cas contraire, non.

C'était une grande première pour François de jouer sa vie au nom du métier d'historien. Il n'était plus dans ce petit monde universitaire où il régnait, il était une proie.

— Je vous l'ai dit d'emblée, insista Boss, vos ennemis sont nos ennemis, ceux qui veulent faire disparaître la source. Si c'était notre cas, on laisserait faire, on ne dépenserait pas l'argent du contribuable israélien pour que je puisse manger une succulente glace à Rome en votre agréable compagnie.

— Je ne suis pas seul à décider, dit François. Il y a Laura Zante.

— Et elle dira non, c'est sûr, répliqua Boss sans illusion.

François savait qu'il avait raison, qu'un sac de nœuds l'attendait, lui-même devant encore se persuader de céder aux chants des sirènes israéliennes. Une question évidente lui vint à l'esprit.

— Comment avez-vous su pour nous et la lettre ?

— John Milton. Le regretté Milton nous a contactés après votre visite chez lui, et la machine s'est enclenchée.

François n'avait plus rien à ajouter, il laissa le dernier mot à Boss.

— Voici ma carte, avec mon téléphone perso direct. Je réponds toujours.

François lut la carte de visite, il était écrit, en plus du numéro :

H. Boss. Import/Export. Hollywood.

— Et ça marche ? ne put s'empêcher de demander François.

— Vous ne pouvez pas savoir à quel point.

32

Il était 18 heures quand François revint à l'appartement. Laura lisait tranquillement dans le canapé où il passerait sa deuxième nuit, pour le malheur de sa colonne vertébrale. La jeune femme l'accueillit sans poser de questions. Tout étranger voulait profiter à fond de Rome, il n'y avait pas de raison que Lapierre déroge à la règle. Quant à François, il exporta le souvenir de son rendez-vous dans un coin de son cerveau.

— J'ai bossé, moi ! s'exclama Laura. J'ai le cerveau chaud, là. On peut avancer un peu ?

François était las, il esquiva la question en la suppliant de le laisser prendre une douche, et elle lui octroya bien évidemment son autorisation, qui permettait à François de faire diversion.

Elle se remit à lire, tandis que, bientôt, elle entendit le bruit caractéristique du jet d'eau de la douche. L'image fugace du professeur Lapierre tout nu en train de se savonner lui parcourut l'esprit à la vitesse de la lumière. Surprise, elle en sourit, se demandant depuis quand l'image d'un homme nu ne lui avait plus traversé la tête. Elle fut suffisamment perturbée par sa question plutôt que par sa vision pour interrompre sa lecture et se préparer un thé.

François rejoignit Laura, rafraîchi et revigoré. Elle lui proposa un thé qu'il accepta. La journée avait été rude, mais il était prêt à poursuivre le travail avec Laura, d'autant qu'après tout, ils engrangeaient des résultats et progressaient dans l'interprétation de la source. Ils ne pouvaient que se rapprocher de l'issue de toute cette crise, et en sortir la tête haute. Ces pensées positives redonnèrent de l'énergie à François pour surmonter les obstacles, et la bonne humeur de Laura était communicative.

— Donc, chère Laura, s'entendit dire François, nous savons que ceux qui ont écrit les Évangiles n'ont pas pris de notes lors des interventions de Jésus, ils ont pris la plume des décennies après la mort du Christ, ils ne l'ont pas connu, ils ne parlaient pas sa langue, mais s'exprimaient en grec, ils n'habitaient pas dans la région où a vécu le Christ, ils vivaient dans des villes lointaines, ils ont recueilli des traditions orales dont la trajectoire est aléatoire. Quant aux disciples, c'étaient des ruraux illettrés parlant l'araméen, comme Jésus. Dès lors, la chance qu'un Évangéliste et un disciple, ou même un témoin oculaire, se soient rencontrés un jour dans ce monde est objectivement nulle.

— Mais les *logia* de Jésus, cher professeur, qui, au fond, étaient mémorisables par ses disciples, ont très bien pu parvenir jusqu'aux Évangélistes par voie orale sans être trop déformées ? s'interrogea Laura.

— Sénèque a sans doute misé là-dessus, des adages, des formules, des citations que ses affidés ont diffusés, mais de toute façon, nos connaissances en anthropologie contestent cette facilité. Même un message simple parvient déformé, conclut François.

Mais Laura réorienta la conversation.

— Il y a néanmoins le cas de Paul.

— On peut parler de Paul, acquiesça François. D'abord, il est cité dans la lettre de Sénèque comme un complice. Est-ce pertinent ? Mieux, c'est le vrai cœur de notre affaire, Laura. Mais je vous propose de nous concentrer sur ce point dans de bonnes conditions intellectuelles.

— Chez Renato et Luisa ?

— Chez qui ?

— Renato et Luisa. C'est mon QG quand je suis à Rome. Vous aimez les pâtes à la carbonara, les vraies ?

François se sentit subitement stimulé par l'appétit, il était décidément hypersensible.

— Si je les aime ? Je les vénère !

— Alors vous allez mourir de plaisir, dit Laura qui saisissait son portable pour téléphoner et réserver une table, le restaurant étant en général pris d'assaut.

Elle tomba sur le répondeur et laissa un message, elle était une cliente connue.

Ils quittèrent l'appartement vers 19 h 30 et prirent un taxi, même si le restaurant n'était pas loin. Ils se firent déposer via di Torre Argentina, au niveau du dédale des ruines antiques réservées aux chats, qui pullulent au cœur de la place. Ils s'engouffrèrent dans la via dei Barbieri durant quelques mètres et atteignirent la porte vitrée et en fer forgé du restaurant discret. Celui-ci ouvrait précisément à 20 heures. Il était un peu trop tôt, et ils s'agglutinèrent au petit groupe d'impatients déjà présents. On vint ouvrir la porte pour accueillir la première salve de clients soulagés de la soirée.

Laura traversa sans hésitation la première salle du restaurant pour se rendre dans la deuxième, plus petite, plus intime, qui jouxtait directement les cuisines et s'animait du va-et-vient du service. On leur proposa une petite table à côté de la cheminée transformée en mini bibliothèque, tandis qu'au mur, suspendues comme les canons d'un navire de guerre de la Royal Navy du XVIIIe siècle, les bouteilles de vin attendaient leur sort.

François se sentait bien dans cette intimité et cette agitation conviviale, d'autant que Laura était manifestement chez elle. Le patron n'attendit pas longtemps avant de la saluer avec une chaleur certaine, les yeux pétillants d'une émotion typiquement masculine.

Ils étudièrent la carte comme si c'était la lettre de Sénèque, et François, amusé, se laissa guider par les suggestions de Laura. Le serveur vint prendre leur commande, diligentée par l'italien sensuel de Laura que François n'avait pas si souvent l'occasion d'entendre.

Le service était rapide, les *antipasti* arrivaient. Un *crudo di pesce con tartufo* fut déposé devant François, tandis que Laura accueillait un *tortino polpo patate e pesto*. Une bouteille de *pecorino bianco*, vin de l'Italie centrale, subissait ses premières pertes.

François se délecta des morceaux de poissons crus, d'une fraîcheur remarquable, qui fondaient dans la bouche taquinée par les gorgées de vin. C'était un délice, que vivait aussi Laura en dégustant son flanc de poulpe aux pommes de terre et pesto. Ils avaient déjà développé un code de conduite dans ces moments-là. Ils accueillaient le silence entre eux si les mets en valaient la peine, et ne considéraient pas ce silence installé comme une impolitesse. Leur table était dès lors très silencieuse. Et les verres étaient vides. François revint à la réalité et il corrigea cette anomalie. Ils bavardèrent sans aucune envie de revenir à la conversation sur les Évangiles et Paul de Tarse. Ils débattirent sur la diversité des vins italiens, et sur l'itinérance qu'ils suggéraient dans des régions plus belles les unes que les autres. François fit un aveu à Laura : il voulait mourir en Italie, y finir ses jours. Laura en fut évidemment flattée, car elle adorait son pays.

Mais la conversation retomba, les *primi* furent déposés à table, la fameuse *carbonara al tartufo*, les pâtes à la carbonara et aux truffes, celles-ci étant râpées devant le client. François souhaitait que ce mouvement de va-et-vient érodant le champignon magique ne s'achève jamais. Le parfum qui s'élevait alors du plat avait un pouvoir de pénétration dans les narines sans pareil.

Laura observa son partenaire engloutir la première bouchée. Elle ne fut pas déçue de sa réaction. Il était en extase, il avait vu la lumière. François la regarda comme s'il la bénissait. C'était un moment de grâce. Ils cessèrent leur conversation, sinon que la bouteille s'était vidée suffisamment tôt dans la progression du repas pour pouvoir faire usage de l'excuse légitime d'en commander une nouvelle. Ils restèrent fidèles au *pecorino*.

Le regard de François sur son assiette maintenant vide s'apparentait à celui d'un traumatisé. Laura sentit qu'il mijotait quelque chose. Elle n'eut pas à attendre longtemps avant d'en avoir la confirmation. En effet, alors que, pour les *secondi*, elle avait choisi un *filetto porto e prugne*, François souhaita modifier, si c'était possible, son premier choix, pour une deuxième *carbonara al tartufo*. Il voulait revivre cette expérience fulgurante. Laura négocia sans difficulté auprès du restaurateur et l'affaire fut entendue. Laura le rassura.

— Ils sont d'accord. Vous allez devenir un historien gros, si vous continuez à vous alimenter comme ça.

Il ne distingua pas de soupçon de reproche dans la voix de Laura, mais en profita pour répondre.

— Il faut bien savourer quelques consolations dans cette existence austère.

— Qu'est-ce que vous racontez là ? réagit Laura. Vous avez tout ! Vous êtes nommé à vie, populaire parmi vos étudiants, détesté par vos collègues médiocres et bien apprécié par ceux qui en valent la peine, estimé par vos éditeurs, et tout le monde vous laisse tranquille.

— Oui, mais je suis seul dans la vie, dit-il sur un ton ironique mi-parlant mi-chantant, qui fit sourire Laura.

— Vous le cherchez bien, vous ne faites aucun effort, et c'est parce qu'au fond, vous aimez la solitude. Vous péririez d'ennui avec bobonne et les marmots autour de vous.

— Non, j'espère avoir des enfants, et aussi rencontrer le grand amour, annonça François.

— Arrêtez de faire l'enfant. Le grand amour vient quand on lui laisse une chance de venir.

— Et vous, alors ?

— Moi, je suis une historienne solitaire qui ne sait pas de quoi demain sera fait. Je serai vieille avant d'avoir un contrat un peu décent.

— Et vous, je veux dire, sur le plan du cœur ? renchérit François.

Il regretta sa question, mais il était trop tard. Mais, curieusement, Laura semblait s'y attendre et ne s'offusqua pas.

— Mon cœur, il est en mille morceaux si vous voulez tout savoir.

François était désarçonné et ne trouvait plus les mots, c'était précisément en général le moment où il commettait une bévue. Mais Laura continuait de parler.

— J'ai aimé très fort et longtemps, je ne conçois pas aimer autrement, mais l'histoire s'est mal terminée.

— Mais la vie est devant vous, Laura.

— Lui m'a aimée pour trois vies.

Vaincu par K.-O., François fut sauvé par l'arrivée des *secondi*. Ils décidèrent définitivement que Paul serait convoqué plus tard.

33

C'était le samedi matin, à l'heure du petit déjeuner. Laura avait le nez plongé dans un chocolat chaud, un bol presque aussi grand que son visage, et lorsqu'elle se penchait dessus, on aurait dit qu'elle entamait une fumigation. Elle était décidément craquante en toutes circonstances. François se demandait comment elle pouvait garder une telle ligne en absorbant des quantités pareilles d'aliments de toutes sortes, et rien n'indiquait qu'elle soit sportive pour un sou. Il avait mis un vieux peignoir de Laura beaucoup trop petit pour lui et qui lui donnait un air parfaitement ridicule. Il s'en fichait, comme on se fiche de ce genre de chose dans un vieux couple.

Laura, sans le montrer le moins du monde, s'amusait beaucoup à contempler le professeur Lapierre accoutré de la sorte, elle qui, encore quelques jours plus tôt, s'inquiétait de rencontrer le maître en chair et en os, et s'extasiait d'avoir décroché un rendez-vous avec lui en tête à tête dans son bureau. Ainsi allait la vie. Elle rompit le silence qui entourait leur aimable quiétude.

— Bon, récapitulons : on a le vol Alitalia qui part aujourd'hui à 15 h 20 pour arriver à 17 h 35 à Bruxelles.

François enchaîna, comme s'il répétait un dialogue de théâtre.

— Ensuite, on loue une voiture chez Hertz dans le hall des arrivées. Puis on va directement à Waterloo, c'est tout près.

— J'ai réservé deux chambres à l'hôtel 1815, comme vous me l'avez conseillé, dit Laura. Et j'ai pris les chambres Wellington et Napoléon. Moi, je prends Napoléon et vous Wellington, O.K. ?

— *Yes my dear*, fanfaronna François. Le soir, on dîne sur place, il y a un restaurant dans l'hôtel. Dimanche matin, je fais le guide, on escalade la butte du Lion, et je vous fais visiter le nouveau Mémorial 1815, bêtement appelé ainsi par ses promoteurs belges, mais c'est une autre histoire. Le mémorial de Verdun ne s'appelle pas Mémorial 1916, que je sache !

— Et le Mémorial 1859, vous connaissez ? dit Laura qui s'amusait beaucoup de cette imbécillité locale. Non, bien sûr, c'est le mémorial de la bataille de Solferino.

— Bien, reprit François, nous avons rendez-vous l'après-midi avec M. Claude Bemelmans, le napoléonien enragé. Nous le rencontrerons chez lui à Plancenoit. C'est à deux pas, pas loin du musée du Caillou, le dernier quartier général de l'Empereur, un chouette petit musée.

— Le professeur Lapierre au Caillou… J'adore ! dit Laura qui semblait enivrée par son chocolat chaud.

Elle fut alors prise d'un fou rire libérateur, qui entraîna celui de François dans la foulée. Ils avaient maintenant l'air de deux vieux étudiants complètement déjantés. C'est peu dire qu'ils ne s'ennuyaient pas ensemble.

— Et comment vous avez eu ce rendez-vous ? dit-elle en reprenant ses esprits.

— J'ai simplement téléphoné…

Laura repartit dans son fou rire sans aucune raison apparente.

— Vous téléphonez, vous gagnez ! arriva-t-elle à dire entre deux hoquets. Écoutez, c'est pas possible.

Elle se leva et alla fouiner dans un tiroir, pour en extraire une ancienne facture d'électricité, qu'elle lui mit sous le nez.

— Bon, là, c'est le numéro qu'il faut appeler à la compagnie Enel pour les réclamations. Regardez bien.

Elle forma le numéro, patienta un instant et tendit son téléphone à François qui le porta à son oreille. Un message enregistré lui communiqua une information qu'il ne comprit pas, et qui fut suivie par une musique d'attente tirée d'un opéra de Verdi. Il rendit le téléphone à Laura.

— Bon, maintenant, c'est vous qui téléphonez, d'accord ? Je veux le voir pour le croire.

François joua le jeu, en prenant un air faussement sérieux, qui fit rire Laura, les mains sur la bouche, comme si on les écoutait. À la troisième sonnerie, à la stupéfaction de Laura, un interlocuteur décrocha :

— Pronto.

— Pronto, répondit François, sans pouvoir engager une autre phrase en italien.

Il rendit prestement le téléphone à Laura. Elle s'autorisa à son tour un *pronto* au standardiste avant de raccrocher et de repartir dans un rire gargantuesque.

La journée commençait en fanfare, ils débarrassèrent la table et firent la petite vaisselle ensemble. Rangeant le torchon, Laura proposa :

— Avant de partir en Belgique, on a juste le temps de parler de Paul, que nous avons largué hier soir à cause de l'état de nos âmes déchues.

— D'accord, dit François s'offrant un ultime café.

Ils se remirent à table. Auparavant, Laura prévint son oncle de leur déplacement à Waterloo, elle tomba encore sur son répondeur et laissa un message où elle décrivait brièvement sa future expédition.

Les deux historiens se remirent au travail, le pli était pris sur la manière de procéder entre eux, ils étaient rodés comme une équipe bien coordonnée. François fit le point sur Paul de Tarse.

— Paul est le seul acteur identifiable de cette époque qui nous relie avec une certaine clarté au Christ, parce que Paul a écrit et qu'il est l'auteur de ses œuvres, au moins en partie. C'est aussi celui que l'on sait lié à Sénèque, par une correspondance que d'aucuns estimèrent apocryphe. On notera aussi que le frère de Sénèque, le proconsul Gallion, s'était occupé du procès de Paul à Corinthe sans animosité à son égard, et Paul, citoyen romain, a bénéficié à Rome d'une grande indulgence du pouvoir judiciaire tant que Sénèque était vivant. Paul est arrêté juste après la mort de Sénèque et meurt exécuté vers 67, notre tragédien étant mort en 65. Voilà qui est significatif. Au demeurant, Sénèque n'a jamais parlé des chrétiens, ni en bien, ni en mal, même après l'incendie de Rome en 64. C'est curieux de la part de ce touche-à-tout de Sénèque. Mais penchons-nous exclusivement sur Paul. L'apôtre Paul, juif pharisien, fondateur de l'Église de Corinthe, n'a jamais rencontré Jésus. Il nous raconte seulement qu'il a rencontré Pierre à Jérusalem, ainsi que Jacques, frère de Jésus. Il ne resta que quinze jours à Jérusalem et il n'a pas rapporté le contenu de leurs échanges. Il dira plus tardivement dans une autre lettre avoir aussi croisé le disciple Jean et d'autres apôtres. D'une part, il dit qu'il a rencontré des disciples, ce qui le crédibilise, mais d'autre part, il n'évoque pas ce qu'ils se sont dit, ce qui est étrange. Il avait pourtant une occasion unique de rapporter des témoignages de première main. Cela devient clair si rencontrer des disciples est en fait un petit mensonge pour appuyer ses propres considérations. Cela veut dire aussi qu'il n'a pas besoin de récits de témoins oculaires, seulement de faire croire qu'ils existent. Paul convertit d'autres païens, qui vont faire de même ensuite. Puis Paul s'en va établir une autre Église ailleurs, c'est un itinérant. Ceux qui restent à Corinthe vont continuer à convertir, et ainsi de suite. On ne sait pas qui appartient à cette première vague. Mais arrive à Corinthe un autre converti étranger dont nous avons l'identité, Apollos, qui n'a jamais rencontré Jésus, et qui convertit lui aussi, et les nouveaux fidèles font de même ensuite. Voilà comment ont circulé les histoires sur Jésus, racontées par un tas de gens qui n'avaient aucun lien avec le Christ, et en quelques années, aucun lien avec la génération du Christ. À propos d'Apollos, soit dit en passant, il provenait d'Alexandrie, il était de culture grecque et disciple de Philon, évoqué dans la lettre de Sénèque comme un complice potentiel. Donc, tous ces convertis se stimulent les uns les autres, vraisemblablement dans l'enthousiasme. Et cette collectivité de conteurs s'équilibre-t-elle par le nombre, c'est-à-dire s'autoévalue-t-elle, chacun étant potentiellement corrigé par ses pairs s'il commet une erreur dans l'évocation d'un « souvenir » ?

— *A priori* oui, dit Laura, qui avait suivi avec assiduité l'exposé du professeur Lapierre.

— C'est exactement le contraire, répondit François. C'est démontré par la psychologie cognitive. Si vous interrogez un groupe d'individus, vous recueillerez moins d'informations que si vous interrogez chaque membre du groupe séparément. La mémoire collective est d'un poids moindre encore que la mémoire individuelle. En outre, on a tendance à croire les dominants du groupe, et même s'ils font part d'un souvenir erroné, celui-ci est adopté par le groupe qui fait sien ce souvenir. Un groupe humain n'est pas garant de sa mémoire collective. Un groupe, en somme, dilue les souvenirs dans un faisceau consensuel, qui intègre aussi les faux souvenirs ou les souvenirs erronés. C'est probablement sur ce phénomène qu'a reposé la stratégie de communication de Sénèque.

— Mais dans quel but final ? s'interrogea Laura.

— Mettre au niveau du sol la philosophie stoïcienne, inaccessible au commun des mortels.

— Créer une nouvelle religion populaire ?

— Créer une philosophie populaire. Le récit christique n'était qu'une porte d'entrée.

— Et il a échoué ?

— Oui. Personne n'est allé plus loin que la porte d'entrée.

— Et le suicide fut la porte de sortie de Sénèque.

34

Le voyage vers Bruxelles se déroula sans encombre, l'avion atterrissant même à Zaventem avec un peu d'avance sur l'horaire prévu. Après avoir récupéré leurs bagages, ils prirent possession de leur voiture louée et s'engagèrent dans le vaste réseau autoroutier qui ceinturait Bruxelles. Grâce au navigateur, ils évitèrent de se perdre à coup sûr, d'autant que les destinations changeaient de nom au gré des territoires régionaux traversés, comme Mons qui devenait Bergen en flamand, ou Liège, Luik. François tenta de donner des explications sur ce phénomène linguistique, mais Laura fit simplement semblant de comprendre.

Ils prirent la direction de Charleroi pour rallier Waterloo en moins d'une demi-heure. Le champ de bataille était situé à quelques kilomètres du centre-ville. Ils atteignirent le carrefour formé par la chaussée de Charleroi et la route du Lion, tandis qu'à leur droite se dressait dans la plaine la butte du Lion. Leur hôtel, Le 1815, était situé sur cette petite route qui y menait directement, à quelques centaines de mètres, faisant face à la ferme de la Haie sainte, haut lieu de combats mémorables. Ils allaient littéralement dormir dans les premières lignes de l'armée anglo-alliée de Wellington.

L'hôtel disposait d'un parking à moitié vide, ce qui leur facilita grandement les choses. Ayant rejoint la réception, ils prirent leurs clés respectives, celle de la chambre Wellington pour François et celle de la chambre Napoléon pour Laura. Ils en plaisantèrent brièvement et décidèrent de se donner rendez-vous, après un brin de toilette, directement au restaurant, séparé de la réception par une simple porte.

Laura était déjà installée à table quand François entra dans le restaurant pratiquement désert. L'atmosphère était paisible et le décor, bien que dépouillé, ne manquait pas de chaleur. Ils étaient soulagés de pouvoir se poser un peu, dans un espace rural qui semblait intemporel. Ce sentiment d'être coupé du monde n'était pas sans lien avec l'atmosphère de solennité qui se dégageait des champs avoisinants, le périmètre du champ de bataille étant préservé des assauts de la civilisation moderne par une loi datant de 1914.

Ils mangèrent léger et évitèrent de parler de Sénèque. Ils éprouvaient le besoin d'en savoir plus l'un sur l'autre, de faire une trêve dans leur quête, d'oublier les risques encourus. Ils se laissèrent aller à apprendre à se connaître en parlant de tout et de rien, et ils gagnèrent en intimité au fil d'une conversation libérée roulant sur les sujets les plus divers.

— Vous avez rencontré ma petite famille à Palerme, parlez-moi de la vôtre, demanda Laura.

— D'abord, je suis fils unique, comme vous à l'évidence.

— Exact.

— Et il ne me reste plus que ma mère, comme vous. Elle vieillit tranquillement près de Nice où elle a trouvé la dernière étape de son existence. Mon père, séparé de ma mère depuis longtemps, est décédé il y a peu.

— Le mien aussi, réagit Laura. Cancer… et le vôtre ?

— Bataclan.

Laura mit quelques instants à comprendre. François poursuivit.

— Mon père était un passionné de rock'n'roll. Jeune, il passait des nuits entières à danser dans les boîtes avec ma mère. J'ai sans doute été conçu sur une chanson d'Elvis. Mon père, c'était le vrai fan par excellence, avec la tenue qu'il faut, les signes extérieurs… Vous imaginez le tableau, avec cuir, queue-de-cheval de cheveux blancs, bottes *vintage*. Bref, il allait beaucoup au concert. Son dernier fut le 13 novembre 2015.

Laura était stupéfaite. C'était la première fois qu'elle pouvait associer directement quelqu'un qu'elle connaissait à une tragédie terroriste.

— Je suis désolée, c'est fou…

— Et le plus fou, renchérit François, c'est qu'il avait pris un billet pour moi pour le concert des Eagles of Death Metal. Je devais y aller avec lui ce jour-là.

— Incroyable…

— Je n'y suis pas allé. Vous savez pourquoi ?

Laura, les yeux grands ouverts, fit évidemment non de la tête.

— Parce que j'avais tout simplement oublié. J'étais plongé dans la rédaction d'un article en retard, et j'ai oublié mon père. En rallumant mon portable en fin de soirée après mon travail, j'ai vu qu'il avait essayé de me joindre plusieurs fois avant le concert, puis il y avait un texto, envoyé *après* le début de la tuerie. Il disait simplement : « Reste où tu es ».

— C'est épouvantable, dit Laura, le souffle coupé.

— Reste où tu es… Je suis habité par cette phrase désormais, elle est vie et mort pour moi. Je suis resté où j'étais depuis lors. Enfin… jusqu'à ce que je vous rencontre.

Laura le regarda intensément avec une lumière inhabituelle dans les yeux, et François se dit qu'il était en train de faire de même, cette lumière qui vient de l'intérieur et qui isole deux êtres du reste du monde.

— Je ne sais pas si je dois bien ou mal le prendre, dit presque timidement Laura, tout en douceur.

— Vous devez bien le prendre, Laura. De nouveaux horizons se sont ouverts grâce à vous, périlleux certes, mais qui m'ont fait bouger de ma sidération, pour me pousser à me rapprocher de ce que je suis vraiment, de ce que je n'aurais jamais dû cesser d'être. Je me sens bien avec vous, Laura.

— Moi aussi, je me sens bien avec vous, répondit spontanément Laura. J'ai l'impression de vous connaître depuis longtemps. Vous êtes un homme qui a beaucoup de choses pour lui.

François se sentit rougir, mais il s'en fichait. À l'instant, il se fichait de toutes les postures, il était simplement lui-même, éprouvant une immense tendresse pour cette jeune femme dont l'assurance cachait des déceptions en cascade.

Le moment qu'ils vivaient se suffisait à lui-même, ils n'avaient besoin de rien, ni l'un ni l'autre, seulement d'être ensemble.

Il se faisait tard, ils étaient les derniers clients. Ils brisèrent ce climat privilégié, sortirent du restaurant et gagnèrent l'escalier qui menait aux chambres, situées au premier étage.

Ils le gravirent ensemble et en silence, fourbus par le voyage et la chaleur du dîner. Mais, à l'ultime moment de se séparer jusqu'au lendemain, les yeux dans les yeux, ils se rendirent à l'évidence, ils se rendirent tout simplement.

The Iron Duke resta en rade cette nuit-là, car c'est dans la chambre Napoléon qu'ils firent l'amour passionnément.

Au petit matin, François fut réveillé par les cliquetis délicieux d'après l'amour, quand la compagne d'un homme est enfermée dans la salle de bains, effaçant les traces de l'extase nocturne pour mieux éclairer le bonheur sur son visage. François décida de savourer ce moment sous les draps, le cœur léger d'être si vivant, l'empreinte des vagues de plaisir marquant encore son corps détendu, tout à la satisfaction de cette fabuleuse errance fusionnelle avec Laura, ébloui par sa sensualité débordante, loin de tout, échoué dans le périmètre du lieu de mémoire.

Elle sortit tout habillée de la salle de bains, version bottes, jean et petit chemisier rouge moulant en soie, une vision qui déclencha à la fois un désir irrépressible chez le professeur d'histoire et une pointe de regret. Il était encore tôt…

— On a une colline à gravir, non ? dit Laura, fraîche et joyeuse.

— Ce sont tes jambes qui m'invitent plutôt à cet exercice.

— Et moi, je meurs de faim !

— Bon, je quitte ce rêve idyllique et je plonge sous la douche.

— Et moi, je vais déjà attaquer le buffet, on est à Waterloo, pas de quartier. Retrouve-moi en bas, dit-elle avec un sourire carnassier et un regard de biche.

35

Ils sortirent de l'hôtel, pénétrant dans l'atmosphère bucolique et paisible de ce dimanche matin, et gagnèrent à pied la butte du Lion en longeant les champs. Ils se trouvaient dans cet état d'insouciance où tout environnement contient une part de la beauté du monde. Main dans la main, ils avançaient sur un chemin dont la direction importait peu, dans une temporalité qui leur était propre. Ils étaient tout entiers versés dans l'amour qu'ils venaient de s'offrir, leur horizon était leur fusion. À ce moment précis, l'action de la mémoire était battue en brèche par l'épanouissement de leurs désirs. Ils avaient poussé l'amour jusqu'à cette grâce qui élève l'être jusqu'à la chute de la loi de la gravitation universelle. Ils n'étaient reliés à rien d'autre qu'à eux-mêmes, ils étaient déliés du temps et de l'espace.

Ils marchaient sur des fantômes de cadavres, les hommes tombés sous leurs pieds le 18 juin 1815, qui ignoraient que le dernier mètre de leur existence accueillerait un jour les enjambées d'un couple dans la complétude de sa première nuit d'amour, dans l'inauguration du plaisir partagé, exalté.

Plusieurs fois, ils s'arrêtèrent pour s'enlacer, se sentir, se respirer, les balles sifflant autour d'eux, les chevaux se cabrant, la fumée opaque absorbant les derniers souffles, les derniers râles. Ils n'entendaient pas les roulements de canons, les corps transpercés et sabrés, les os brisés. Lorsque leurs bouches se cherchaient, ils plongeaient dans l'oubli fécond.

Ils montèrent les 226 marches de la butte du Lion. François avait pris soin de laisser passer Laura la première, sa galanterie était indiscutablement intéressée, afin qu'il suive en détail les rythmes fabuleux des fesses et des cuisses nerveuses de Laura, et trouve ainsi un soulagement dans l'effort consenti pour l'ascension. Arrivé au sommet, il n'avait rien vu du paysage.

Au pied de l'énorme lion de fer, le point de vue était à couper le souffle. Ils contemplèrent côte à côte le champ de bataille dans toute son amplitude, et François ne put s'empêcher de faire récit des événements, distribuant dans l'espace à coup de descriptions : ici, l'armée anglo-alliée, là, le corps d'armée de Drouet d'Erlon, là encore, les charges du maréchal Ney. Tournant le dos à la ferme d'Hougoumont, appuyée à la balustrade, Laura interrompit son exposé, en le serrant tout contre elle, laissant ses cheveux soutenus par le vent caresser le visage de l'historien qui se tut enfin. Et qui ferma les yeux, les narines palpitantes, pleines de l'odeur de Laura qu'il reconnaîtrait à tout jamais entre mille, sentant les formes voluptueuses de son corps déposées contre sa poitrine, laissant ses doigts chercher un peu de peau dans le bas de ses reins.

Alors qu'ils étaient ainsi soudés sur les hauteurs de l'histoire, rien ne s'animait plus autour d'eux.

Elle releva la tête pour le regarder.

— Je t'aime vraiment, François.

— Moi aussi, je t'aime vraiment.

— Ça veut dire qu'il est encore temps de reculer. Après, il sera trop tard pour moi.

— Je ne veux pas reculer, je veux vivre notre amour, aussi loin que je puisse voir.

Carpe diem, aucun autre mot ne vint à l'esprit de Laura à cet instant. Mais il masquait cette angoisse qu'elle éprouvait quand elle aimait, parce qu'elle ne pouvait qu'aimer vraiment. Et elle s'était toujours demandé si les hommes comprenaient ce que cela voulait dire. Est-ce que son François le comprenait ?

Ils quittèrent le monument, François précédant cette fois-ci Laura dans la descente, et arrivés en bas, regagnant la route, ils devaient tourner à gauche pour poursuivre leur visite en se rendant au Mémorial. Ils tournèrent à droite, en direction de leur hôtel, si proche qu'ils l'apercevaient déjà. C'était un choix sans paroles, un choix qui accélérait leurs pas, dans la cadence soutenue de leur désir éveillé, affamés qu'ils étaient l'un de l'autre.

La porte de la chambre Napoléon enfin fermée derrière eux, ils se donnèrent l'un à l'autre dans des assauts furieux et firent l'amour à cri ouvert, jusqu'à s'assommer dans un éblouissement de jouissance.

Ramassant ensuite les débris de leur esprit, ils se demandèrent si ce qu'ils venaient de vivre était vrai.

Ils somnolèrent, s'endormirent, se touchèrent, réveillèrent leur sens, s'offrirent d'autres glissements, d'autres saccades, d'autres conquêtes de chair. Ils se mordirent, se léchèrent, s'époumonèrent, jouirent encore. Terrassés par le plaisir, le corps malaxé par les orgasmes. Ils s'écroulèrent dans le sommeil du juste.

— Merde ! dit Laura, dans la confusion la plus totale d'un réveil incertain. Il est 19 h 50 ! On a loupé le napoléonien.

Sa tête bascula sur le coussin tandis qu'elle jetait un regard désespéré à François qui la contemplait.

— Ah oui ? dit-il, détaché de tout.

— C'est tout ? On est venu ici pour le voir, non ?

— Je n'en suis plus si sûr.

Il se rapprocha d'elle et ne résista pas à l'envie de glisser son visage entre les seins incroyablement généreux de sa compagne.

— Tu t'en fous alors ?

— Oui, répondit-il, d'une voix qui provenait des profondeurs voluptueuses où il avait trouvé l'harmonie.

— T'es un irresponsable alors ?

— Oui, dit-il, tandis que sa main ouvrait une voie nouvelle, comme un alpiniste, vers la cime des jambes de Laura.

— Tu n'es pas un historien sérieux alors ? dit-elle, avec une voix qui vacillait déjà.

— Non.

Et il se tut, et elle aussi, et ils firent encore l'amour.

Cette fois, ils n'en pouvaient plus, leur épuisement leur permettait de renouer avec la raison, dans les limites du possible.

Ils se sourirent. Et accueillirent la sérénité de comprendre qu'ils ne pourraient plus se passer l'un de l'autre, que la vie offrait ça une fois. Ces deux-là s'étaient trouvés.

— Mais quand même, dit Laura, je ne veux pas paraître psychorigide, mais on a posé un sacré lapin au napoléonien.

— Non.

— Comment ça, non ?

— Quand tu dormais, je ne sais plus quand, je lui ai téléphoné pour repousser le rendez-vous à demain matin. Il a marqué son accord. Puis, j'ai téléphoné à la réception pour signaler qu'on restait une nuit de plus. Puis, j'ai caressé ta somptueuse croupe.

— Et tu me le dis seulement maintenant ?

— Je voulais savoir si tu étais dominée par le sexe ou par la conscience professionnelle. Maintenant, je sais, dit-il avec une moue complice qui fit fondre Laura.

36

La maison de Claude Bemelmans était située à quelques kilomètres de leur hôtel, en suivant la route de Charleroi, en remontant les lignes françaises. Ils trouvèrent leur chemin sans difficulté, et sonnèrent à la porte. Ils s'attendaient à voir un étrange personnage moustachu déguisé en costume d'époque, mais leur préjugé s'évanouit lorsqu'ils furent accueillis par un homme affable en costume cravate, et sans moustache. Les deux universitaires étaient nettement plus débraillés.

Il les fit entrer dans sa demeure, qui n'était qu'un prélude à une installation bien plus vaste située dans un champ derrière l'habitation, comme ils allaient bientôt le découvrir.

À peine étaient-ils dans le salon que François prit un ton un peu solennel pour s'adresser à Bemelmans.

— Avant tout, je tiens à vous remercier pour votre accueil et surtout, je vous prie encore de nous excuser pour le contretemps d'hier, nous avons eu des problèmes de voiture.

Laura ne put s'empêcher de sourire en murmurant pour elle-même.

— Tiens, il appelle ça comme ça, lui !

Bemelmans le rassura.

— Ne vous en faites vraiment pas, je ne quitte ma maison qu'en cas de nécessité. J'ai beaucoup à faire ici. Vous allez bientôt le comprendre.

Bien que tout à fait courtois et très bien élevé, il avait du mal à échapper au magnétisme ravageur de Laura Zante, qui s'en rendit bien évidemment compte et exploita la situation à leur avantage.

— Merci vraiment de nous consacrer du temps et sans doute de nous permettre d'avancer dans notre enquête. Ce rendez-vous est très précieux pour nous, et sans cette… stupide panne, nous n'aurions pas retardé ainsi notre rencontre.

Elle avait souri à François au bon moment et il avait bien reçu le message. Il nageait dans le bonheur de cette complicité consolidée par l'amour et devait faire un effort pour s'en extraire et s'impliquer dans le moment de cette rencontre qui pouvait se révéler très importante.

— Je ferai ce que je peux pour vous aider, madame Zante. Je suis content de vous recevoir, j'apprécie beaucoup la monographie du professeur Lapierre sur la signification mémorielle des monuments du champ de bataille de Waterloo.

Claude Bemelmans était à la fois un érudit et un collectionneur. Ingénieur de formation et de métier, il avait cultivé sa passion pour le Premier Empire d'une manière déraisonnable aux yeux de certains, y sacrifiant ses loisirs et ses nuits. En vrai passionné, il ne manquait pas d'excentricité, voire de moments où il pouvait être sujet au délire, ce qui le rangeait dans une catégorie marginale mi-savante, mi-infréquentable.

Son dernier combat en date lui avait fermé beaucoup de portes autant qu'attiré à lui une majorité silencieuse. Il s'était opposé à un baronnet politique local que l'on disait très imbu de lui-même, un triste sire qui attaquait en justice ceux qui utilisaient le nom de Waterloo pour qualifier la bataille de Waterloo, car on ne s'était pas vraiment battu dans les limites du hameau de Waterloo, les combats décisifs s'étant déroulés sur le territoire de sa commune, selon lui. Bref, du Clochemerle à la belge.

Bemelmans offrit un café à François et un thé à Laura, avant d'attaquer le travail. Ils discutèrent un moment de tout et de rien et François éprouva le besoin de recentrer la conversation.

— Comme je vous l'ai dit au téléphone, nous avons des questions relativement ciblées qui tournent autour des archives romaines ramenées en France en 1810 sur ordre de l'Empereur. Certaines d'entre elles étaient secrètes, particulièrement sensibles.

— Et comment ! l'interrompit Bemelmans. Des brûlots !

— Oui, certaines de ses archives, en latin, ont suscité un intérêt tel que Napoléon a cherché à les faire traduire. Nous sommes à la recherche des traducteurs de ces documents. Nous en avons un où est mentionnée la signature du traducteur, mais pas son nom. Je sais que c'est une aiguille dans une botte de foin, mais nous cherchons à l'identifier.

Bemelmans afficha un sourire de contentement, il allait pouvoir faire une démonstration époustouflante.

— Je pense comme Napoléon, vous savez. Le seul ennemi que je crains, c'est la nature, disait-il. Je vous sens impatients. Bien, venez, suivez-moi dans mon antre !

Ils se levèrent pour se diriger vers l'arrière de la maison, en traversant une pièce consacrée à la fabrication de petits soldats de plomb, un passe-temps auquel il fallait s'attendre chez le collectionneur, et rejoignirent le jardin, qui débouchait sur un champ, en réalité un vaste complexe de hangars entouré d'une clôture électrifiée. On aurait dit une base militaire sécurisée.

Tout en pénétrant dans les lieux, Bemelmans fit le guide.

— Ces hangars contiennent mes différentes collections. Le bâtiment A1 rassemble environ 40 000 uniformes complets, beaucoup de reproductions certes, mais aussi des originaux. Vous savez, il n'existe plus aujourd'hui officiellement que trois uniformes complets et authentiques de soldats britanniques ayant participé à la bataille de Waterloo. Eh bien, j'en ai deux de plus rien qu'ici. Le bâtiment A2 est sans doute la plus grande collection de petits soldats du monde, soit 450 000, plus que le nombre de combattants à Waterloo ! Si nous avons le temps, je vous montrerai l'immense diorama qui reproduit la bataille de Waterloo. Le bâtiment A3 est celui des reliques, mon préféré, une infinité d'objets des guerres napoléoniennes, de l'époque en général. Le bâtiment A4 rassemble toutes les éditions et productions audiovisuelles sur Napoléon et son temps, des centaines de milliers de livres et publications de toutes sortes, et une petite salle de cinéma. Mais nous allons nous rendre dans le bâtiment A5, le plus propice à faire avancer votre enquête, le bâtiment des manuscrits et des archives.

Sous le choc de la découverte de cet incroyable délire, les deux historiens entrèrent dans le bâtiment A5 à la suite de Bemelmans et découvrirent des rayonnages de boîtes d'archives impressionnants, séparés par des couloirs d'accès. Ils étaient dans leur milieu, mais ils n'avaient jamais vu une chose pareille chez un particulier.

François était fasciné.

— Comment est-ce possible, monsieur Bemelmans, la constitution de collections aussi abondantes ?

— C'est une longue histoire. Dans ma famille, on collectionne de père en fils, le mien est d'ailleurs en train de se préparer à me succéder. Et mon père, mort à un âge très avancé, avait acheté à la fin de sa vie un billet de l'Euromillions, vous savez, cette tombola du Loto. Il n'a joué qu'une seule fois, et il a gagné 120 millions d'euros ! Le choc émotionnel l'a tué, malheureusement, et cet argent, je m'en suis servi pour augmenter considérablement la collection, achetant à tout-va tout ce qui passait, écumant Internet à longueur de nuit, et les salles des ventes du monde entier. J'ai construit cette structure de protection et je suis entré dans l'ère informatique, mon fils en est féru, pour la gestion et la protection de ces trésors.

Laura n'en revenait pas, et elle se dit qu'avec 120 millions d'euros, plus besoin de participer avec 150 autres candidats pour une place aux concours truqués des sélections italiennes pour les postes universitaires. Elle pourrait même ouvrir sa propre université, la Zante University, avec un signe Z.U. pour les tee-shirts dans les Salons de l'étudiant.

François, remis de ses émotions, éclairé par les explications de Bemelmans, sortit une photocopie d'un extrait choisi de la traduction française de la lettre : la signature du traducteur.

— Voilà la signature, nous cherchons à savoir à qui elle appartient.

— Aucun problème, cher professeur, j'ai un programme spécial. Tous les documents manuscrits ont été scannés, et le programme identifie les calligraphies. Donc, je vais scanner votre signature, et si celle-ci se trouve sur l'un des manuscrits que je possède, ce qui n'est pas garanti évidemment, le programme va l'identifier.

Bemelmans procéda à l'opération, et pendant que son programme moulinait, Laura et François suivaient la procédure le cœur battant. Un petit signal vert apparut sur l'écran.

— Il a matché ! s'écria Bemelmans.

Cela signifiait qu'il avait trouvé une signature correspondante dans les archives !

Bemelmans se mit à tapoter sur son clavier.

— Votre homme s'appelle Louis-Arthur Wauthiez, spécialiste de langues anciennes, mort en 1817. Il était le fils d'un général de l'Empereur, fidèle jusqu'au bout.

Laura et François se regardèrent, n'en croyant pas leurs oreilles.

Il introduisit le nom du traducteur dans une banque de données.

— Voilà, j'ai plus d'informations ici, dans sa notice personnalisée, je vais vous imprimer tout ça… Alors, Wauthiez a effectivement travaillé comme traducteur auprès des services de l'Empereur. Il était très bien noté, en particulier pour sa discrétion et le souci du travail bien fait. Son père a écrit à Napoléon pour le remercier pour cet engagement… Oui… ça alors !

Les deux historiens étaient prêts à bondir.

— Il se trouve que je possède un carnet le concernant, un carnet où il listait ses travaux effectués. Je l'ai acheté sur eBay il y a sept mois. Deux enchérisseurs, 14 euros.

— Et donc, vous l'avez ici, dans une des boîtes ? dit Laura, au bord de la suffocation.

— Oui, dit Bemelmans, qui siffla subitement entre ses doigts, au grand étonnement des deux historiens abasourdis.

Un petit ronronnement se fit entendre, précédant l'arrivée d'un robot !

— C'est lui qui va faire le job, dit Bemelmans. Je vais entrer des coordonnées dans sa mémoire et il va aller nous chercher la boîte d'archives. Épatant, non ?

— Épatant, vraiment, dit François, qui tentait de se retenir d'exploser de joie.

Le petit robot accomplit sa tâche sans fausse note et revint près de son maître avec la boîte. Bemelmans l'ouvrit et exposa son contenu sur une grande table. Il y avait effectivement un petit carnet à couverture bleue, qu'il tendit fort courtoisement à Laura, sans doute pour bénéficier de son sourire, ce qu'elle lui accorda évidemment. Laura découvrit le carnet manuscrit, sous l'œil vigilant de François, et elle comprit instantanément sa logique. Wauthiez avait mentionné par ordre chronologique ses travaux de traduction et la nature de leur objet.

Le carnet couvrait une période allant de 1808 à 1814. Elle feuilleta la partie consacrée à 1810. La plupart des traductions concernaient des documents sans importance pour eux, puis en date du 10 avril 1810, une mention : « Document confidentiel » et un astérisque.

François et Laura comprirent immédiatement qu'il s'agissait de *leur* lettre.

— Monsieur Bemelmans, nous avons trouvé un indice, regardez. Tous ses travaux sont clairement identifiés, sauf celui-ci. J'ai une question : aurait-il pu conserver une copie de ses traductions ?

— Hum, à mon humble avis, non. Mais ce n'est pas non plus impossible, auquel cas il aurait dû désobéir à l'Empereur, ce qui n'était pas le genre de la famille. Mais vous savez, les hommes..., dit-il en lorgnant vers Laura.

Manifestement, l'effet produit sur les deux historiens de métier le désinhibait face à la jeune femme.

— Se pourrait-il qu'il existe des archives familiales ? demanda Laura.

Bemelmans se remit à pianoter sur son ordinateur.

— Alors, son père était le général Paul Wauthiez... Petite aristocratie provinciale avant la Révolution... Il y a un Jacques de Wauthiez, c'était son grand-père... originaire de Touraine... Oui ! Il y avait une propriété familiale, un petit château comme on en trouve beaucoup dans cette région, à Autrèche, dans l'Indre-et-Loire.

François prit son portable, sollicita Google et croisa « Wauthiez » et le nom du village où pouvait se trouver la propriété. Il tomba sur un Alexis Wauthiez, château du Bon Séjour à Autrèche. Il y avait un numéro de téléphone. Il informa Laura et Claude Bemelmans. Ce dernier réagit.

— Mais oui, bien sûr ! Alexis, ça alors, évidemment ! Je connais du monde dans ces milieux, mais Alexis Wauthiez, voyez-vous, est aussi un collectionneur, surtout de pistolets, et il m'en veut un peu parce que je lui rafle tout ce qu'il convoite. Mais on n'est pas vraiment en conflit. Un jour, pour me faire pardonner, je lui ai offert le sabre de son aïeul !

Bemelmans éclata de rire, il avait ses petits plaisirs.

— Si vous voulez, je lui téléphone maintenant. On va savoir pour les archives.

— Merci infiniment, dit Laura.

Bemelmans forma le numéro, mais la sonnerie s'éternisa. Il n'y avait manifestement personne, mais curieusement pas de répondeur non plus. Laura prit une initiative, en affichant une moue enfantine.

— Monsieur Bemelmans, pourriez-vous passer le téléphone au professeur Lapierre, s'il vous plaît ?

François la regarda avec un air amusé tandis que Bemelmans s'exécutait. L'historien composa le numéro et quelqu'un décrocha. François rendit le téléphone à son propriétaire, tandis que Laura s'éloigna un instant pour étouffer son fou rire naissant.

— Allo cher Alexis, ici Bemelmans, de Belgique.

— Oh ! Comment allez-vous, vieux pirate ?

— Très bien, et vous ?

— Plus d'argent pour le château, j'ai tout dépensé à essayer de vous contrer dans les salles des ventes.

Bemelmans esquissa un sourire, mais alla à l'essentiel.

— Voilà, je suis avec le professeur François Lapierre, un historien de renom. Il enquête sur votre ancêtre, le général Paul Wauthiez. Auriez-vous encore des archives familiales qu'il pourrait consulter ?

— À vrai dire, il n'y a plus grand-chose, il y a encore quelques fardes, je ne sais pas si elles en valent la peine. C'est un bric-à-brac ici.

— Le professeur Lapierre pourrait-il prendre contact avec vous, à l'occasion ?

— Bien sûr, qu'il n'hésite pas.

Les deux interlocuteurs se saluèrent, et François adressa un merci sincère à son hôte. De son côté, Laura avait repris le carnet et fouinait dedans. Elle s'adressa aux deux hommes.

— Il y a encore l'astérisque à côté de la mention. *Quid ?* dit-elle en continuant à tourner les pages.

Les deux hommes se regardèrent, ils n'avaient pas de réponse, c'était simplement pour souligner l'importance du document, ce dont ils se doutaient. Laura arriva à la fin du carnet, il y avait une petite bosse dans la quatrième de couverture.

— Il y a quelque chose de dissimulé dans la couverture ! dit Laura. Regardez !

Bemelmans palpa la couverture et le reconnut : il y avait quelque chose. Mais pour le découvrir, il fallait pratiquer une incision.

— J'ai compris, dit-il, mais nous allons maltraiter une source si nous faisons cela. Je ne sais…

Laura contre-attaqua.

— C'est juste une toute petite incision, pour extraire une toute petite chose, dit-elle en papillonnant des yeux.

François était dubitatif.

— Bon, c'est bien parce que c'est vous, dit Bemelmans, décontenancé, pour qui l'opportunité d'accueillir une telle beauté dans ses murs tenait du miracle.

Bemelmans utilisa un scalpel et procéda avec grand soin. Il dégagea effectivement un petit papier plié. Les trois personnes présentes se regardèrent, le moment était solennel. Bemelmans déplia le papier et s'affala littéralement sur sa chaise, comme foudroyé. Pendant que François s'inquiétait de son état, Laura saisit le petit papier et lut à voix haute la brève inscription précédée d'un astérisque analogue à celui du carnet :

— Lance de Longinus.

Laura releva la tête, le visage marqué par l'étonnement. François tentait de garder son sang-froid.

— La sainte lance, celle qui a achevé Jésus sur la croix !

37

Ils s'étaient rabattus sur le salon de la maison, pour reprendre leurs esprits après cette découverte. Bemelmans se remettait de ses émotions avec un café et une cigarette. Il s'adressa aux deux historiens.

— Imaginez-vous la conséquence de cette découverte ? C'est proprement incroyable. La traduction de Wauthiez devait sans doute concerner directement la sainte lance, peut-être l'endroit où elle se trouve. Vous n'avez pas d'autres informations sur ce que Wauthiez a traduit ?

— Malheureusement, le document n'est pas complet, et en l'état, je ne peux me prononcer avec certitude sur son contenu. C'est pourquoi nous sommes à la recherche de cette traduction.

Laura apprécia la capacité de François à rebondir, il n'était pas prof pour rien.

— Écoutez, dit le collectionneur, de toute façon, c'est considérable. Ce document sous-entend que Napoléon a bien possédé un moment la sainte lance. Et alors tout s'éclaire, voyez-vous, tout s'éclaire. J'ai une théorie là-dessus. En 1810, date de la traduction présumée, Napoléon est au sommet de sa gloire, il tient l'Europe entre ses mains, les liens du mariage vont le rapprocher de l'Autriche et un fils est en route. Il est mûr pour devenir un artisan de la paix et faire prospérer son œuvre. Et c'est à ce moment-là que tout s'effrite et puis s'effondre. C'est incroyable, vraiment incroyable, cette cohérence des événements. En effet, la Sainte Russie rompt le blocus pour contraindre Napoléon à intervenir, il ira se perdre dans les steppes. Après sa chute, un traité complètement anachronique est signé, la Sainte-Alliance, allusion à la sainte lance bien évidemment, et il est signé par les trois représentants du christianisme, le tsar orthodoxe, l'empereur d'Autriche catholique et le roi de Prusse protestant. Voilà, nous y sommes. Dans ce traité, les souverains se promettent assistance sous l'égide de Dieu. Ce traité est codé, il célèbre la récupération de la sainte lance, sans doute par la Prusse, puisque Hitler est soupçonné de l'avoir possédée. Relisez le texte du traité de la Sainte-Alliance, il sonne comme un soulagement de toutes les obédiences chrétiennes. Il faut que je prenne des notes.

François laissa passer le délire de Bemelmans, comprenant ce que son collègue liégeois avait sous-entendu. Il sentait qu'il devait tenter une autre question, évidente.

— Monsieur Bemelmans, si Napoléon avait possédé quelque chose de très précieux, comme la lance, où l'aurait-il caché ?

— C'est difficile à dire, répondit le collectionneur après un instant de réflexion. C'est difficile, d'autant qu'il y a la période où Napoléon est le maître, et celle où il est le vaincu, qui plus est envoyé en exil. Je doute qu'il ait pu se balader avec la lance sous le bras. Je n'en sais rien, comme ça.

Laura qui s'était tue jusque-là lui posa une ultime question.

— Monsieur Bemelmans, s'il fallait qualifier Napoléon d'un trait de caractère, vous qui le connaissez très bien, quel serait ce trait de caractère ?

Bemelmans se détendit à l'écoute de cette question, comme s'il retrouvait son Empereur, qu'il l'avait tout près de lui et pouvait le contempler.

— Eh bien, la plupart des grands hommes, des grands stratèges, comme César, Bismarck, Churchill ont été des joueurs d'échecs dans l'art de la conduite des affaires humaines ou de la guerre. Napoléon, non. Lui, ce n'était pas un joueur d'échecs, c'était un joueur de poker !

— Un joueur de poker, répéta François, mystérieux.

— Oui, c'est exactement ça.

38

À peine sortis de cet entretien avec Claude Bemelmans, une véritable expérience en soi, et s'approchant de leur voiture, François et Laura tentaient de rassembler les nouveaux éléments et savaient qu'il y avait une nouvelle piste à exploiter, celle des archives de Wauthiez. En ouvrant la portière, François s'adressa à Laura.

— La lance de Longinus n'était pas un mythe, c'était une métaphore, c'est la lettre de Sénèque.

La voiture démarra en trombe. Un peu moins de 400 kilomètres les séparaient de Paris, ils pourraient y arriver avant la fin de l'après-midi, estimait François. Ils iraient rendre la voiture de location au concessionnaire, prendraient un taxi pour rejoindre son appartement, qui deviendrait leur nouveau camp de base.

Ils venaient tout juste de prendre l'autoroute vers Mons. François brisa le silence qui régnait dans l'habitacle.

— Bon, demain, on est mardi. Le matin, je ferai un saut à la Sorbonne pour me montrer, rassurer mon assistant qui est sur les genoux, et prendre mon courrier. Je voulais aussi te dire que je n'ai pas eu, évidemment, le temps de faire du rangement dans mon appartement, c'est celui d'un célibataire, sois indulgente. Il y a une femme de ménage mais je l'ai congédiée ces jours-ci.

— Tu veux dire que je risque de tomber sur des petites culottes ?

— Pas vraiment non, mais c'est désordre, genre frigo vide et baignoire douteuse.

— Un partout, après mon appartement à Rome.

Laura prit subitement son portable et forma un numéro, en vain. Elle laissa un message sur le répondeur qui l'accueillait.

— *Zio*, nous allons à Paris maintenant. Peux-tu me rappeler ? Je tombe toujours sur ta messagerie.

Et elle interrompit la communication.

Elle était inquiète. Elle prit conscience qu'elle n'avait jamais eu son oncle en personne au bout du fil depuis leur départ de Sicile, qu'elle avait laissé des messages, sans aucun retour.

François ne disait rien, concentré sur la route, l'air préoccupé. Une symphonie de Mozart se chargeait de meubler l'habitacle silencieux. Laura finit par s'assoupir un peu. Au moins, la route était peu chargée, et ils devraient pouvoir tenir leur horaire.

Il se passa alors un phénomène étonnant, une synchronie : leurs téléphones se mirent à sonner, tous les deux pratiquement en même temps, et ils décrochèrent ensemble.

— Allo ! Laura, c'est Alberto…

Laura se figea, réellement surprise d'entendre sa voix, mais cherchant instinctivement à masquer son émotion. Elle adopta un ton neutre qui lui coûtait vraiment très cher.

— Bonjour, comment vas-tu ?

Alberto était fébrile, il voulait davantage délivrer un message que faire la conversation.

François était sidéré, il gardait son calme au prix d'un effort qu'il ne parvenait pas à dissimuler. Il avait Hugo Boss en ligne.

— Elles étaient bonnes les moules-frites ? demanda Boss qui n'attendit évidemment pas la réponse. À cause de votre petite escapade, vous ne pensez plus à moi, alors je me rappelle à vous. Qu'en est-il de notre affaire ?

Laura écoutait de son côté et répondait à son correspondant par bribes. Aucun des deux occupants de la voiture n'était en mesure de capter la conversation de l'autre, mais ils affichaient tous les deux des mines à faire peur.

— Laura, écoute-moi bien sans m'interrompre. Ta maman m'a fait parvenir un message écrit. Elle te demande de ne plus appeler personne pour l'instant ici. Ton oncle a eu un accident, il est à l'hôpital. Pas trop grave. Il se remet. C'est en tout cas sa version, mais ta maman n'y croit pas, ils sont tous les deux sous la menace de la mafia, et ta maman a peur qu'ils te retrouvent à cause d'eux.

Le discours d'Alberto était confus, mais elle ne pouvait pas approfondir la conversation en présence de François.

— O.K., c'est compris, dit-elle. Je vais faire ça, j'entends mal, je suis sur la route, on se rappelle plus tard.

Et elle mit fin à leur pseudo-dialogue.

— Prof, l'heure tourne, n'oubliez pas que votre intérêt vital est de nous confier la lettre.

François tentait de trouver une issue.

— Écoutez, j'ai bien compris, j'ai un volant dans les mains, je suis sur l'autoroute, on se rappelle plus tard.

— Mes amitiés à Laura Zante ! eut le temps d'ajouter Boss avant l'interruption de la conversation, si on pouvait l'appeler ainsi.

C'était fini, Laura et François se regardèrent, ils étaient pâles tous les deux. Ce fut Laura qui prit la parole.

— Tu sais, au point où nous en sommes, toi et moi, si tu mens, je le sais, et si je mens, tu le sais. C'était Alberto. Mon oncle a soi-disant eu un accident, mais ça va. En réalité, c'est la mafia qui fait pression. On doit redoubler de méfiance de notre côté. Voilà. À ton tour.

— O.K., dit François, mal à l'aise. C'était un homme qui m'a déjà contacté une fois, il s'est présenté comme un agent secret israélien. Je ne sais pas comment, il sait que nous avons l'original de la lettre de Sénèque. Il voudrait l'examiner. C'est tout.

— Qu'est-ce que tu me chantes là ? Un agent secret israélien maintenant, et comment il sait pour la lettre ? Et pourquoi il veut l'examiner ? Pourquoi tu ne m'as rien dit avant ?

Sous le feu des questions pertinentes, François sentit qu'il ne pourrait pas contourner l'obstacle Laura Zante si facilement.

— La mort de Milton a provoqué une onde de choc jusqu'en Israël. Ne me demande pas pourquoi, je n'en sais rien. Tout part de là. Je suppose que Milton a communiqué avec eux, en leur vantant l'importance de ta trouvaille. Après tout, cela concerne l'histoire du judaïsme. Ils voudraient savoir si la lettre est authentique. Sur le moment, je n'ai pas jugé bon de t'en parler.

Que l'affaire commence à fuiter est inévitable. Si ça se trouve, demain, on aura un appel de Sotheby's.

François trouvait qu'il ne s'en sortait pas si mal, mais Laura ne lâchait pas le morceau.

— Mais pourquoi un agent secret ? Il est con en plus de te l'avoir avoué. Pourquoi pas un collègue ?

— C'est pour ça que je me suis dit aussi que c'était peut-être un canular ou un escroc. Je n'ai pas coupé le lien pour en savoir plus. Ou alors ils ont choisi un espion parce qu'ils savent qu'il y a de la concurrence et que ceux qui nous poursuivent ne sont pas des enfants de chœur. Et il me rappelle pour me relancer, voilà.

Laura avait le sentiment que François arrangeait la vérité à sa manière, mais elle avait de son côté caché son grand soulagement, son bonheur d'avoir entendu la voix d'Alberto.

Ils venaient de dépasser Compiègne. L'atmosphère se détendait, l'humour reprit le dessus, c'était bon signe.

— On va manger quoi à un moment donné ? dit Laura, qui se souvenait que leur dernier repas était le petit déjeuner à l'hôtel.

François n'y pensait même pas, il avait l'habitude de sauter des repas.

— Tu veux qu'on s'arrête dans un restoroute ?

— Non, on fonce, on est presque à Paris. Je peux tenir jusqu'au dîner.

— Alors ce sera chez moi, un spaghetti à la sauce rien-du-tout, une de mes spécialités.

— Je te signale que c'est la meilleure manière de rompre avec une Italienne, sauvage !

— Il y a peut-être une boîte de quelque chose qui pourrait empêcher ton départ précipité.

— Quand je pense que nous allons mourir de faim à Paris, une ville littéralement couverte de restaurants.

— J'ai une surprise pour toi, demain. Pas de banquet aujourd'hui, mais dans un jour, tu vas tomber par terre.

— Je te signale que c'est la meilleure manière de reconquérir une Italienne, homme de bien !

Et tous les deux sentirent alors qu'un appétit d'une autre nature revenait les titiller.

39

Le coup de poing qui s'abattit sur la figure de Claude Bemelmans était d'une violence telle que ses lèvres éclatèrent, lui arrachant un cri de douleur, dans la pièce de sa maison où il fabriquait ses petits soldats de plomb.

Il était ligoté à sa chaise, soumis à un interrogatoire serré. Les trois hommes qui le cernaient étaient des professionnels de la violence, mais leur chef, Fabio, dégageait une cruauté potentielle qui étonnait toujours ses deux subordonnés.

— Écoute-moi bien, on veut juste savoir ce que tu as dit au couple qui est venu te voir ce matin, on veut tout savoir, on veut les informations que vous avez échangées, on veut savoir où ils sont partis. C'est clair ?

Et il lui décocha une gifle magistrale.

— Arrêtez, s'il vous plaît, murmura, plaintif, le collectionneur. C'était un entretien sur l'histoire, rien de plus. Souvent, des historiens viennent ici pour voir mes collections ou parler de Napoléon. Je ne sais pas ce que vous cherchez.

— S'ils sont venus te voir, c'était pour te demander quelque chose sur une lettre ancienne. On veut savoir le contenu de votre conversation. Après, on te laisse tranquille.

Les deux subordonnés restaient en retrait. Ils avaient pénétré très facilement dans la maison de Bemelmans qui leur avait tout simplement ouvert la porte. Ils s'étaient alors rués sur lui sans ménagement.

— Une lettre ancienne ?… On n'a pas parlé de ça. Ils sont conseillers historiques sur un film documentaire, ils venaient voir mes costumes et…

Une nouvelle gifle accueillit cette confession.

— Tu nous prends vraiment pour des crétins !

— Non, c'est vrai !

— Tu sais quoi ? On va foutre le feu à tes collections. On va t'emmener dans tes baraques, et on va tout détruire, tout. Il ne restera rien, et tu verras le spectacle.

— Non, pitié, pas ça.

Il commençait à s'affoler vraiment.

— On va pas se gêner, et quand tout sera détruit, on te tuera.

Bemelmans était sur le point de craquer, de raconter la vérité, de leur révéler l'histoire de la lance sacrée, mais ces monstres allaient sans doute faire un usage terrible de cette révélation. D'un autre côté, il n'en pouvait plus, il était terrorisé, et l'idée de voir sa collection détruite était inhumaine.

— D'accord, je vais parler, nous avons retrouvé la piste de la sainte lance, la lance de Longinus, dans un carnet. La preuve est sur la table, regardez dans le salon, un petit papier sur le carnet bleu.

— Qu'est-ce que tu racontes, vieux débile ? C'est quoi cette lance ?

Il s'adressa alors à un de ses hommes en lui demandant d'aller voir sur la table du salon. Celui-ci s'exécuta et ramena effectivement le morceau de papier avec l'inscription de Wauthiez. Il le tendit à son patron.

— « Lance de Longinus »… Tu te fous de qui, dis ? C'est quoi, ça ? Tu nous embrouilles, hein ?

Et il frappa de nouveau la tête sanguinolente de Bemelmans.

— Mais c'est la vérité, ils cherchaient la lance. Informez-vous sur sa valeur.

La voix déformée par les coups sur sa mâchoire, il arrivait néanmoins à formuler ses idées.

— C'est une lettre qu'on cherche, rappela son bourreau, pas une lance d'Indiens. C'est pour ça qu'ils sont venus ici. On va te faire quelque chose que tu n'oublieras pas.

L'imagination du tueur étant sans limites, son attention se porta sur le petit matériel de fonderie disposé sur la table. Il fit fondre un peu de plomb et approcha le liquide brûlant du visage de Bemelmans où se lisait une terreur indicible. D'un geste, le tueur appela ses deux hommes près de lui.

— Penchez-lui la tête et tenez-la !

Ils s'exécutèrent, serrant vigoureusement le crâne penché de leur victime affolée. Bemelmans était à deux doigts de perdre l'esprit.

— Tu parles maintenant, ou je te verse du plomb fondu dans l'oreille.

Bemelmans sut que tout était fini. Il trouva la force de murmurer quelque chose.

— Qu'est-ce que tu dis ?

— La Garde meurt et ne se rend pas, répéta Bemelmans dans un râle, avant de pousser un hurlement animal et de s'évanouir sous la douleur atroce provoquée par le plomb fondu qui s'écoulait dans son oreille.

— On n'en tirera plus rien, dit Fabio, furieux, déchaîné.

Il sortit son pistolet.

— Je viens de te mettre du plomb dans la cervelle, en voilà encore !

Et il lui logea une balle dans la tête.

40

Il y avait des choses immuables, comme la présence du sous-secrétaire de la Commission pontificale d'archéologie sacrée Paolo Marcinkis, assis à son austère bureau. La lassitude le gagnait. Il était au téléphone, et c'était pour apprendre une nouvelle catastrophe. Décidément, il avait misé sur la mauvaise équipe, une bande de pieds nickelés assoiffés de sang. Il n'avait pas voulu que ça se passe comme ça, la récupération de la source dans les mains d'une historienne insignifiante aurait dû se dérouler sans problème. Ce deuxième meurtre risquait de compromettre toute l'opération. Il fallait peut-être songer à trouver une stratégie pour limiter les dégâts, quitte à revoir les objectifs. Mais il conserva pour lui ses réflexions sur un plan de secours, pour achever cette conversation désagréable au plus vite.

— J'avais pourtant espéré qu'il n'y aurait plus « d'accident ». La mort de ce collectionneur belge risque de nous porter un grave préjudice, elle va multiplier les directions d'enquête, accroître la panique chez Laura Zante et François Lapierre, qui risquent de rendre publique la source, même incomplète, et augmenter les chances que notre rôle soit identifié. Ce n'est pas très satisfaisant, vous en conviendrez avec moi. Le prélat était étonnamment calme, se disait son interlocuteur, Riccardo Stranelli. Il y avait anguille sous roche. Sans doute méditait-il une solution de repli, et dans ce cas, c'était certain, il ne l'emmènerait pas avec lui, au contraire, il s'arrangerait pour lui faire porter le chapeau. Il devait se méfier du saint homme.

— Écoutez, les relations entre les deux morts restent brouillées, je ne pense pas que nos deux historiens se risquent à publier la source, et nous sommes pratiquement à même de nous emparer d'elle, car nos cibles sont maintenant à Paris, une ville qu'ils connaissent, et c'est pour cela qu'ils vont faire des erreurs que nous exploiterons.

Le prélat n'insista pas, il ne lui révéla pas une autre information qu'il possédait par ailleurs : l'intervention des services secrets juifs dans cette affaire, qui ne manqueraient pas – c'était bien dans leur méthode – d'exploiter l'éventuelle protection dont pourraient bénéficier les historiens moyennant leur collaboration avec eux. Au début, cette information l'avait déstabilisé, mais tout bien pesé, c'était peut-être un signe de Dieu, car si ces agents de terrain remettaient de l'ordre, ils effaceraient aussi les traces des poursuivants, et tant pis pour ses employés de circonstance. C'était sans doute la moins mauvaise issue, même si les Juifs ne manqueraient évidemment pas de rendre publique la source, pour nuire au Saint-Siège, à moins que – et ça, c'était la planche de salut – des négociations ne s'entament au plus haut niveau pour qu'il n'en soit pas ainsi. Après tout, Israël avait besoin d'alliés, et un soutien intelligemment manifesté de la papauté n'était pas une chose inenvisageable à Tel Aviv.

Miser sur l'intelligence de l'État hébreu pour sortir de l'ornière… Décidément, les voies du Seigneur étaient impénétrables.

Mais la voix détestable du capo sicilien le ramena à sa réalité présente.

— Mes hommes ont quand même fait une découverte, ce n'est pas la lettre, mais des documents intéressants.

— Ah oui ? répondit le prélat, sans conviction.

— Un carnet très ancien, qui évoque la lance de Longinus. Le type avant de mourir a dit que c'était une information de grande valeur.

— La lance de Longinus ? reprit le prélat, qui montra sa surprise.

— Exactement. Voulez-vous qu'on ajoute cet objet à la liste de ce qu'on doit récupérer ?

Marcinkis ne sut que répondre, partagé entre la stupéfaction et une féroce envie de rire.

— Que voulez-vous dire, mon fils ? Sinon qu'une fois de plus, vos hommes, vos amateurs, se sont fait berner. La lance de Longinus, voyez-vous, elle est dans le bureau du Saint-Père, malheureux !

Il n'avait pas pu s'en empêcher, c'était la tension accumulée. Il jouissait du malaise provoqué chez Stranelli.

— Ah ! O.K. Bon, si vous l'avez déjà, c'est parfait alors. Je dis à mes hommes de ne plus y penser.

— C'est le mieux que vous puissiez faire.

La conversation était terminée. Le prélat était songeur. Quand même, s'il pouvait un jour mettre la main sur la lance de Longinus…

41

François poussa un ouf de soulagement en franchissant enfin la porte de son appartement. Il était suivi de Laura, animée par la folle curiosité de découvrir l'antre de son homme. Tel un petit chat, elle se répandit dans tout l'appartement pour mettre son nez partout.

François se rendit dans la cuisine pour boire un grand verre d'eau. Il en proposa un à sa compagne qui le rejoignit. Elle regarda les photos fixées sur le frigo par des magnets, dont une qui ne lui échappa pas, montrant François en maillot avec dix ans de moins, sur un bateau à moteur en compagnie d'une jolie jeune blonde.

— C'est qui ?

— C'est moi et la fille de celui qui a pris la photo. Nous étions en vacances en Espagne.

— La fille du photographe ! Original comme réponse, elle peut servir à tous les coups. J'adore ton sens de la répartie.

— Mais c'est vrai, en plus. Tu peux chercher, il n'y a aucune photo compromettante dans mon appartement.

— Évidemment, puisque tu vis en permanence avec l'éventualité d'y revenir avec une nouvelle conquête. Donc tu es malin, tu ne laisses pas de trace de ton passé.

— Dans ton appartement non plus, il n'y avait pas de photo, répliqua François.

— Mais moi, je n'avais pas touché un homme depuis des années. Et j'ai déchiré toutes les photos.

Elle vint se lover contre lui, elle n'aimait pas cette journée. Entre la visite chez le Belge et la route, ils ne s'étaient pas assez touchés à ses yeux. François l'enlaça et la serra contre lui. Il cacha du mieux qu'il put son inquiétude pour l'avenir. Le filet se resserrait sur eux, et ils ne pourraient pas l'éviter indéfiniment. Cette sensation de sursis était à l'opposé de la vie qu'il avait organisée jusque-là, faite de certitudes et de contrôle des situations. Il lui semblait que Laura était plus insouciante, plus irresponsable, plus sauvage, mais c'était peut-être aussi une question d'âge.

Ou de courage.

Ils dînèrent sobrement de spaghettis, faisant le point sur la nouvelle piste du traducteur. Après tout, cette mention de la lance de Longinus était, du point de vue de la critique historique, la source la plus proche qu'ils possédaient de l'original de Sénèque et de sa traduction. Cette nouvelle information, même minuscule, devait pouvoir contribuer à les rapprocher de la signification de la fin de la lettre. Ils envisagèrent un saut en Indre-et-Loire dans le château de la famille Wauthiez, mais il y avait des questions plus urgentes à régler. François était censé donner ses heures de cours et accomplir les fonctions inhérentes à sa charge, il comptait aller voir son doyen pour lui expliquer la situation.

Le repas les sortit de la torpeur du voyage. François sentait Laura disponible pour ramener la conversation sur le terrain de leur recherche.

— Jésus a vécu une trentaine d'années, des pans entiers de sa biographie sont complètement obscurs, lança François. La partie la plus étoffée de son existence est l'ultime semaine avant son exécution.

— C'est normal, affirma Laura, c'est le final de la tragédie.

— Et le final du final, reprit François, c'est la Passion, précédée du procès. Sénèque y accorde une importance certaine. Son personnage est condamné par les autorités juives et son exécution est violente. Il ne parle pas de crucifixion.

— Il n'évoque pas la crucifixion, rebondit Laura, parce que c'est un châtiment romain. Une condamnation par les autorités religieuses juives aurait dû le conduire à une lapidation.

— Exactement, confirma François, mais il y a une faille dans le scénario de Sénèque, anodine au niveau de la conception de sa tragédie, mais qui a des répercussions quand il s'agit de « monter » l'œuvre. Exactement comme pour le metteur en scène qui découvre une faille dans le dispositif narratif d'un auteur, sans importance sur le papier, mais qui sera apparente aux yeux du public qui assistera à la représentation. À l'évidence, Sénèque n'a pas fait appel à des relecteurs, acheva François.

— Et les metteurs en scène, ceux sur le terrain, c'était les conteurs.

— Oui, la faille réside dans le fait que Sénèque fait de son personnage un acteur politique qui cherche à devenir roi d'Israël, mais qui est condamné par les autorités religieuses juives, qui, en réalité, n'ont pas de mandat pour un procès politique. C'est du ressort des Romains. Alors qu'ils voulaient diviser les Juifs, Sénèque a impliqué négligemment les Romains dont la présence active devenait nécessaire dans la narration pour la cohérence du récit à diffuser.

— Et les conteurs s'en sont sortis comme ils pouvaient, précisa Laura. Ils n'ont pas excessivement « chargé » le rôle des Romains, mais plutôt celui des élites juives.

— En effet, Sénèque n'évoque pas un Pilate, c'est-à-dire un gouverneur romain, dans sa version. L'astuce a été alors de décrire un gouverneur romain pratiquement contraint par les autorités juives d'ordonner l'exécution de Jésus, forcément par la crucifixion. Les Évangiles ne sont pas convergents sur le récit du procès, mais les Juifs apparaissent comme les artisans de la condamnation, et dans l'Évangile de Jean, ils sont pleinement coupables, si je puis dire, de la mort de Jésus.

Laura était en pleine réflexion, elle réagit aux propos de François.

— Marc nous offre un indice extraordinaire. Durant tout son ministère, les disciples ne comprennent guère Jésus, ils sont souvent désorientés, ils s'interrogent sur sa véritable identité, sa nature profonde. Tu sais quel est le premier personnage du christianisme qui comprend qui est vraiment Jésus ?

— Pierre ? Un apôtre ? répondit à tout hasard François.

— Non, un centurion romain. Et selon moi, dit Laura, c'est la trace d'un subtil conteur qui a transité jusqu'à l'auteur de l'Évangile de Marc. C'était un clin d'œil du conteur aux origines « romaines » de Jésus. Et en plus, ce n'est pas n'importe quel centurion.

— C'est ?

— C'est le centurion qui l'a crucifié.

Le repas terminé, ils allèrent se coucher, en hésitant tous les deux sur la suite des événements, après une journée aussi fatigante. Mais à peine furent-ils couchés dans le lit de la chambre, les lumières éteintes, qu'un murmure s'éleva du couple. C'était la petite voix de Laura.

— J'ai faim de toi.

— Moi aussi, j'ai faim de toi, répondit François. Mais toi, tu veux surtout marquer ton territoire dans mon lit.

— Oui.

Ce furent les derniers mots qu'ils échangèrent de la journée. Le reste ne fut que baisers, caresses et plaisir.

42

La pluie tombait sur Paris en ce mardi matin, et ni Laura ni François n'avaient envie de rompre la magie de leur petit déjeuner, bien au chaud dans l'appartement qui leur apparaissait comme un havre de paix. Même si François devait se rendre à la Sorbonne, ils prolongèrent leur conversation.

— Il y a quelque chose dont ne parle pas Sénèque, intervint Laura, ce sont les pouvoirs surnaturels de Jésus, faiseur de miracles, le thaumaturge.

— Évidemment, dit François, c'est une invention des conteurs pour être crus par leurs auditeurs. Tu imagines les petites gens de l'époque, dans un monde où le rationnel et l'irrationnel ne sont pas conceptualisés ? La force persuasive d'un récit passait par la mention d'événements extraordinaires.

Laura avait repris du chocolat chaud, sa drogue matinale quand ce n'était pas le thé.

— Jésus est un guérisseur, et quand on pense à l'état de santé de la population à ce moment-là, on comprend que c'est sa fonction la plus populaire. Les types de maux dont Jésus soulage les victimes sont terribles et très répandus. Et que Jésus ressuscite les morts est l'étape ultime de ce pouvoir.

— Ensuite, Jésus chasse les forces diaboliques, celles qui terrorisaient l'esprit des gens superstitieux, ajouta François.

— Et enfin nourrir le peuple, et faire quelques facéties, comme marcher sur l'eau, ne put s'empêcher de dire Laura.

— C'est avec des miracles qui répondent parfaitement à la vie quotidienne des gens, la vraie vie, que les conteurs ont compris qu'ils pouvaient convaincre leurs auditeurs, expliqua François. Jésus ne lance pas la foudre sur les légions romaines, ou ne transforme pas le Sanhédrin en mare à grenouilles. Non. Il n'accomplit pas ce genre de miracles parce que ce n'était pas crédible aux yeux des petites gens qui se fichaient de ce type d'exploits. Les conteurs ont développé le premier argumentaire publicitaire et populiste de l'histoire au profit de l'efficacité d'un mythe.

— Je suis d'accord avec toi, dit Laura, c'est bien l'œuvre des conteurs. À aucun moment de sa lettre, Sénèque ne fait allusion à des pouvoirs magiques que détiendrait son personnage. Il ne le peut pas, son esprit de philosophe le refuse. Il laisse faire le boulot à ses agents de terrain, mais Sénèque ne s'est pas rendu compte que ceux-ci ne pouvaient pas être convaincants sans ces miracles.

— Dans la tragédie par laquelle il veut populariser un message, il reproduit en réalité les conditions de son isolement stoïcien, constata François. Ce sont les conteurs qui vont convaincre les gens, avec des histoires de miracles, mais alors ces mêmes conteurs introduisirent une déviation dans les objectifs du philosophe, qui voulait justement éloigner la superstition des fondements de son récit initial.

— Sénèque pensait naïvement que les hommes adhéreraient par principe à des maximes morales pour guider leur vie, déplora Laura.

— Bien sûr, c'est le problème de ceux qui veulent élever les hommes. Ils oublient souvent qu'il faut d'abord descendre à leur niveau, au risque de ne jamais remonter.

Le temps passait trop vite. François s'arracha à cet environnement chaleureux pour se préparer et rejoindre la Sorbonne. Laura resterait dans l'appartement, et François songeait à la curiosité de sa compagne qui allait pouvoir s'exercer chez lui. Laura se dit qu'elle pourrait fouiner partout pendant son absence, mais que, bien sûr, elle ne le ferait pas. Elle se préparait à poursuivre les recherches dans cette quiétude qu'offraient les lieux.

Ils se séparèrent avec difficulté. C'était la première fois qu'ils seraient l'un sans l'autre depuis leur nuit de Waterloo. Leur relation avait pris d'emblée une intensité très forte, ils le constataient tous les deux. C'était l'imprévu du bonheur.

43

— Merci, Alain, de me recevoir un peu à l'improviste, dit François, s'adressant à son doyen, qui était aussi un ami.

Ils étaient tous les deux à l'aise dans le bureau de celui qui se chargeait du travail ingrat de la gestion d'une faculté universitaire.

— Je suis content de te voir, François, surtout d'avoir de tes nouvelles. Tes absences répétées commencent à être remarquées.

— Écoute, c'est une période un peu particulière. Une piste documentaire exceptionnelle a surgi dans ma vie et franchement, au terme d'une recherche qui n'est pas encore achevée, la faculté tirera profit de ses retombées.

— « Une piste documentaire exceptionnelle »... Je me demande ce que tu qualifies comme ça. Une perle pour l'historien, ou pour l'homme ? demanda le doyen.

À cet instant précis, François ne savait pas si Alain était un complice ou un censeur. En tout cas, il était informé.

— Si tu connais déjà le contexte, cela va me simplifier les choses, avoua François.

— Disons que tout se sait dans une faculté. Ton collègue d'histoire de l'Amérique latine t'a vu au Bouillon Racine il y a quelque temps. Il en était tout retourné. Il a dit que tu y déjeunais avec une créature qui était un mélange de Sophia Loren pour la beauté et de Serena Grandi pour la sensualité. Je n'ai pas oublié ses paroles, tu imagines bien.

— Ça, c'est ma vie privée, quand même, répondit François, ulcéré des commérages qui étaient pourtant le lot des couloirs universitaires, comme il le savait très bien.

Mais il ne s'était jamais habitué à les savoir si répandus dans des espaces dédiés à la science où l'esprit critique était censé être triomphant.

— Je suis bien d'accord, François, mais ta mystérieuse disparition encourage ceux qui te cherchent des noises.

Et ils sont nombreux, se dit François. Une université est une collectivité humaine comme une autre, où les jalousies sont des bouillons de culture et où certains collègues dans son département produisaient davantage de mauvais acide gastrique que de bons articles historiques.

— Bon, dit le doyen, je n'ai pas besoin que tu me dévoiles quoi que ce soit, ni même que tu te justifies, je suis encore l'un des défenseurs de la liberté académique. Simplement essaye de trouver un équilibre entre la recherche et tes responsabilités de prof.

François adhérait à ce langage, il le comprenait mieux et se détendit.

— O.K., je contrôle la situation, mes escapades vont se raréfier, mais je t'assure qu'au final, tu auras une très grande surprise, car le produit de cette recherche sera bouleversant.

— Pour que tu me dises ça, je veux bien te croire perturbé pour l'instant, donc je te couvre. Mais ne tire pas trop sur la corde. Et veille au grain face aux snipers de la médiocrité, lui dit son doyen en esquissant un sourire.

Ils étaient du même bord, François le savait, dans l'environnement hostile d'une université. Contrairement à ce que pensait l'opinion publique, il n'y régnait en permanence ni la sagesse ni la lumière.

— Merci, cher doyen, dit François. Je serai sur mes gardes.

Il rejoignit ensuite son bureau où il avait donné rendez-vous à son assistant Henri Martin. Celui-ci l'attendait devant la porte.

Il avait l'air fourbu, et François avait conscience que la cause de sa pâleur n'était pas liée au folklore estudiantin.

Ils s'assirent dans le bureau de François, qui fit le point avec lui sur la situation.

— On joue un peu football panique, ici, depuis que vous n'êtes plus là, avoua Henri Martin.

— Crois-moi, j'en suis désolé, et je regrette de te priver de temps pour ta thèse. La situation va se normaliser. Voilà mes notes de cours pour la suite, et reporte la remise des travaux du séminaire, afin de ne pas avoir les corrections dans les pattes. Ce sont les étudiants qui seront contents.

— Mais rassurez-vous aussi, j'assume, vous savez. Et pour les cours, les étudiants ne se plaignent pas trop, mais on sent qu'ils ont envie de vous retrouver, ils rigolent moins souvent avec moi, ils sèchent plus aussi.

François le prit plutôt bien, il adorait donner cours devant un grand auditoire et sentir le public comme dans un théâtre.

— Et pour les permanences ? demanda François. Ça va ?

— Oui, enfin pour les mémoires de fin d'études, je leur demande d'attendre votre retour, et pour les questions bateau, ça va. C'est souvent les meilleurs étudiants qui viennent me voir, il y en a qui viennent souvent, en particulier Mlle Charmet. Elle s'intéresse même à mon sujet de thèse maintenant. C'est un bon élément, me semble-t-il.

Mlle Charmet ne venant jamais à ses permanences, François se dit qu'il devait laisser son assistant découvrir lui-même les aléas du métier.

— Bon, tu peux gagner aussi du temps en ne me remplaçant pas au conseil de département, il ne s'y passe pas grand-chose. Voilà, je crois qu'on a fait le tour. De toute manière, on reste en contact, et la situation va se rééquilibrer. Merci en tout cas d'assumer les tâches.

Le visage d'Henri Martin s'éclaira. Il savait qu'il avait de la chance dans ce milieu, car François Lapierre était un homme juste, correct avec les uns et les autres, reconnaissant, et qui n'exploitait jamais le travail d'autrui.

44

De retour à l'appartement, François proposa à Laura de ne pas déjeuner, afin de s'affamer pour mieux manger le soir, dans ce restaurant où il comptait l'emmener.

Ils reprirent le travail.

— On n'en avait pas vraiment fini avec Paul, mais je t'avoue que j'ai un peu perdu le fil, avoua François.

— Pas grave, on a nos notes, le rassura Laura.

L'œil de François s'alluma.

— Tu sais ce qui est fascinant avec saint Paul ? C'est que si tu fais la somme des faits qu'il nous apprend sur Jésus, c'est dérisoire.

— Que veux-tu dire par là ?

— Paul est un contemporain de Jésus, qui a connu personnellement des témoins oculaires et même des apôtres et qui a écrit des lettres qui nous sont parvenues. C'est le seul personnage de ce format dans toute cette histoire. Il a écrit officiellement treize lettres, reprises dans le Nouveau Testament. En fait, il serait vraiment l'auteur de sept d'entre elles seulement, les six autres ne seraient pas authentiques. Mais si on joue le jeu de prendre pour argent comptant toutes les autres, et qu'on assemble ce que Paul dit de la vie de Jésus, on a ça : Jésus est né juif et c'est au sein de la communauté juive qu'il a diffusé ses enseignements, il est un membre de la lignée du roi David, il a des frères et des disciples. Il est fait prisonnier après un ultime repas avec ces derniers. Il a été déféré devant Pilate – ceci dit, cette référence est mentionnée dans une lettre douteuse. Il a été condamné par les autorités juives. Il a été crucifié. Et c'est tout ! En somme, il s'agit ici d'une liste mentionnant simplement ce que nous savons de Jésus via Paul. On ne peut qu'être étonné, car, d'une part, c'est biographiquement dérisoire, et d'autre part…

— C'est pratiquement la synthèse des consignes de Sénèque dans sa lettre pour décrire son scénario, acheva Laura, qui écoutait avec attention.

— Bingo ! dit François. Les correspondances entre la lettre de Sénèque et le contenu paulinien du Nouveau Testament sont frappantes. Et pourquoi Paul, qui pouvait en savoir beaucoup plus en côtoyant des hommes qui avaient suivi Jésus, dont Pierre, le fondateur de l'Église, ne nous dit rien de plus ?

Laura répondit sans hésitation.

— Pourquoi Paul est-il si laconique sur la vie de Jésus ? Parce que sa source, Sénèque, était laconique – volontairement, il nous le dit dans sa lettre – pour laisser à l'imagination humaine le soin de combler les vides événementiels, chose que se sont empressés de faire les conteurs et ensuite les auteurs des Évangiles, des auteurs qui ne signent pas leur œuvre, que l'on commence à connaître seulement plus de 150 ans après la mort du Christ, des auteurs cultivés, n'ayant jamais vécu en Palestine, écrivant en grec et n'appartenant pas à la génération de Jésus et de Paul.

— Paul ne nous éclaire pas sur la vie de Jésus, il nous éclaire sur la démarche de Sénèque, compléta François.

— Il y a quand même un truc qui me chiffonne, remarqua Laura. C'est dans la Lettre aux Corinthiens de Paul, ce n'est pas dans Sénèque, et c'est la clé de voûte du christianisme.

— La Résurrection, annonça François.

— La Résurrection, répéta Laura.

François savait que c'était le point le plus délicat, et sa réflexion à ce propos l'avait conduit au vertige.

— Si tu es prête, ma chérie, nous quittons le puzzle biographique pour autre chose, le message et sa configuration. D'accord, Sénèque n'en parle pas, et pourtant, il laisse la porte ouverte, puisque Jésus doit revenir après sa mort. Mais c'est exact : formellement, il ne l'évoque pas, et c'est *a priori* étrange que la Résurrection ne soit pas dans le script originel.

— Alors ? dit Laura qui s'impatientait et voyait bien que son compagnon en tirait du plaisir.

— Je t'avoue que c'est quelque chose qui a hanté mes nuits, avant que ce soit tes caresses qui le fassent.

— Pitié, ne détourne pas mon attention maintenant. On est sur quelque chose d'important, là.

— Premièrement, c'est peut-être une omission volontaire de Sénèque quand il écrit à Lucilius, c'est peu probable, mais c'est à envisager. Deuxièmement, et c'est ce que je crois personnellement, c'est en fait la touche personnelle de Paul, qui a cru bien faire pour consolider le récit de base de Sénèque. Il faut se mettre à la place de Paul, c'est lui qui turbine et mouille sa chemise,

Sénèque n'était pas sur le terrain pour convaincre les gens. Il était à la manœuvre en sous-marin, mais il n'a pas lui-même expérimenté l'effet produit par son scénario sur son public. Paul et les autres complices devaient, quant à eux, convaincre des gens qui n'en avaient sans doute rien à faire au départ, qui vivaient déjà avec leurs croyances. Paul a cru bien faire, il avait trouvé l'argument vraiment flippant, la Résurrection et la démonstration de cette Résurrection par Jésus lui-même. Et j'imagine Paul racontant que lui aussi l'a vu, alors qu'il était à cheval sur le chemin de Damas, et qu'il fut bouleversé par cette expérience qui a changé sa vie. Enfin, tu connais la suite.

— Comme le témoin d'un ovni et d'une rencontre du troisième type, il y en a qui ont fait des best-sellers avec ça, dit Laura, songeuse. En plus, il n'est pas fait mention d'une apparition de Jésus devant ses disciples dans l'Évangile de Marc, l'évangile le plus ancien et donc censé être le plus proche des événements.

— Bref, Paul a cru bien faire, reprit François, mais c'est précisément ici, tu entends, c'est précisément ici que tout bascule. C'est avec le thème de la Résurrection que l'expérience philosophique de Sénèque a échappé à son créateur.

— Comme la créature de Frankenstein ?

— Oui, répondit François. Je crois que Paul a surpris les stoïciens, qui ont ensuite réagi en croyant allumer un contre-feu, alors qu'ils allaient jouer le rôle du pyromane. Ce qui me fait penser d'ailleurs que l'incendie de Rome par les chrétiens et Néron qui les massacre, c'est une métaphore philosophique.

— Un contre-feu ?

Laura perdait le fil.

— Jean, répliqua simplement François. L'Évangile selon Jean, le plus étonnant des Évangiles. Souviens-toi du prologue : « Et le Verbe s'est fait chair et il a habité parmi nous et nous avons vu sa gloire. »

Un bref et étrange silence s'installa dans l'appartement, d'aucuns en auraient tiré une signification mystique. Ils venaient tous les deux de pénétrer plus avant dans le magma de l'interprétation du passé, et de nouvelles formes, des couleurs inédites, se présentaient à eux dans leur exploration aux confins d'un mystère. Mais ils convinrent implicitement que ça suffisait pour l'instant. Laura était impatiente de découvrir le mystérieux restaurant où ils allaient passer leur soirée parisienne.

45

La rue Laplace, située dans le Ve arrondissement, à proximité du Panthéon, était particulièrement tranquille en ce mardi soir choisi par François pour emmener Laura sur ses terres gastronomiques, sachant qu'en Sicile, elle avait mis la barre très haut.

Ils poussèrent la porte du restaurant Ciasa mia, tenu par Samuel et Francesca, et furent accueillis dans son intérieur chaleureux qui tenait du chalet montagnard des Dolomites, tout en pierre, poutres et douce intimité. Francesca installa les deux historiens à la table près de l'âtre, la préférée du professeur Lapierre. Celui-ci était comme un enfant excité de partager un jouet, il se réjouissait de vivre les réactions de Laura au fur et à mesure des découvertes culinaires.

Sur les conseils de François, sans même que la carte ne soit consultée, le choix se porta sur le menu dégustation sept services, arrosé de pinot *grigio*. Ils avaient ainsi le temps de revisiter la Bible. Ils allaient avoir droit à un festival de produits frais transfigurés par la magie inventive du chef, comme des raviolis farcis au saumon cuisinés dans un bouillon de foin, avec tartare de courgettes et truffe, ou du carpaccio de speck maison, de magret de canard, avec des oignons confits à la vanille, rösti de pommes de terre et espuma de raifort.

Et c'était compter sans la qualité des surprises de mise en bouche, comme le pain d'éponge noir ou, un absolu, le jaune d'œuf à la cuillère contenant un bouillon de poulpe et assaisonné avec du sel fumé, provoquant une supernova buccale. Ce fut en tout cas l'image qu'utilisa Laura pour décrire sa sensation, même si l'idée d'une métaphore sexuelle lui avait d'abord traversé l'esprit.

François planait, il vivait un de ses moments préférés dans la vie, quand l'harmonie des sens comblés stimule la pensée et la parole. Et Dieu que Laura était belle et désirable, dans la pénombre savamment contournée par les flammes des bougies. Dans ce tableau, la courbure des seins de sa compagne était comme un arc électrique, et leur rondeur dénudée un hommage à la terre nourricière.

Bercé par cette vision merveilleuse, les papilles gustatives en éveil dans l'attente d'un nouveau frémissement culinaire, enveloppé par la douce chaleur protectrice du lieu, François respira pour remplir ses poumons afin qu'ils profitent eux aussi de sa joie de vivre, et il se mit à parler.

— Donc, l'Évangile de Jean est le plus proche de nous dans le temps, il a été rédigé vers 95. Dans cette version, Jésus est une entité divine incarnée qui vient du ciel, et il n'est plus question d'un Jésus annonçant la fin proche du monde tel qu'il est. Le temps qui a passé quand cette version est écrite rend caduque l'exploitation de cette prophétie. Et il n'est plus question non plus du royaume de Dieu sur terre, mais de la vie éternelle pour les croyants auprès de Dieu dans le ciel.

— D'accord, mon trésor. Dans l'appartement, on en était restés au tout début, non ? demanda Laura, qui sentait son compagnon revitalisé, voire exalté.

Et la virtuosité de son regard sur elle était aussi perceptible que celle d'un Mozart au piano. On allait aborder le fameux prologue, n'est-ce pas ?

— Ah ! Le prologue dans Jean, quel texte magnifique ! Un texte de poète, avec un grand absent, Jésus !... En effet, ma douce, dans ce prologue, non seulement Jean ne parle pas de Jésus, mais il n'y fait même pas allusion. Il évoque le Verbe.

François, manifestement échauffé aussi par le vin délicieux dont la durée de vie dans le verre était toute relative, entreprit une récitation, sous les efforts de Laura pour le faire gentiment baisser d'un ton.

— « Au commencement était le Verbe, et le Verbe était tourné vers Dieu, et le Verbe était Dieu. Il était au commencement tourné vers Dieu. Tout fut par lui, et rien de ce qui fut ne fut sans lui. En lui était la vie, et la vie était la lumière des hommes, et la lumière brille dans les ténèbres, et les ténèbres ne l'ont point comprise. » Je me demande si j'ai déjà lu quelque chose de plus sublime.

— Écoute, dit Laura, si tu ne veux pas devenir *persona non grata* ici, sois plus calme, parle plus bas !

François se resservit un verre de vin et diminua le volume sonore, manifestement frappé d'inquiétude par l'horrible perspective dégagée par Laura.

— Chérie, remplace le mot Verbe par Logos, la « parole » en grec, la langue de l'auteur. Ensuite, évalue la hiérarchisation contenue dans ce passage : Logos, vers Dieu, Logos = Dieu, dès le commencement, dans tout, et partout, la vie dans le Logos, la vie lumière des hommes, la lumière partout, l'ignorance de ne pas s'en rendre compte. Tu as là un cri du cœur stoïcien ! Et la suite de cet Évangile est une histoire avec un personnage qui illustre ce cri du cœur, une métaphore. Et Jésus n'est associé au Verbe qu'à partir du verset 14.

— Jean est considéré comme l'auteur du dernier Évangile, mais c'était peut-être le plus proche de Sénèque, ou celui qui a le plus subtilement compris les dessous de la propagande de Sénèque. Dès lors, qui est Jean ? demanda Laura.

— Laura, c'est précisément ici que le scénario de Sénèque dérape une fois encore, j'y ai réfléchi souvent, et Jean ne rattrape pas au final la bévue de Paul. Toute l'explication réside dans la distance entre le prologue et le verset 14, la distance et le *silence*. C'est ici la faille du dispositif de Sénèque, un docteur Frankenstein qui verra sa créature philosophique lui échapper, comme tu l'as dit. Mais c'est compliqué à t'expliquer comme ça.

— C'est la première fois que vous prenez cette précaution oratoire avec moi, professeur Lapierre, constata Laura, le sourire en coin.

François, gêné, se sentit contraint d'enfoncer le clou.

— Je ne doute pas de ta culture biblique, mais…

Laura ne lui laissa pas le temps de terminer une phrase qu'il regretterait par la suite.

— Mais tu vas me parler d'hypostases divines, n'est-ce pas ?

— Exactement, mais…

— Mais j'ai creusé, moi aussi, vois-tu. En plus, mon trésor, tu as le profil du rationaliste français type chantant « À bas la calotte » dans vos réunions secrètes et bien arrosées, alors que je petit-déjeunais une croix au-dessus de la tête quand j'allais à l'école élémentaire.

Le sourire sincère et modeste avec lequel elle s'exprima, sa tendresse à son égard touchèrent François. Il se rendit compte qu'il devait la considérer aussi comme une chercheuse exceptionnelle, tout simplement, sans tout ramener toujours à sa beauté de femme. Il sentait que quelque chose de beaucoup plus profond s'était noué entre eux.

Laura avait la main, elle décida que ce serait lui qui l'écouterait.

— Une hypostase, quelque chose que Dieu a, comme l'amour, mais il est Dieu, il n'a pas à acquérir, à avoir quelque chose d'extérieur à lui-même, donc il n'a pas, il ne possède pas seulement l'amour, il est amour. Dieu a une Parole, mais il est aussi sa Parole, d'où la première phrase un peu alambiquée de Jean : « Au commencement était le Verbe, et le Verbe était tourné vers Dieu, et le Verbe était Dieu. » Le Verbe à la fois tourné vers Dieu et qui est Dieu, c'est un peu tordu comme expression. Mais c'est l'illustration de ce que je viens de dire.

— C'est précisément ici que Sénèque a perdu pied, reprit François. Quand son personnage qui n'était qu'un alibi a cessé de jouer ce rôle dans la mémoire des hommes, et qu'il s'est mis à exister. *« Et le Verbe s'est fait chair, et il a habité parmi nous et nous avons vu sa gloire, gloire que, Fils unique et plein de vérité, il tient du Père. »* Dans cet Évangile, Jésus assume complètement son identité divine puisqu'il porte en lui la Parole de Dieu, et il l'affirme devant les autres, ses miracles sont la démonstration de cette identité consciente. Et malgré cela, les autorités juives le condamnent.

C'est Jean qui pousse aussi loin l'antisémitisme en soulignant combien les Juifs sont aveugles et bornés.

— Et quand Jésus devint Dieu, la fracture du judaïsme pouvait s'accomplir, mais en même temps, le stoïcisme était désormais inutile à cette mémoire que Jésus tout entier personnifiait, asséna Laura.

— Sénèque l'avait déjà compris avant de mourir, conclut François.

Les amants se contemplèrent, et dans ce moment de grâce et d'échange, ils partageaient le même émoi de se savoir unis par les plaisirs du corps et ceux de l'intelligence.

François se dit qu'ils n'avaient jamais été aussi bien l'un avec l'autre, en dépit de la tempête qui régnait autour d'eux. Ils vivaient chaque seconde avec intensité et ils ne désiraient rien d'autre.

Mais le destin était redoutable.

Ils ne savaient pas encore qu'ils passaient leur dernière soirée ensemble.

46

Deux choses se produisirent en même temps, alors que François était assis à son bureau en ce mercredi matin, et que Laura dormait toujours. Reprenant contact avec l'information générale, en passant en revue les sites de presse, il tomba sur l'annonce, qui datait de la veille, de l'horrible assassinat de Claude Bemelmans, grand collectionneur belge. Ses agresseurs, entrés chez lui, l'avaient torturé avant de l'abattre d'une balle dans la tête. Curieusement, ils n'avaient apparemment rien dérobé. La police belge enquêtait.

Mais manifestement, la police française aussi, si l'on tenait compte de la deuxième chose en question, à savoir un appel de l'inspecteur Ruby, qui cherchait à joindre le professeur Lapierre pour lui demander de venir au Bastion, nouveau site de la police judiciaire près de la porte de Clichy, en tant que témoin, précisa-t-il pour le rassurer. François était néanmoins assez surpris, mais l'inspecteur ne voulut pas en dire plus. L'historien proposa de passer en fin de matinée pour régler cette affaire et le rendez-vous fut pris.

François reprit un café pour se remettre les idées en place. Ce fut à ce moment-là que Laura fit son apparition et l'embrassa.

— Bonjour, dit-elle, tout abandonnée à sa douceur.

— Bonjour mon amour, répondit François.

Laura sentit qu'il était soucieux.

— Il y a quelque chose qui ne va pas ?

— Bemelmans, notre collectionneur belge, a été assassiné, et je suis convoqué à la police ce matin. La journée commence fort !

Laura accusa le coup, peinée par la mort de Bemelmans, inquiète de savoir qu'ils ne devaient leur salut que grâce à une petite avance sur leurs poursuivants. Les choses se compliquaient singulièrement, ils devraient sans doute à nouveau fuir. François gambergeait lui aussi, se demandant comment gagner du temps tout en exploitant les ressources permettant d'avancer dans la recherche. Il y avait la piste Wauthiez. Autrèche n'était pas loin. Il décida que la priorité était la police. Après, on verrait bien. Il s'adressa à Laura.

— Écoute, je vais bientôt me rendre au commissariat. Toi, tu vas rester ici et n'ouvrir à personne, l'immeuble est bien protégé et la porte de l'appartement est blindée. Dès que je reviens, j'appelle Wauthiez pour organiser une visite dans son château. Si on peut, on part aujourd'hui. Je tenterai de réserver une chambre au Château d'Hodebert. Tu verras, c'est un endroit parfait.

— Bon, d'accord, mais jusqu'à quand on va courir à gauche et à droite ? Ne crois-tu pas que tout serait plus simple si on publiait la source S en l'état, en prenant une précaution critique ?

— Tu sais bien que personne ne tiendra compte de cette précaution critique, répondit François, avec une certaine lassitude dans la voix. Tout partira en vrille et la polémique ne cessera d'enfler, parasitant la sérénité nécessaire au travail historique. C'est un risque qu'on ne peut pas prendre.

— Mais il me semble que nos vies sont en jeu, là, répondit froidement Laura.

— Faisons un *deal.* Si on ne trouve rien chez Wauthiez, on publie un communiqué, mais pas toute la lettre, avec suffisamment d'explications en espérant court-circuiter nos poursuivants.

— C'est un pis-aller, mais bon, pourquoi pas, se résigna Laura.

— Il y a bien une autre solution, qui est la plus sûre, se risqua François.

— C'est d'abord celle-là que tu as en tête, n'est-ce pas ? dit Laura qui n'était pas dupe.

— On confie la lettre aux Israéliens, qui en profiteront pour l'authentifier définitivement, et on négocie en même temps notre protection jusqu'à la découverte de la partie finale de la lettre.

François avait lâché le morceau. Il s'attendait à la réaction de Laura.

— Il n'en est pas question ! Comment peux-tu faire confiance à ces inconnus qui sont au service de la raison d'État de leur pays ? Tu peux être certain qu'on sera coiffés au poteau. On perdra tout.

— J'ai des raisons de leur faire confiance, dit François, d'un ton pas suffisamment convaincant aux yeux de Laura.

— Tu es bien naïf, ou tu en as assez de cette histoire ?

— Non, Laura, non. J'essaye de peser le pour et le contre, de défendre la vérité historique tout en nous protégeant de nos adversaires, des adversaires sanguinaires contre lesquels nous ne faisons pas le poids.

Le visage de Laura était progressivement marqué par la déception, elle sentait que la situation lui échappait, mais elle voulait garder le contrôle sur elle-même, et surtout rester en phase avec l'homme qu'elle aimait.

— C'est ma trouvaille, non ? J'ai mon mot à dire, je ne veux pas décider dans la panique. Rends-toi à la police dans l'esprit de les aider s'ils sont sur la piste des assassins. Ensuite, on va chez Wauthiez, et on prend une décision, ta première option étant selon moi la moins mauvaise.

François mesura les efforts que faisait Laura pour paraître raisonnable, il décida de faire de même, ils avaient impérativement besoin de rester unis.

— D'accord, on s'en tient pour l'instant à ce scénario.

Ils se serrèrent dans les bras, avant que François achève de se préparer pour sortir. Il prendrait sa voiture dans le garage souterrain de l'immeuble pour éviter la rue. L'atmosphère était pesante, comme lors d'une veillée d'armes. François quitta l'appartement avec un mauvais pressentiment qu'il décida de nier.

Laura resta seule, animée d'une sourde inquiétude. Elle savait qu'elle ne la dissiperait qu'en sortant se promener, prendre l'air, voir du monde. Et tant pis pour les consignes de François !

Elle avait repéré une exposition de peintres espagnols qui se tenait au musée Jacquemart-André, l'un de ses préférés à Paris, situé boulevard Haussmann.

Elle s'habilla rapidement, et téléphona à un taxi. Cinq minutes plus tard, elle était en attente devant l'immeuble, heureuse de se retrouver dans l'ambiance parisienne inimitable, le regard tourné vers le dôme magistral de l'église des Invalides, amusée par cette coïncidence surprenante d'être à deux pas du tombeau du protagoniste principal de cette histoire, avec Sénèque. Quel sens fallait-il donner à cela ? Si tant est qu'il fallût en donner un.

Elle fut tirée de ses pensées par l'arrivée du taxi, dans lequel elle embarqua en éprouvant un sentiment de libération.

47

Elle franchit la Seine sur le pont Alexandre-III, laissa le Grand Palais sur sa gauche, remonta l'avenue des Champs-Élysées et, au rond-point, tourna à droite pour emprunter l'avenue Matignon. Laura était comme un poisson dans l'eau à Paris, elle aurait voulu y vivre, elle avait toujours été prête à le faire, quittant l'Italie et s'installant là. C'était la seule ville sur terre capable de lui faire quitter sa patrie, la seule qui lui donne le sentiment de pouvoir se réaliser et être au monde en dehors de son environnement familial.

Le taxi traversa la rue du Faubourg-Saint-Honoré, pour s'engager dans l'avenue Delcassé. Elle n'était plus très loin. Quittant l'avenue Percier en tournant à gauche, elle déboucha sur le boulevard Haussmann, son lieu de destination.

Elle fit son entrée dans le musée Jacquemart-André en manifestant sa joie dès l'achat de son billet, pour déambuler enfin dans ce magnifique musée des Beaux-Arts et d'arts décoratifs, à l'origine l'hôtel particulier d'un couple de collectionneurs acharnés du XIXe siècle.

Au cours de sa visite dans la partie accueillant l'exposition provisoire sur les peintres espagnols, Laura s'arrêta devant le tableau de Manuel Domínguez Sánchez, *Le Suicide de Sénèque*, datant de 1871, qui représentait le philosophe dans sa baignoire juste après sa mort. Le corps s'étirait hors de l'eau, la tête pendant dans le vide, les bras ballants. Un personnage pratiquement à genoux se lamentait, et un groupe de trois hommes se désolaient. L'allure christique de Sénèque était évidente, tel Jésus à sa descente de croix, traduisant une mode artistique et non un message codé. Mais Laura ne put s'empêcher d'imaginer que la source inspiratrice originelle n'était pas celle à laquelle on pensait généralement. Elle savoura la transposition de l'information qu'elle était la seule à posséder avec François, pour l'instant.

Si le peintre avait connu la vérité historique, il aurait tout autant pu réaliser la même œuvre, et les observateurs, les visiteurs auraient relié ce modèle inspirateur à d'innombrables descentes de croix, les peintres s'inspirant alors de Sénèque pour leur Jésus, et non le contraire.

Laura songea que c'était là l'un des effets prévisibles de la révolution culturelle qu'elle allait provoquer dans le monde entier, associant à tout jamais son nom à cette révolution. La satisfaction qu'elle en éprouvait se doublait d'une angoisse devant l'inconnu. Elle allait renverser un ordre ancien au profit d'un désordre nouveau. Elle ne serait plus jamais la même, elle devrait passer son existence avec la vérité dont elle serait la mère, et assumer ce rôle en toutes circonstances. Avait-elle les épaules assez larges ? Était-ce vraiment son vœu ?

Elle n'avait pas voulu cette révolution à venir. Son désir, à l'origine, se résumait à sa stabilisation professionnelle, c'était tout. Heureusement, François était là, mais pour combien de temps ? Quand le contexte évoluerait, que la chasse s'achèverait, dissipant l'adrénaline, serait-il encore là pour partager avec elle cette vérité au quotidien ? Les conditions extraordinaires qui avaient fait naître leur couple annonçaient-elles la cause de son échec ?

Laura trouva qu'elle pensait trop, elle poursuivit sa visite le cœur plus léger.

Dans d'autres musées ou collections privées, d'autres tableaux représentant le suicide de Sénèque devaient se préparer à délivrer un autre message. En effet, Manuel Domínguez Sánchez était loin d'être le seul peintre à avoir donné une allure christique à Sénèque devenu un martyr par son suicide. Jacques-Louis David, avec *La Mort de Sénèque* datant de 1773, avait lui aussi été inspiré à l'évidence par une descente de croix, avec un rôle de témoins dévorés par la tristesse attribué aux femmes, un environnement que l'on trouvait aussi dans le tableau de Jean-Charles Nicaise Perrin sur le même sujet. La ressemblance de Sénèque avec Jésus était frappante, en particulier le visage, chez Claude Vignon, peintre du XVIIe siècle. Sénèque martyr, c'était aussi l'option prise par Luca Giordano dans son tableau de 1684, voire aussi chez Rubens. Laura avait compilé toutes les références artistiques de cette nature, elle ne manquerait pas de les intégrer dans sa future publication.

Sa visite achevée, elle passa par la librairie et ne résista pas à l'envie de s'offrir un livre, celui de Laurence Benaïm, *Versailles et la Mode*, richement illustré, et de prendre un rafraîchissement, accompagné de quelques pâtisseries fines, au café Jacquemart-André, rehaussé par une fresque de Tiepolo décorant le plafond. C'était l'un des plus élégants salons de thé de la capitale, avec

Angelina bien sûr, rue de Rivoli, que Laura se réservait pour plus tard.

À Paris, un désir en entraîne un autre. Comment rentrer sans un détour par le parc Monceau, situé à deux pas ? Sinon c'était un crime, aux yeux de Laura, d'autant qu'il s'agissait sans doute de son parc préféré, intime, serein, un écrin de verdure, au sens propre. Sa décision était prise, François lui avait pris la tête avec son délire sécuritaire, elle ne voulait pas louper les bons moments que lui offrait sa situation parisienne.

Sortie du musée, elle emprunta l'avenue de Courcelles, puis la rue de Monceau, pour arriver dans l'avenue Ruysdaël qui débouchait sur l'une des entrées du parc.

Détendue dans cette rue cossue et tranquille, elle ne prêta pas attention à la camionnette qui arrivait derrière elle à faible allure, et qui s'arrêta à sa hauteur. Une porte coulissante s'ouvrit, et instinctivement, Laura tourna la tête, pour voir surgir deux hommes qui se ruaient sur elle. Tétanisée, elle vit qu'ils portaient une arme, et que l'un d'entre eux, le plus costaud, s'approchait d'elle pour la capturer.

Mais son assaillant ignorait deux choses de la vie de Laura Zante. La première remontait à ses treize ans, quand *zio* Luigi lui avait appris à tirer au pistolet sur des boîtes de conserve, afin qu'elle se protège des mauvais garçons, disait-il. La deuxième était plus récente, lorsque Laura, vers ses vingt ans, avait suivi des cours de krav maga, au départ réticente, puis avec un aplomb qui avait épaté ses entraîneurs.

Cette ignorance de la part de son agresseur lui coûta l'arête du nez, qui explosa sous un coup bien placé, inondant son visage de son propre sang, tandis qu'exactement au même moment, un coup de pied de Laura poussant un « han » de bûcheron lui transformait les testicules en marmelade.

Laura se saisit de l'arme de l'homme tombé à terre qui méditerait pendant longtemps son ignorance, mais le temps lui manqua, car le deuxième assaillant, arme au poing, fit feu pour se protéger de cette furie prête à tout.

La balle frappa le sternum de Laura.

Elle avait cessé de respirer avant même de s'affaisser sur le trottoir.

Le tireur emporta son compagnon blessé dans la camionnette qui démarra à vive allure, tandis que des passants ébahis commençaient à entourer Laura, complètement inerte. Une femme, portable à l'oreille, appelait les secours, tandis qu'un homme se frayait un passage en déclarant qu'il était médecin. Il s'appliqua à faire un massage cardiaque alterné avec un bouche-à-bouche pour lui ventiler les poumons. Il remarqua qu'elle ne perdait pratiquement pas de sang.

Lorsque l'ambulance déboula sur les lieux, le médecin de passage n'avait pas réussi à réanimer Laura et désespérait de pouvoir y arriver.

48

François patientait depuis un bon moment dans le commissariat quand il vit surgir un homme à l'air agité qui se présenta à lui.

— Monsieur Lapierre ?

— Oui.

— Inspecteur Ruby, c'est moi qui vous ai téléphoné ce matin. Merci d'être venu si vite. Venez, on va s'installer dans mon bureau.

Ils pénétrèrent dans une pièce épurée, dotée d'un mobilier fonctionnel, sans une once de personnalisation. C'était un box, dans lequel l'inspecteur ne devait pas séjourner beaucoup, éclairé par un néon au plafond.

Un ordinateur qui aurait pu sortir de la boutique d'un brocanteur prenait pratiquement toute la place disponible sur la table qui accueillit les deux hommes placés face à face.

François restait silencieux, il attendait que l'inspecteur éclaire sa lanterne.

— Voilà, sachez que vous êtes ici à titre de témoin, aucune accusation ne pèse contre vous, et cet entretien ne s'inscrit pas encore dans une démarche officielle de ma part.

— Pourquoi « pas encore » ? demanda immédiatement François. J'ignore la raison de ma présence ici, et je ne vois pas ce qu'on pourrait me reprocher.

— Certes, répliqua l'inspecteur, mais je vous ai demandé de me rejoindre parce que vous êtes le seul lien entre deux enquêtes dont les victimes se situent aux antipodes l'une de l'autre.

— Pouvez-vous être plus précis ? se contenta de dire François.

— Bien, il se trouve que votre numéro de portable a été utilisé par deux personnes récemment assassinées, et pratiquement le dernier appel de leur vie vous était destiné. Il s'agit d'un professeur irlandais à la retraite, assassiné chez lui à Dublin, et d'un collectionneur belge, retrouvé mort à son domicile près de Waterloo. Si j'étais scénariste à Hollywood, j'appellerais cette histoire « Le portable maudit, vous formez son numéro, vous mourrez ».

Et il se fendit d'un grand rire bref qui contrastait avec l'ambiance initiale plutôt feutrée de leur entretien.

L'inspecteur Ruby reprit apparemment son sérieux.

— Vous savez, je ne crois pas aux coïncidences, aucun bon flic n'y croit. Et j'ai la réputation d'en être un. Un jour, mon supérieur m'a dit : « Ruby, vous êtes une pierre précieuse, la pépite du service. » C'était un sacré encouragement de sa part.

François pensa qu'il exerçait décidément une attraction sur les personnages les plus curieux. Il entreprit de situer la conversation dans un registre qui pouvait très bien ou très mal tourner.

— Je vous comprends, inspecteur. Moi aussi, en tant qu'historien, je pense que les coïncidences méritent d'être creusées, mais il existe aussi de pseudo-coïncidences, des événements qui semblent être des coïncidences, mais qui n'en sont pas vraiment.

Un œil allumé et l'autre amusé, l'inspecteur Ruby se montrait intéressé à suivre un raisonnement qui l'éloignait de celui qu'il devait habituellement supporter face à des suspects tentant de se justifier maladroitement.

— Poursuivez, professeur. Des pseudo-coïncidences, voilà quelque chose qui mérite d'être développé.

— Bien sûr. D'abord, sachez que j'ai eu écho de cette double tragédie par la presse, ensuite, dans le cas dont nous parlons, la coïncidence est d'emblée réduite par le fait que le professeur irlandais, le collectionneur belge et moi-même naviguons dans les eaux de l'histoire. Que je les connaisse n'est pas surprenant. Je téléphone à des tas de gens et des tas de gens me téléphonent, ils sont majoritairement issus du monde qui est le mien.

— Je suis bien d'accord, professeur Lapierre, mais vous esquivez le point principal, la chronologie… Ah, la chronologie ! Dans votre métier comme dans le mien, la chronologie est la seule chose qui ne mente pas.

— C'est étonnant ce que vous dites, renchérit François, c'est exactement ce que j'énonce à mes étudiants. En histoire, seule la chronologie ne ment pas ! Vous voyez qu'il y a même des coïncidences entre nous. Et j'ajouterai, inspecteur, que vous vous appelez Ruby et moi Lapierre, n'est-ce pas une autre coïncidence troublante ?

— Je n'y avais pas pensé à celle-là. Elle est plutôt drôle, votre sortie. Donc, reprenons. Le *timing* des appels et la mort de vos correspondants, comment vous expliquez cela ?

— C'est une coïncidence, une vraie, celle-là. Mais c'est la seule, justement. Elle est réduite. Il ne faut pas en faire un miroir déformant pour interpréter les choses ou tisser une relation de cause à effet qui déborderait de l'étroitesse de sa portée. Les vice-présidents de Lincoln et de Kennedy, tous deux assassinés, s'appelaient Johnson. C'est une coïncidence, il n'y a pas un complot de la destinée derrière ce hasard. Et vous avouerez que cet exemple vaut bien celui qui nous occupe.

— Avez-vous rencontré ces personnes récemment, professeur ? Et si oui, à quelle date ?

François s'y attendait. Cette fois, il était la souris et l'inspecteur le chat. Mentir serait une erreur, il ne pouvait pas se permettre de se retrouver coincé dans une procédure judiciaire.

— Oui, répondit-il. Et si je me fie aux médias, juste avant leur mort.

— On continue le petit jeu des coïncidences ?

— Non, on peut aller à l'essentiel, se résigna François.

— J'apprécie votre sens de la collaboration.

— Merci, dit François. Je vais vous faire un résumé de la situation.

— Je vous écoute.

— Voilà, j'ai eu connaissance d'un document historique déconcertant, une lettre inédite du philosophe romain Sénèque, du Ier siècle. Dans celle-ci, l'auteur explique qu'il a inventé Jésus de toutes pièces, pour diviser les Juifs. Il s'agit d'un document explosif qui change toute notre conception du passé et du christianisme. Ce document est arrivé dans les mains de Napoléon en 1810, quand il a fait rapatrier les archives secrètes du pape à Paris. Puis, après la chute de l'Empereur, un général irlandais a ramené secrètement la lettre en Irlande. Mais comme il était l'amant de la grand-mère d'Oscar Wilde, le document s'est retrouvé en possession de celui-ci, et Wilde l'a offert à un amant sicilien à la fin de sa vie, un amant qui était un ancêtre de la famille où j'ai découvert la lettre, à Palerme. Il s'est ensuivi des réactions, car le Vatican, la mafia et le Mossad israélien souhaitent acquérir ce document précieux. Ils m'ont littéralement poursuivi dans ma quête d'informations et ont assassiné mes informateurs.

L'inspecteur Ruby avait tout entendu dans sa vie, les récits les plus saugrenus, mais, s'avoua-t-il à lui-même, celui-ci valait son pesant d'or.

— Bon, professeur, ou vous êtes fou, ou vous me prenez pour un imbécile, ou vous êtes sincère à votre manière, c'est-à-dire que votre récit à moitié facétieux recèle des vérités. Comme vous êtes un homme intelligent et vif d'esprit, vous n'êtes pas fou, et vous ne prendriez pas le risque de me prendre pour un imbécile, même si vous avez été tenté de le faire, quand vous avez cru mon histoire débile de félicitations de la part de mon chef. Donc vous m'avez fait entrer dans votre histoire en vous amusant à être confus. On progresse.

François reconnut en son for intérieur qu'il ne devait pas sous-estimer son interlocuteur. Il faisait partie des intelligents qui cherchent à passer pour des imbéciles, une race bien plus redoutable que celle des imbéciles cherchant à passer pour des intelligents.

— J'ajouterai, pour votre gouverne, qu'avec vingt-cinq ans de métier à la criminelle, j'ai aiguisé mon sixième sens pour déceler les menteurs. Vous n'êtes pas un menteur, vous êtes un homme traqué. Vous ne me dites pas tout. O.K. De toute façon, vous n'êtes pas un homme recherché. Seulement, je vous conseille de ne pas oublier dans quel camp vous êtes, et d'informer les forces de l'ordre, de leur fournir tous les éléments qui pourraient faire progresser l'enquête. C'est tout ce que je vous demande.

— Les tueurs sont organisés, ils sont très probablement liés à la mafia, qui agit sur commande. Le commanditaire est forcément dans l'ombre, mais il évolue assurément dans les sphères liées à l'Église catholique, les hautes sphères, le Vatican. Ce n'est pas la première fois que le Vatican et la mafia font cause commune. Des affaires récentes l'illustrent. C'est sincèrement tout ce que je peux vous dire sur les auteurs de ces actes, répondit François.

— Sur les auteurs, effectivement, je pense que vous n'en savez pas plus, reconnut l'inspecteur Ruby. Mais votre histoire ne sent pas bon. Vous n'êtes pas le seul concerné par les conséquences de votre implication. Il y a une jeune femme avec vous. Nous le savons par les relevés de cartes bancaires qui nous conduisent à des hôtels, en particulier à l'hôtel 1815, où deux chambres sont réservées et puis plus qu'une seule, pour votre dernière nuit. Le nom de cette personne est Laura Zante, ressortissante italienne. Pourquoi ne l'avez-vous pas mentionnée dans votre, disons, récit synthétique ?

— Parce que je veux la protéger.

— Ça, c'est une mauvaise réponse, la seule de notre entretien d'ailleurs, mais rassurez-vous, dans ce genre de situation, il y a toujours une mauvaise réponse, surtout vers la fin, quand les gens en ont marre de discuter, comme vous pour l'instant. Songez aux conséquences de vos actes, professeur, de vos décisions. Vous devriez nous faire davantage confiance, les cavaliers seuls ne font pas de vieux os sur les champs de bataille.

— Je tiendrai compte de vos conseils, inspecteur, et vous communiquerai les informations qui pourraient vous être utiles.

Ils se levèrent simultanément de leur chaise, l'inspecteur salua François en lui signifiant par un regard appuyé qu'il n'était pas convaincu par ses derniers propos. Au moment où ils allaient se séparer, un policier surgit dans le bureau.

— Patron, tentative d'enlèvement près du parc Monceau, un ou plusieurs coups de feu tirés, une victime, une jeune femme, une ambulance est sur place. On a son identité.

Et il tendit un papier à l'inspecteur, stupéfait.

— Laura Zante ! Putain de coïncidence, hein, professeur !

François resta un instant figé sur place, tout devenait irréel, alors que l'inspecteur était déjà sorti de son bureau, pour entrer en action.

49

François, avant de quitter le commissariat, avait réussi à obtenir le nom de l'hôpital où Laura avait été transférée, il s'agissait de l'Hôpital américain de Paris. Il reprit sa voiture et s'y rendit le plus rapidement possible. Il était dépassé par les événements. Dans quel état se trouvait Laura ? Jusque-là, personne n'avait pu le lui dire.

Franchissant la zone des urgences, il se renseigna pour connaître le service dans lequel Laura avait été admise. Après avoir déclaré le lien qui l'unissait à la victime, il apprit qu'elle était sortie de la salle d'opération, et le numéro de la chambre où elle avait été installée. Il s'y rua comme un beau diable, pour se heurter à un médecin qui calma ses ardeurs, en lui expliquant la situation. La balle qui avait frappé Laura avait ricoché sur le sternum, ne provoquant pas de lésion interne. Ça, c'était la bonne nouvelle, et selon le médecin, elle était protégée des dieux. La mauvaise était que sous la violence du choc, son cœur s'était arrêté de battre, pendant un temps certain. Elle était donc cliniquement morte durant une période significative et ne devait son salut qu'aux efforts d'un médecin qui passait par hasard et avait pratiqué les gestes de premiers secours. Mais sa réanimation à l'hôpital s'était bien déroulée, il fallait espérer qu'elle reprendrait ses esprits. Pour l'instant, elle était inconsciente et il n'était pas question d'entrer dans sa chambre et de tenter d'interagir avec elle.

François ne put que se soumettre aux consignes du médecin, lui demandant de le prévenir quand les choses évolueraient. Il allait rester dans la salle d'attente du service. Une longue nuit blanche débutait pour François Lapierre.

Au début, il se remémora les éléments de toute cette histoire, la rapidité avec laquelle Laura était entrée dans sa vie, les aléas de leur recherche, le désordre dans ses habitudes, les dangers qui avaient surgi sur leur route. Son existence avait été chamboulée, et la situation devait se stabiliser. Il n'était plus possible de continuer comme ça. Les épisodes dramatiques s'étaient succédé les uns après les autres, et celui-ci constituait une limite. Il devait en tirer les conséquences, ne plus tergiverser, prendre une décision responsable. Il se souvint des paroles de l'inspecteur Ruby, et du sentiment qu'il avait fini par éprouver à partir des différentes rencontres ponctuant la progression de son enquête historique. Il était entré dans un monde qui n'était pas le sien, ni celui de Laura. Il était désormais partagé entre la peur et son amour pour Laura. Il devait la protéger, il devait se protéger. Il n'y avait pas d'autre issue qu'une sortie de crise qui les éloignerait de la source S.

Les heures s'écoulaient, François s'assoupissait de temps à autre, se réveillait, vidait la machine à café, échangeait quelques paroles avec d'autres personnes qui vivaient leur propre drame. La nuit était longue, mais elle finit par laisser la place au jour, tandis que les services renouvelaient leurs équipes, et il ne manqua pas de se présenter aux nouvelles têtes.

Enfin, on vint le prévenir que Laura Zante était réveillée, et qu'il avait droit à un bref entretien avec elle, dans le plus grand calme. La patiente était encore en état de choc et extrêmement fatiguée.

François entra dans la chambre de Laura, le cœur noué par l'angoisse. Elle faisait peine à voir, manifestement très affaiblie, sous la surveillance d'un matériel électronique sophistiqué.

Elle n'était plus inconsciente, certes, mais sonnée, absente. Elle trouva la force de sourire à François qu'elle reconnut, au grand soulagement de celui-ci. Il s'approcha d'elle et resta debout près du lit. Il se savait maladroit en cet instant, terrassé d'avance par l'annonce qu'il allait lui faire. Mais sa décision était prise, il ne reviendrait pas en arrière.

— Laura… Laura, tu m'entends ?

— Oui, je t'entends… Je suis revenue du monde des morts, je n'ai pas vu Jésus, Sénèque a tapé juste.

François se dit que cette fille avait vraiment du cran, elle encaisserait ce qu'il allait lui faire. Il décida, sans doute à tort, qu'il fallait crever l'abcès immédiatement, pour l'amener au bon choix, et couper l'herbe sous le pied des poursuivants qui ne tarderaient pas à renouveler leur attaque. Il se dit que sous le choc de cet épisode, Laura allait opter pour le bon sens.

— Laura, tes agresseurs ne lâcheront pas prise, ils vont savoir que tu es ici et…

— Mais toi aussi, tu es ici. Tu vas me protéger.

— Oui, justement, je vais te protéger, c'est exactement ça, mais pas comme tu crois.

La jeune femme, pleine de ressources, était capable de percer l'âme de l'homme qu'elle aimait, même dans son état.

— Toi, tu vas dire une grosse bêtise, dit-elle en réussissant à esquisser un sourire.

— Laura, ils vont revenir, même peut-être ici, dans cet hôpital, et Dieu sait ce qu'ils te feront.

— Accouche !

Le ton de Laura avait nettement monté d'un cran. Cette femme allait lui donner du fil à retordre, et pour toujours, il se souviendrait du moment exact où il aurait porté le coup de poignard dans leur amour.

— Laura, il faut en finir, je vais donner la lettre aux Israéliens, j'ai passé un accord avec eux, ils…

C'est alors qu'une tempête se déchaîna, Laura réussit à se redresser dans son lit, le visage instantanément ravagé par l'épreuve, la peine et la colère. Quelle force secrète pouvait bien animer cette femme ?

— Quoi ? Tu es fou ? Mais que vas-tu faire là ? Tu n'as pas le droit, non, tu n'as pas le droit de me faire ça.

— Laura, il faut voir les choses telles qu'elles sont, c'est du suicide de poursuivre cette cavale.

— Du suicide ? Mais c'est toi qui me tues… Oh non… tu me prends tout, tu brises ma confiance, tu brises mon cœur, tu piétines notre amour, tu me voles mon avenir… Dis-moi que ce n'est pas vrai ! cria-t-elle d'une voix déchirée.

François n'était plus que l'ombre de lui-même, un homme vaincu. Il se sentit subitement laid et misérable, c'était pire qu'il ne l'avait imaginé.

— Je suis désolé, Laura, mais je veux te protéger, arrêter la chasse mortelle.

— C'est faux ! Tu n'es qu'un sale lâche, tu as peur pour toi, pas pour moi. Tu n'as aucune estime pour moi. *Sei uno stronzo*, le pire des salauds. Je ne veux plus jamais te voir, va-t'en !

C'était un cauchemar, François voulut s'approcher tout près d'elle. La réaction de Laura fut immédiate, elle se saisit du verre d'eau sur la tablette.

— Reste où tu es !

« Reste où tu es »... François sentit sa gorge se nouer, sa volonté se briser. Elle disait les mots qui étaient l'incarnation de la persécution pour lui, les mots qui avaient ruiné sa vie depuis la mort imbécile de son père au Bataclan, comme si le destin avait trouvé la faille pour le détruire, et qu'il s'en donnait à cœur joie. Il fit la seule chose à faire, il se retourna et s'engagea vers la porte de sortie, sans même essayer d'esquiver le verre volant dans sa direction, qui éclata sur le mur à côté de lui.

— Sois maudit à jamais ! dit Laura en éclatant en sanglots, tandis qu'une infirmière, alertée par les cris, se précipitait dans le couloir pour venir à sa rescousse.

François, tel un fantôme, parcourut les couloirs et atteignit l'ascenseur, attendit qu'il arrive à son étage. Il était seul à y pénétrer et lorsque la porte se referma, il s'effondra par terre, plus qu'il ne s'assit, pour pleurer et se haïr.

50

Laura fulminait. Elle prit néanmoins le temps de se concentrer sur sa situation. Elle était dans un état de faiblesse physique évident, auquel s'ajoutait une détresse psychologique qui avait pour origine François Lapierre. D'une part, il lui fallait récupérer un minimum de force vitale, et d'autre part, ne pas se laisser emporter par le désespoir. Elle mobilisa toute l'énergie qui lui restait pour penser juste, épurer son esprit, renouer avec sa capacité de réaction, y voir plus clair.

C'était une évidence à ses yeux : il fallait agir vite, sortir de cet hôpital qui était aussi un piège, et fuir, quitter ce lieu de malheur et de trahison. Elle devait se retrouver au plus vite avec elle-même, et ce n'était pas là qu'elle y parviendrait. Elle voulait rentrer chez elle, entamer un repli stratégique à Rome, pour analyser la situation et organiser la riposte dans sa nouvelle vie.

Elle était épuisée, le moindre geste lui coûtait beaucoup. Elle retrouva d'abord son passeport, son portefeuille et son portable dans le tiroir de sa table de nuit. C'était un bon point. Elle constata que les fils qui la reliaient aux appareils électroniques se débranchaient facilement. C'était une autre bonne nouvelle. Elle devait néanmoins prévoir qu'elle déclencherait sans doute une alarme en les retirant, et qu'il faudrait faire vite.

En revanche, ses vêtements avaient disparu. Sans doute trop souillés, ils avaient été jetés. Elle ne portait sur elle que sa petite culotte et une chemise de nuit de patient d'hôpital. Il lui faudrait donc mettre la main sur des vêtements pour passer inaperçue. Mais où ? Sans doute pas à cet étage, mais dans un local du personnel où elle trouverait sans doute un vestiaire.

Elle mit mentalement au point son plan pour s'échapper de l'hôpital. La rapidité d'exécution était primordiale, mais resterait-elle tout simplement debout ? Elle se releva, s'assit sur le lit, testa son équilibre en pivotant et en tournant la tête. Elle avait mal partout, mais rien d'insupportable. Elle respira vite et à fond, pour mesurer sa capacité pulmonaire, et les choses semblaient aller de ce côté-là. Elle n'avait aucune blessure apparente, aucun bandage, juste un pansement sur le sternum, donc pas de risque de déchirure ou de rupture de points de suture.

Mais tiendrait-elle le coup ? Le simple effort intellectuel fourni pour planifier sa sortie lui donnait la nausée. Et peut-être était-elle sous l'effet de médicaments, qui atténuaient ses douleurs, l'aidaient à guérir. Elle allait *de facto* interrompre un traitement, quelles en seraient les conséquences ?

Elle décida de passer outre ces considérations. Elle se dit qu'elle avait le meilleur médicament du monde : la rage.

C'était encore le petit matin, il n'y avait pas foule à l'hôpital. Il lui fallait saisir cette opportunité. Alors elle entama sa cavale, arrachant les fils de ses appareils, se levant et quittant la chambre sans montrer non plus trop de signes de fébrilité. Elle était juste une malade qui se déplaçait un peu. Elle arriva sans encombre à l'ascenseur, mais sa tête lui faisait mal et elle était soumise au vertige. Elle profita de la descente de l'ascenseur pour récupérer quelques instants. Elle avait choisi le niveau - 1, se disant qu'à cet étage, elle trouverait une solution pour ses vêtements. La porte de l'ascenseur s'ouvrit, il n'y avait personne dans le couloir, mais en haut, on devait déjà s'agiter après le constat de son évasion par l'infirmière de garde. Elle progressa à pas de loup, jusqu'à ce qui lui sembla être un débarras, rendu inaccessible par une porte vitrée fermée à clé. Elle entrevit à l'intérieur des vêtements qui pendaient, *a priori* une tenue de travail d'un membre du personnel technique non médical.

À l'aide d'un extincteur, elle défonça la porte et pénétra rapidement à l'intérieur, pour s'emparer d'un vieux jean trois fois trop grand pour elle, mais avec une ceinture qu'elle attacha au dernier trou, lui donnant un aspect bouffant de pantalon de clown. Elle passa un vieux pull-over miteux à même sa peau. Les vieilles bottines usées qu'elle enfila étaient à peine trop grandes, et elle compléta cette panoplie d'ouvrier rondouillard du bâtiment avec une casquette gavroche. Elle fut soulagée par l'absence de miroir et quitta rapidement les lieux pour rejoindre le hall d'entrée, la casquette dissimulant son visage, sa silhouette noyée dans la laine usée et le pantalon de baleine.

Elle était sortie de l'hôpital sans encombre, et fonctionnait à l'adrénaline. Désormais, dans l'espace public, elle misa sur la tolérance sociale désormais généralement acquise en matière d'habillement, à une époque où se vêtir n'importe comment n'étonnait plus personne. Elle était contente de cette permissivité culturelle, un homme pouvait s'habiller en femme et une femme en homme, les jeans pouvaient être savamment déchirés et les pulls troués, personne n'y prêtait plus attention.

Elle trouva sans difficulté un taxi devant l'hôpital, dans un espace de parking qui leur était d'ailleurs réservé. Elle sauta dedans, direction l'aéroport Charles-de-Gaulle.

Durant le trajet, elle décida de ne pas penser, de récupérer ses forces, de ne pas pleurer sur son sort. Elle avait franchi le premier obstacle.

Arrivée à l'aéroport, Laura paya le chauffeur en liquide et déboula au comptoir de la première compagnie aérienne qui desservait Rome. Elle voulait acheter un billet pour le prochain vol. Elle eut de la chance, il y avait encore des places disponibles. Elle sortit sa carte de crédit pour effectuer le paiement, mais l'opération échoua. Une deuxième tentative avorta. La représentante de la compagnie lui annonça que son compte bancaire était insuffisamment alimenté. Laura accusa le coup. Elle garda d'abord son calme en essayant de négocier. Elle était prête à signer une reconnaissance de dettes. Rien n'y fit, la représentante était inflexible, compatissante mais dans l'incapacité de faire quelque chose pour elle.

Laura renonça à la lutte, elle était désespérée. Elle se retira du comptoir, visa un siège libre dans la zone d'attente, pour aller s'y effondrer, la tête entre les mains.

— C'est foutu, foutu, foutu !

Elle hallucinait. Au milieu de l'activité trépidante de la zone des départs, elle était comme échouée sur un récif, éprouvant un terrible sentiment d'abandon. C'était la fin, elle allait rester là, quelqu'un viendrait la cueillir, la police interviendrait, elle avait des comptes à rendre à l'hôpital, ou alors les mafieux la rattraperaient, ou pire encore François Lapierre. Comme fugitive, elle faisait piètre figure. Une écervelée, voilà ce qu'elle était. Sans argent à Paris, il ne manquait plus que ça. Elle était au bout de son désastre personnel.

Elle ne vit même pas une très vieille dame se positionner devant elle. Elle était très coquette, avec un petit bagage à main et un parapluie à fleurs. Tout sourire, ses cheveux bien coiffés d'une blancheur éclatante, elle avait cette maigreur des personnes âgées à deux doigts de rompre au moindre souffle de vent. Elle s'adressa poliment en italien à Laura.

— Bonjour mademoiselle. Excusez-moi, j'ai assisté à la scène au comptoir, je suis désolée pour vous.

Laura la regarda, elle aperçut un îlot d'humanité dans son marasme. Elle ne put que lui sourire.

— Oui, c'est vraiment bête, je ne sais pas quoi faire.

— Écoutez, si je puis me permettre, murmura la vieille dame, je voudrais vous aider. Je paie votre billet et vous me rembourserez plus tard, à votre retour chez vous, d'accord ?

Laura avait du mal à croire ce qu'elle entendait. Elle se demanda pourquoi elle était l'objet de sa bonté.

— Mais je ne peux pas accepter, dit Laura, avec une totale absence de conviction dans la voix.

— Mais si, *ragazza*. Entre compatriotes, on doit pouvoir s'entraider. Je prends l'avion pour Turin, et vous allez à Rome, si j'ai bien compris.

— Oui, c'est ça, se contenta de répondre Laura, hébétée.

— Alors pressons-nous, je vais payer votre billet avec ma carte bancaire.

— Et moi, je vais photographier votre carte. Comme ça, j'aurai votre numéro de compte et votre identité pour vous rembourser. Vous avez un appareil photo vous aussi ? demanda Laura.

— J'ai mieux, dit la petite vieille, espiègle. J'ai un téléphone avec un appareil photo dedans !

— Alors, photographiez mon passeport, comme garantie.

— Ce ne sera pas nécessaire. Allez, venez !

Elles se rendirent au comptoir de la compagnie, les formalités furent réglées, Laura avait son billet !

L'heure était venue de se séparer, chacune allait franchir les contrôles et rejoindre sa porte d'embarquement. Au moment de se dire au revoir, Laura ne put s'empêcher de lui demander pourquoi.

— Merci infiniment, mais sincèrement, pourquoi avez-vous fait ça pour moi ?

— Je vais vous faire une confidence. Un jour, j'ai été amenée moi aussi à me déguiser en garçon, j'étais toute jeune, c'était une époque difficile, dans le maquis du Piémont, en 1943... Allez, filez, soyez forte, ça s'arrangera.

Laura, émue jusqu'aux larmes, lui sourit et la serra dans ses bras.

— *Ciao bella !* s'entendit-elle lui murmurer à l'oreille.

51

François fut tiré de son mauvais sommeil par les sonneries répétées de son portable sur la table de nuit. Il était rentré chez lui et – fait exceptionnel – avait pris une quantité de somnifères à assommer un bœuf.

Il avait finalement dormi très peu et il maudit sa négligence de ne pas avoir éteint son téléphone, étant donné qu'il était sûr que Laura ne l'appellerait pas.

— Allo, arriva-t-il à dire.

— C'est l'inspecteur Ruby. Je voulais vous avertir : Laura Zante a pris la fuite. Elle a quitté l'hôpital sans prévenir, et puis on perd sa trace.

— Quoi ? Elle a disparu ?

— Elle s'est enfuie, volontairement. On ne sait pas où. On a déjà vérifié le tracé de sa carte de crédit, mais elle n'a fait aucune dépense depuis son agression. Il est probable dès lors qu'elle est dans Paris. Je vous demande de nous prévenir si elle donne signe de vie. Je peux compter sur vous ?

— Oui, oui, bien sûr. J'ai autant envie que vous de la retrouver. Merci de m'avoir prévenu.

La conversation s'interrompit, elle avait dissipé les effets attendus des somnifères. François se leva en se disant néanmoins que le nombre de tasses de café pour l'aider à réfléchir serait indécent.

Cette fois, Laura était assise sur un siège juste devant la porte d'embarquement. Elle n'avait plus qu'à attendre l'appel pour rejoindre l'avion. Elle s'accorda le droit de se sentir soulagée et de décompresser un peu. Elle éprouvait une sensation de flottement et s'attendait à la forte baisse de régime physiologique qu'il lui faudrait encaisser quand son corps cesserait d'être en état d'urgence.

Elle avait remarqué cette espèce de jeune bellâtre bon chic bon genre qui lui faisait de l'œil et lui tournait autour. Elle se dit que les hommes étaient vraiment des malades. Compte tenu de son état délabré et sa tenue pouilleuse, elle ne ressemblait à rien.

Le séducteur finit par s'approcher d'elle et prendre l'initiative.

— Bonjour mademoiselle, pardonnez-moi de vous importuner, mais j'ai le sentiment que cette journée commence divinement bien !

Parle pour toi, petit con ! se dit Laura intérieurement, en le regardant en mode bovin pour le décourager.

Mais l'homme poursuivait sur sa lancée, persuadé que le silence d'une femme était bon signe.

— Elle commence divinement bien, car le destin nous a mis sur le même vol. Et mon petit doigt me dit que cette journée finira dans une apothéose si, par bonheur, nous sommes assis l'un près de l'autre dans le grand oiseau blanc. Oserais-je vous demander le numéro de votre place ?

D'habitude, on lui demandait son numéro de portable, se dit-elle. Il y avait au moins un élément original dans cette situation. Elle faillit lui dire qu'elle remplaçait le copilote, car le commandant de bord était son amant et qu'il verrouillerait la porte de la cabine de pilotage pour des raisons qui n'avaient rien à voir avec la lutte antiterroriste, mais elle y renonça, elle n'avait pas envie d'engager la conversation et, au contraire, la moutarde lui montait au nez.

— Écoutez-moi bien, énonça-t-elle calmement. Hier, j'ai été tuée ; maintenant, je suis une sorte de zombie poursuivie par la mafia, les Israéliens, le Vatican, la police française, ce salaud de professeur Lapierre et *tutti quanti*, tout ça parce que j'ai découvert que Jésus-Christ, c'était comme Mickey Mouse, une invention. Alors, ne vous collez pas à moi, vous allez vous attirer des emmerdements dont vous n'avez pas idée. Je ne suis pas une bonne affaire, je pue l'hôpital. Cherchez une autre bonne poire pour vous tenir la queue pendant le vol !

Le dragueur était effaré et ne trouvait plus ses mots. Ce type de réplique féminine n'était pas prévu dans son schéma mental restreint. Il battit promptement en retraite en la traitant, bien entendu, de foldingue.

52

Dès qu'elle entra dans son appartement romain, Laura s'assit à son ordinateur pour effectuer un virement électronique au profit de sa sauveuse. Ensuite, elle se déshabilla, fourra ses vêtements dans un sac poubelle et prit une douche libératrice.

Elle se prépara un thé et se souvint de la maladresse de François s'attaquant à la cafetière moka. Elle regarda le peignoir trop petit qui traînait encore sur le divan. Il y avait des traces de François partout, des traces de celui qui lui avait tout pris. Elle s'assit à table, buvant son thé à petites gorgées, courbaturée, épuisée et malheureuse.

À côté de sa tasse, la facture d'électricité, à l'origine d'un fou rire qu'elle avait eu et dont elle se souvenait très bien, semblait la défier. Elle ne résista pas longtemps et forma le numéro du service de réclamations. Elle tomba sur le répondeur, comme s'il pouvait en être autrement.

Il lui restait juste la force de rejoindre la chambre, pour s'effondrer dans son lit, et dormir profondément.

Elle s'éveilla en ayant perdu la notion du temps, en ne sachant plus à quelle réalité se raccrocher, celle du rêve si puissant de mer déchaînée qu'elle abandonnait en s'éveillant ou celle de son minuscule appartement qu'elle redécouvrait après toutes ces péripéties. Elle avait mal partout, résultat des nombreuses négligences médicales de sa part. Elle avala deux Dafalgan *forte* d'un coup, se disant qu'ils feraient l'affaire.

Il faisait néanmoins jour, il fallait qu'elle parle à quelqu'un. Elle alluma son téléphone, il y avait plusieurs messages du professeur Lapierre, qu'elle effaça sans même les écouter. Elle se dit ensuite qu'appeler Palerme n'était pas prudent. *Prudent !* Voilà un mot dont elle s'efforcerait d'apprendre la signification.

À peine après qu'elle eut renoncé à téléphoner à Palerme, son portable se mit à couiner. Elle ne connaissait pas le numéro qui s'affichait. Elle n'hésita qu'un instant avant de prendre l'appel.

— *Pronto ?* dit-elle, sur ses gardes comme jamais.

— Allo ! Ma chérie, où es-tu ?

C'était sa mère, elle s'était débrouillée pour appeler depuis une ligne sécurisée. Peut-être le téléphone d'une amie ?

— Allo maman ! Je suis à Rome, dans l'appartement, je vais bien, ne te fais pas de souci pour moi. Et toi ? Et *zio* ?

— *Zio* va mieux, il doit utiliser une canne pour se déplacer, mais ce sont les seules séquelles qu'il conservera. Il a retrouvé ses esprits.

Laura était horrifiée, elle comprenait que l'impuissance de *zio* Luigi, cloué dans son lit d'hôpital, avait permis aux mafieux de faire usage de son portable pour pister les deux historiens et semer la terreur sur leur passage, à la suite des messages qu'elle avait enregistrés. Elle ne se le pardonnerait jamais. Elle sentit sa mère hésitante, dans la difficulté de lui livrer une confidence.

— Et toi, maman ? Comment vas-tu ?

— Moi, ça va, ne t'inquiète pas, mais j'ai quelque chose de très pénible à te dire, ma chérie. Je préfère le faire pour que tu ne l'apprennes pas par quelqu'un d'autre, je suis désolée de le faire par téléphone.

Cette fois, Laura était au bord de la panique. Le cauchemar continuait, toujours plus aigu, violent, profond. Elle allait encaisser un nouveau coup. Elle ne s'imaginait pas combien il serait brutal.

— Ma chérie, poursuivit sa mère, les larmes montant dans sa voix, il y a eu une catastrophe atroce, c'est vraiment épouvantable.

Laura était résignée, un animal blessé couché par terre. Elle attendait l'estocade.

— Voilà, dit sa mère en se libérant d'un poids terrible, Alberto est mort, il s'est suicidé, on l'a retrouvé pendu dans son église.

Laura sentit la voix de sa mère s'éloigner et se perdre dans les ondes de sa propre souffrance qui l'envahissait, telle une montée de fièvre subite. Ses sens se voilèrent, son esprit refusa puis se soumit, elle éclata en sanglots, elle n'avait plus de mots, elle était vaincue.

— Allo, Laura ?… Laura ? Ma chérie, tu es là ?

Non, elle n'était plus là, elle tombait dans le vide.

Le vide que serait désormais son existence.

53

Personne n'aurait pu véritablement retracer l'emploi du temps du professeur Lapierre durant les vingt-quatre heures qui suivirent sa rupture avec Laura, en particulier François lui-même, qui s'engagea dans une espèce de perdition traduisant un délabrement mental propice aux errances les plus incertaines, et sans doute les plus dangereuses. Il se réfugia dans l'alcool certes, mais aussi sur des bancs publics, contre le parapet d'un pont de Seine, dans des rues mal famées et bruyantes, dans le brouhaha de carrefours, dans des expéditions souterraines au cœur du métro parisien. Il traversa Paris de part en part, de douleur en douleur. Des touristes se souviendraient de cet individu bizarre qui, au deuxième étage de la tour Eiffel, manifestait son antibonapartisme primaire en hurlant et en tirant au revolver mimé avec ses doigts sur les Invalides. Il connut plusieurs poignes de gardes de sécurité divers, à l'entrée d'établissements publics ou de bars louches.

Il fut brièvement poursuivi par un policier après s'être planté, immobile, sur le rond-point de l'Arc de Triomphe au milieu des voitures, ne devant son salut qu'à l'art de conduire des Parisiens moyens dont il garderait le souvenir des Klaxons aux sonorités multiples et variées.

Il avait semé sa pagaille dans Paris.

Il acheva sa misérable tournée dans un bistrot, Le P'tit Beurré, situé dans la proche banlieue, où il entretint une étrange conversation avec le patron. Ce dernier avait l'habitude des propos délirants de clients plus tordus les uns que les autres, mais celui-ci était hors catégorie. Une promesse de 10 000 dollars retint néanmoins son attention.

Rentrer chez lui sans encombre avait tenu du miracle, et à peine la porte de son appartement franchie, François s'effondra sur son lit, sans prendre la peine de se déshabiller, et plongea dans un sommeil noir comme les profondeurs de son âme.

Il se réveilla brutalement en ayant perdu la notion du temps. Il faisait assurément nuit. Quelque chose de nouveau le ramenait à la réalité, le portait, l'aidait à se situer dans le brouillard de son chaos, c'était la colère.

La colère froide, et une décision, celle de passer de l'autre côté du miroir, de rejoindre le monde des spectres et des destructeurs.

Il but du café plus que de raison, pour se préparer à franchir cette frontière. Il décrocha son téléphone, les nerfs en feu.

— O.K., vous avez gagné, je lâche tout, on va en finir, dit François à son interlocuteur.

— Les choses ont fini par trottiner dans votre grosse tête de prof, hein ? lui répondit une voix désormais familière, celle d'Hugo Boss.

— Faisons bref, voulez-vous, je ne suis pas d'humeur. Voilà ce que je vous propose. Dans trois jours, je vais vous remettre la lettre de Sénèque dans une valise blindée, dans un café qui s'appelle Le P'tit Beurré, situé en banlieue. Soyez-y dès 10 heures du matin. Mais il faut préparer le patron, et ça, c'est votre job, pour qu'il ne reste pas dans son établissement, parce que, après notre appel, je vais contacter la mafia pour leur donner rendez-vous un peu plus tard exactement au même endroit. Donc… sortez couverts.

— Je vous rappelle dans une heure pour avoir votre accord et vous donner les détails.

Et François raccrocha.

Boss était au côté de la Mouche, il s'adressa à elle.

— Il veut tout lâcher… « Sortez couverts », a-t-il dit.

— Il veut qu'on fasse le sale boulot de nettoyage à sa place, le petit malin. Il est gonflé, celui-là, se contenta de dire la Mouche.

— En même temps, ce sont les types qui ont buté John Milton, qui avait pas mal d'amis chez nous. Des amis pas mal, je veux dire.

— O.K., j'ai compris, dit la Mouche. Mais on n'est pas assez.

— Je vais demander qu'on nous envoie le Paresseux, annonça Boss. Pour les armes et les munitions, c'est *open bar.*

Durant ce bref échange entre Boss et la Mouche, François, de son côté, avait laissé un message sur le répondeur de Luigi.

— Je sais que vous écoutez. Je vous remettrai le document que vous cherchez vendredi prochain à 11 heures, dans un café qui s'appelle Le P'tit Beurré dans la banlieue nord de Paris. Je souhaite vivement que ce geste de bonne volonté de ma part conduise à l'interruption des hostilités entre nous.

Le plan de François se mettait en marche. Les conséquences ? Il n'en avait cure, ceux qui voulaient du sang allaient en avoir.

54

René Ricard, patron du P'tit Beurré, identifia l'homme solidement charpenté qui venait d'entrer dans son bar comme un type de la catégorie des dominants. Tout sourire, vêtu d'un imperméable et d'un chapeau qui lui donnaient l'allure d'un détective américain des années 1950, il se dirigea vers lui pour commander une bière.

L'établissement venait à peine d'ouvrir ses portes, il était encore tôt et les clients ne se bousculaient pas le matin. Il avait le temps d'écouter l'inconnu de passage, car celui-ci voulait visiblement entamer la conversation avec lui.

— Très sympa, votre établissement. C'est bien ce qu'on m'avait dit.

— Merci, dit le patron, peu habitué aux compliments.

Son bistrot ne valait pas plus qu'un autre.

— Et ce nom, dit Hugo Boss, c'est original.

— En fait, mon père travaillait pour l'entreprise LU, il a fait des Petit Beurre toute sa vie. Alors, pour lui rendre hommage, j'ai appelé mon établissement, P'tit

Beurré, et puis quelqu'un qui est beurré, on voit bien d'où il sort, hein !

— C'est fichtrement bien pensé, ça, lui répondit Boss en souriant.

La glace était rompue. Boss poursuivit sa conquête du territoire.

— En fait, mon impresario est passé avant moi il y a peu, un type bizarroïde, mais avec un bon fond. Il vous a parlé de 10 000 dollars, mais sans précisions.

Des types bizarres, René Ricard en voyait tous les jours, mais les 10 000 dollars firent tilt et réanimèrent ses souvenirs.

— Oui, je me souviens, il n'avait pas l'air dans son assiette, votre gars.

— Certes, c'est un sensible, et un cabossé de la vie, mais il a du flair pour bien faire son job, le repérage cinématographique.

Ricard marqua son étonnement, et Boss entama son explication.

— Voilà, je me présente, Hugo Boss. Voici ma carte.

Il la tendit au patron qui releva immédiatement la référence à Hollywood et fut impressionné.

— Je suis producteur de films, et mon prochain sera un *blockbuster*.

René Ricard n'osa pas lui demander ce que c'était.

— Je suis à la recherche d'un lieu pour une scène très importante du film. Alors, je vous en prie, ce que je vais vous dire est confidentiel. O.K. ? Vous n'imaginez pas l'importance de ne pas dévoiler un scénario dans ce monde de requins.

— D'accord, bien sûr, motus et bouche cousue, s'empressa de répondre le tenancier.

— Bien, je vous décris la scène. Kitty tient un petit bistrot dans le Paris des années 1980, elle a fui l'Amérique pour oublier un amour malheureux avec Jimmy le guitariste. Mais Jimmy, maintenant qu'elle est partie, comprend la grandeur de son amour pour Kitty et finit par la retrouver à Paris. La scène est le moment de leurs retrouvailles. Il entre dans le bar avec sa guitare, elle est stupéfaite et cesse de laver la vaisselle, il sort sa guitare et commence à lui interpréter, rien que pour elle, *Always on My Mind* d'Elvis Presley ! C'est grand ! C'est beau ! Vous imaginez le tableau ? Et votre bar serait le décor idéal, et il serait immortalisé par le cinéma. Qu'en pensez-vous ?

— Ça en jette votre histoire, waouh ! J'en ai les larmes aux yeux, mais vous n'avez pas des bars comme ça en Amérique ?

— Mais non. Moi, je suis pour la vérité cinématographique, on ne peut pas impunément tromper le spectateur par des effets spéciaux. L'action se passe à Paris, il faut être à Paris, parce qu'une caméra, voyez-vous, elle filme l'air, même si les spectateurs ne s'en rendent pas compte, c'est psychologique, et l'air de Paris, c'est l'air de Paris.

René Ricard ne trouvait rien à répondre, mais restait dubitatif, Boss le sentait bien.

— Bien sûr, moi, quand je fais un film, je dépense sans compter, et si je tourne ici, je vous dédommage : 10 000 euros pour deux heures de tournage, si possible vendredi matin. Cela vous conviendrait-il ?

René Ricard considéra que la somme était généreuse, mais il ne connaissait pas les tarifs dans ce genre de circonstance. Cet argent serait le bienvenu pour faire quelques petits aménagements dont il rêvait depuis longtemps pour son bistrot. Et puis, l'autre avait parlé de 10 000 dollars. Maintenant, c'était 10 000 euros. Il y gagnait au change. Il n'hésita plus.

— Tope là ! On fait affaire !

— Magnifique, *man* !

Il s'agissait maintenant d'affiner les détails. Boss sortit un document en anglais qui avait l'air d'un contrat, déjà signé par lui-même, et donna quelques consignes.

— Le jour du tournage, veillez évidemment à ce qu'aucun client ne puisse entrer, annoncez votre fermeture pour ce jour-là à vos habitués. Nous arriverons, la comédienne, le guitariste et moi-même, avant l'équipe de tournage, pour nous mettre dans l'ambiance. Vous avez une entrée par l'arrière, je suppose. Je voudrais qu'on entre par là, pour provoquer le *shocking eyes* chez les comédiens.

— Oui, bien sûr, tout cela est possible. Mais c'est quoi le *shocking eyes* ?

— Ah, mon ami ! C'est de la théorie cinématographique : quand le comédien découvre le lieu où il va tourner une scène sans avoir jamais vu ce lieu, il est meilleur, plus naturel.

— Ah, d'accord.

— Donc, vous nous ouvrez par l'arrière, et puis, vous quittez les lieux, vous allez chez un voisin ou faire vos courses. C'est important, le scénario est top secret, je vous le rappelle, et l'interprète de Kitty est une comédienne, disons, très soupe au lait, un peu hystérique, voyez-vous. Elle a ses humeurs. Et elle est superstitieuse, c'est terrible. Elle ne supporte pas un étranger quand elle tourne une scène.

— Ah, d'accord, répéta René Ricard.

— Ben, je crois qu'on a fait le tour. Si vous avez des questions, vous pouvez bien sûr m'appeler.

— Je crois que j'ai tout compris. Voulez-vous une autre bière ? C'est la maison qui régale ! dit Ricard, un grand sourire aux lèvres.

— Merci mille fois, *partner*, mais je dois aller voir des investisseurs français du film. *Time is money !*

55

Au petit matin de ce vendredi-là, François s'habilla avec des vêtements souples, ne prit que deux cafés, tout en affichant une mine déterminée, en phase avec la cohérence de ses nouveaux choix. Ce qu'il allait faire aujourd'hui clôturerait un cycle.

Du côté des Israéliens, on se préparait aussi, on s'équipait surtout, dans un silence professionnel, avec un armement diversifié. Boss avait choisi un fusil d'assaut Tavor et un pistolet automatique IMI Desert Eagle. Il ne résista pas à emporter aussi, en réserve, son bon vieux pistolet Beretta 9 mm qui était son porte-bonheur, comme d'autres suspendent des pattes de lapin dans leur voiture. La Mouche s'était saisie d'un pistolet Jericho 941, dont elle appréciait l'ergonomie, idéale pour sa petite main. Mais son plat de résistance était constitué par deux pistolets mitrailleurs Micro Uzi, une arme à utiliser sans prise de tête, d'une cadence de tir de 1 200 coups par minute. La Mouche avait fait ses petits comptes : avec un certain nombre de chargeurs de vingt cartouches, elle pourrait rafaler quelques secondes, une durée largement suffisante pour une extinction massive de toute espèce d'adversaire à proximité.

Le commando comptait un troisième membre qui les avait rejoints dare-dare, cheveux longs, tête d'Indien et d'une maigreur à faire peur. Il était surnommé le Paresseux, parce qu'il faisait tout lentement, le moindre geste semblait lui coûter une folle énergie. Comme il était taiseux, on aurait dit qu'il avait une réserve limitée de mots par jour. Cette passivité était d'autant plus inexplicable qu'elle contrastait de manière frappante avec la rapidité qui était la sienne dans le maniement d'armes et l'action au feu. Il devenait littéralement un autre homme, d'une efficacité telle qu'il était considéré comme un des meilleurs *snipers* de Tsahal. Cet individu continuellement plongé dans la torpeur était en réalité une redoutable machine de guerre.

Pour sa part, il avait opté pour un DAN.338, le fusil chouchou des tireurs d'élite.

L'équipe israélienne quitta son logis, avec des sacs contenant le matériel et un étui de guitare qui dissimulait le fusil à précision du Paresseux. Boss était le plus songeur des trois, il y avait une inconnue, l'attitude de Lapierre. Il était prévu qu'il remette la mallette dans le bar, mais il allait s'exposer au feu et ce crétin n'y connaissait rien. C'était le point faible de l'équipe du Mossad : travailler avec un amateur qui avait dicté l'agenda.

Il songea aussi au patron du bistrot, il s'attendait à un film sentimental, c'était plutôt un remake d'O.K. Corral sauce kalachnikov.

Le trio arriva à destination plus tôt que prévu, se doutant que tous les protagonistes de l'affaire feraient de même. Ce fut Boss qui ouvrit la marche pour arriver par l'arrière du bistrot et l'entrée du domicile privé de Ricard, relié à son établissement. Ainsi leur arrivée n'était pas visible de la rue. Il frappa à la porte. Le tenancier les accueillit. Boss affichait un sourire éclatant.

— Bonjour *partner*, c'est le grand jour ! En Amérique, on dit *the Great Day* !

— Je vous attendais avec impatience, répondit Ricard.

Boss franchit la porte, suivi de la Mouche. René Ricard s'extasia.

— Vous, vous êtes Kitty !

— *Yeah ! You are very funny !* répondit la Mouche, qui joua son rôle jusqu'au bout en prenant un *selfie* avec le patron du P'tit Beurré, tout sourire.

Ce fut au tour du Paresseux d'entrer, avec sa « guitare ».

— Vous, vous êtes Jimmy !

— Hmm, se contenta-t-il de répondre.

Et ce serait sans doute l'une des seules expressions de sa journée.

Boss reprit les choses en main.

— Bon, on fait comme on a dit, et on se retrouve à la fin de la matinée.

— O.K. *man*, s'essaya Ricard. Je vais aller faire mes courses et mon tiercé. Vous êtes ici chez vous.

Les trois agents s'installèrent dans le bistrot. La Mouche et Boss s'attablèrent à droite de l'entrée, et le Paresseux monta avec son étui à guitare à l'étage (qui offrait une vue plongeante sur la salle) mais se dirigea vers les toilettes. Il comptait ensuite monter sur le toit en grimpant par une fenêtre, afin de couvrir Lapierre si nécessaire.

La Mouche et Boss sortirent leurs armes des sacs pour une ultime vérification. La Mouche avait prévu un petit plus, une grenade, au cas où.

Il ne leur restait plus qu'à attendre.

Comme c'était prévisible, plus tôt que prévu, plusieurs hommes avec des mines patibulaires entrèrent pratiquement en même temps dans le bistrot. Trois d'entre eux s'installèrent à une table située en face de celle des deux agents israéliens, à gauche de l'entrée ; deux autres prirent la table à côté, à proximité du bar ; un sixième homme les suivait, avec un étui à guitare, et lui aussi se rendit à l'étage. C'était décidément le rendez-vous des musicos. Ce pseudo-guitariste vivait sans aucun doute possible ses dernières secondes de vie, se dirigeant droit vers un couteau de combat de Tsahal dont il n'aurait pas le temps d'admirer la lame large comme une main.

Comme il n'y avait personne derrière le bar et que personne n'était servi, les différents protagonistes doutèrent de moins en moins qu'on fût vraiment dans un remake d'O.K. Corral. Mais tant que le professeur Lapierre ne se manifesterait pas, il ne se passerait rien, Boss en était persuadé.

François arriva à pied dans la rue très tranquille du P'tit Beurré. Il avait dans la main une mallette métallique argentée et marchait d'un pas ferme. Il ne remarqua pas les deux hommes qui le suivaient des yeux depuis une voiture parquée juste en face de l'entrée du bistrot sur l'autre trottoir. En revanche, le Paresseux, qui avait pris position sur le toit avec son fusil à lunette, après avoir égorgé son homologue abandonné dans les toilettes, avait quant à lui repéré les deux hommes en train de se préparer à jaillir de leur voiture pour bondir sur Lapierre.

Ensuite, plusieurs choses se déroulèrent en même temps. François Lapierre s'arrêta net devant le bistrot, et il est difficile de dire lequel des deux hommes se préparant à sortir de la voiture cessa de vivre en premier, tant les deux coups de feu en provenance du toit furent rapprochés et, surtout, fatals : une balle entre les deux yeux chacun, l'égalité devant la mort.

Plutôt que d'entrer dans l'établissement, d'un geste ample, François balança la mallette à travers la vitrine du bistrot qui éclata en mille morceaux et prit la poudre d'escampette en courant à toute allure.

Alertés par les coups de feu venant de l'extérieur alors que, simultanément, cette mallette tombait entre les tables, les protagonistes se déchaînèrent, les armes se mirent à cracher des balles de toutes parts. Dans un réflexe commun, les tables en métal avaient été renversées pour servir d'abris, et les deux camps se canardaient. Les deux hommes proches du bar se ruèrent à l'intérieur de celui-ci, s'offrant une sérieuse protection, et un angle de tir potentiellement très meurtrier pour leurs adversaires. La Mouche, qui avait pigé la manœuvre, avait entamé la prestation qui était sa spécialité, elle avait roulé latéralement sur elle-même en rafalant à tout-va, un Micro Uzi dans chaque main, pour atteindre le mur qui séparait le bar d'une salle annexe. Elle cribla ainsi de balles deux des hommes de la première table, désormais plus passoires que corps humains, et s'assura une nouvelle protection. Comment avait-elle fait ? En fait, son surnom, la Mouche, n'était pas lié à sa petite taille, mais à sa performance visuelle digne d'une mouche, pouvant voir dans toutes les directions en même temps. La tête en bas ou en haut, la Mouche conservait sa capacité d'identification d'une cible.

Mais Boss était resté seul, sous le tir croisé des deux hommes dans le bar et du tireur rescapé de la première table, en fait Fabio, le chef des mafieux qui, bien qu'ayant la rotule droite éclatée, continuait à arroser sa table. Le combat avait commencé cinq secondes plus tôt, Boss ne tiendrait pas quatre de plus.

Alors la Mouche dégoupilla sa grenade et la lança derrière le bar, en hurlant en direction de Boss.

— Couché ! Oreilles !

Boss se mit à plat ventre et se boucha les oreilles avec ses mains au moment même où une explosion assourdissante brisait littéralement le bar en deux, projetant des débris dans toutes les directions, fracassant toutes les vitres intactes et remplissant l'espace d'une âcre fumée.

Assourdi par l'explosion de la grenade et ébranlé par son souffle, Fabio, déjà blessé, se déplaça légèrement, oubliant pendant une fraction de seconde sa prudence de Sioux. Alors Boss l'aligna et, sans hésitation, lui fit exploser la poitrine, révélant à la place du cœur un trou béant calciné.

C'était terminé, l'affrontement avait duré une dizaine de secondes.

Boss se débarrassa des débris qui le recouvraient, vérifia qu'il n'était pas lui-même blessé et contempla le spectacle de désolation, et le bar éventré.

— La Mouche, quand je disais que c'était *open bar* pour les munitions, c'était une métaphore !

Elle lui sourit, son patron était un grand chien fou, et c'était sa façon bien à lui de la remercier de lui avoir sauvé la vie. Elle parcourut rapidement la pièce dévastée et se rendit derrière ce qui restait du bar. Boss l'interpella.

— Combien de méchants tués ?

— Pour le Paresseux, au moins un en haut, mais il a tiré deux coups de feu dans la rue, donc deux morts, ça fait trois. Pour nous… Attends… Cinq, je crois.

— Tu crois ?

— Derrière le bar, ce sont des exemplaires incomplets, mais je pense qu'il y a deux têtes.

— Donc 8-0, pas mal.

Il se dirigea vers la valise en métal, dont la solidité avait résisté aux événements sanglants. La Mouche le rejoignit. Le mécanisme d'ouverture était intact. Boss s'adressa à la Mouche.

— Tu veux l'ouvrir ?

— Pourquoi moi ?

— Parce qu'il n'y a rien dedans, j'en suis sûr.

La Mouche s'exécuta, ouvrit la valise. La lettre de Sénèque s'y trouvait, bien protégée. Une petite enveloppe l'accompagnait, et la Mouche en retira un papier sur lequel on pouvait lire :

Moi aussi, je dis la vérité.

— Notre prof commence à jouer au poker, constata Boss. J'aime bien, il devient plus couillu.

56

Lorsque René Ricard rentra chez lui, après son tiercé, les agents israéliens avaient quitté les lieux depuis belle lurette, tandis que des véhicules multiples de police, de pompiers, des ambulances s'étaient agglutinés devant son établissement dévasté.

Il n'en croyait pas ses yeux. Était-ce une explosion de gaz ? Et l'équipe de tournage ?

— Qu'est-ce que c'est que cette dévastation ? se contenta-t-il de dire, complètement effaré.

Un policier en civil se présenta à lui.

— Inspecteur Ruby. Vous êtes le propriétaire de l'établissement ?

— Oui, c'est… c'est exact.

— Vous n'étiez pas présent au moment des faits ?

— Non, j'étais parti pour laisser la place à une équipe de tournage d'Hollywood. Ils aimaient bien mon bar pour tourner une scène genre *love story*, vous voyez.

— Oui, je vois.

— Il m'avait dit de ne pas rester parce que Kitty, l'actrice, ne supportait pas d'être dérangée pendant le tournage.

— Ils étaient combien ? demanda Ruby, le carnet de notes en main.

— Trois, le producteur – voici d'ailleurs sa carte de visite – Kitty et Jimmy, le guitariste.

— Jimmy, le guitariste ?

— Oui, le type qui devait séduire Kitty en interprétant une chanson d'Elvis. Je ne sais plus laquelle.

— Bon, un agent va prendre votre déposition, d'accord ?

Ruby se sentait déjà las. Quelle poisse pour commencer la journée. Il en avait jusqu'à la nuit avec ce bazar. Un policier en uniforme vint l'informer.

— Inspecteur, il y a des morts partout, même dans les toilettes, on a utilisé des armes de guerre, c'était Stalingrad ici.

Bien que la comparaison soit exagérée, Ruby reconnut que ce qui ressemblait à un règlement de comptes était peu ordinaire. Il écarta d'emblée la piste terroriste, même si la question serait posée dans les titres de journaux pour appâter le lecteur. Il jeta un œil à la carte de visite au nom d'Hugo Boss, déjà persuadé qu'elle ne conduirait nulle part.

François était rentré dans son appartement, l'étau de la peur se desserrait enfin. Ce qu'il avait accompli lui semblait totalement irréel, un événement dans un monde parallèle qui n'était pas le sien. Il prit une douche pour se détendre et se nettoyer des affres de cet épisode terrible de sa vie. Alors qu'il se séchait, son portable annonça l'arrivée d'un texto :

Tout est O.K., prof. Voici mon nouveau numéro de téléphone, j'ai changé d'opérateur, l'ancien était avare en minutes gratuites. Bonne chasse aux antiquités !

Et c'était signé Boss.

Sans réfléchir, le portable dans la main, il tenta de téléphoner à Laura. En vain. Il tomba une fois encore sur son répondeur et ne laissa pas de message.

Sa baraka téléphonique appartenait au passé, elle ne ferait plus rigoler Laura Zante.

Il déambula dans son appartement, pour s'arrêter ensuite devant sa fenêtre et contempler le dôme des Invalides. Il se mit à parler tout seul.

— Tu es là, et tu n'es pas là. Où as-tu caché la fin de la lettre de Sénèque, nom de Dieu ? Où ?

Et pourquoi ? Jusqu'où faut-il aller pour avoir les réponses ?

Sans le chercher, un nom lui vint à l'esprit, comme soufflé par un revenant : Sainte-Hélène !

Ironie du sort, sainte Hélène était la mère de l'empereur romain Constantin qui se convertit au christianisme. Très croyante, elle se rendit en Terre sainte pour sauvegarder les vestiges du christianisme, dont la Vraie Croix et d'autres reliques.

57

Alessandro, ouvrier municipal du cimetière de Sant'Orsola de Palerme, arrêta un instant de ranger ses outils pour contempler la déesse qui passait dans l'une des allées le long des tombes. Une déesse triste, alors que sa beauté était telle que la mort n'aurait pas dû avoir prise sur elle.

Laura Zante ne se rendit pas compte du regard admiratif, suppliant même, et néanmoins discret qui se posait sur sa personne. Elle songeait à son récent retour à Palerme pour retrouver sa mère, la maison familiale, son oncle, ses racines. Quand elle était encore à Rome, *zio* Luigi lui avait téléphoné, elle avait pu enfin entendre sa voix, qui lui annonçait que le contrat sur sa tête était levé et qu'elle pouvait revenir sans crainte. Il ne savait pas pourquoi, mais c'était ainsi.

Laura, elle, savait.

À son retour à Palerme, un certain nombre de choses avaient changé, dont une en particulier. *Zio* Luigi était désormais handicapé à vie à la suite de son « accident ». C'était la version officielle. Il n'avait jamais avoué la vérité du tabassage en règle dont il avait été victime, il avait même vendu sa voiture en cachette prétendant qu'elle avait été déclassée dans cet accident. La maman de Laura s'était beaucoup occupée de lui, meublant aussi sa propre solitude, et depuis lors, Luigi était très souvent à la maison familiale.

Un soir, à table, Laura avait capté que *zio* Luigi et sa maman se comportaient comme deux collégiens gênés ayant un aveu à faire. Elle devina, bien sûr, et leur facilita la tâche. Ils s'excusèrent d'abord, invoquant la mémoire de son père, mais Laura balaya cette référence, les morts étaient avec les morts, et les vivants, avec les vivants. Laura leur montra qu'elle était heureuse d'apprendre cette nouvelle, ils allaient vieillir ensemble, amoureux, et ils méritaient de vivre leur amour, car l'amour était plus important que tout. Laura les libérait, et c'était la plus belle chose qu'elle ait faite depuis longtemps. Ils rirent beaucoup ce soir-là, et *zio* Luigi but du bon vin, et sa mère aussi.

L'esprit libéré, ils annoncèrent à Laura qu'ils avaient l'intention de se marier, et Laura leur répondit avec humour qu'elle serait vraiment contente d'avoir un petit frère ou une petite sœur.

La vie, la mort. Aujourd'hui, elle était devant la tombe d'Alberto. Elle y déposa, accrochée à une rose, une enveloppe contenant un petit papier. Un mot était écrit dessus :

J'ai aimé deux hommes et ils sont partis.

Je ne t'ai pas aimé et tu es resté.

Portée par le silence du cimetière, elle laissa vagabonder son esprit et sa peine, au rythme de la brise légère qui parcourait les allées et les pierres tombales.

Laura était une femme seule, profondément blessée, elle ne voyait pas d'autres options crédibles que celle d'aller de l'avant. Elle allait continuer à avancer, à travailler sur la lettre de Sénèque, pour défendre sa découverte, pour que la mort qui avait trop souvent frappé dans cette histoire n'ait pas le dernier mot, pour oublier ses déceptions, tirer un trait sur sa rencontre avec le professeur Lapierre, une déviation qui l'avait conduite dans une impasse sur la route de l'exploitation de sa découverte. C'était la vie, on se trompait de chemin, on rectifiait. Elle s'en remettrait et tirerait leçon de cette expérience. Elle se fit la promesse que le prochain homme de sa vie n'aurait rien à voir avec le milieu des historiens. Il valait bien mieux choisir quelqu'un de différent, pour partager mieux ensuite.

Elle allait poursuivre la tâche tout simplement parce qu'elle était une historienne.

Elle salua Alberto et fit demi-tour pour rejoindre la sortie du cimetière. Lorsqu'elle fut partie, le jeune Alessandro ne résista pas à la curiosité de savoir qui était enterré à l'endroit où avait médité la madone. Il s'approcha de la pierre tombale et lut le nom du défunt à voix basse. Cet homme avait plus de chance que bien des vivants, car il avait croisé dans sa vie une femme pareille et avait su retenir son attention et son cœur. Il voulut lui demander conseil, comme un appel vers l'au-delà, pour, lui aussi, réussir sa vie. Il ne toucha pas au message de Laura. Passant ses journées avec les défunts, il savait que c'était un sacrilège. Et il croyait que c'était en n'en commettant pas qu'on rencontrait l'amour et la fortune.

Il avait encore beaucoup de choses à apprendre.

58

Sainte-Hélène, île volcanique de 122 km^2 et peuplée de moins de 5 000 habitants, perdue dans l'océan Atlantique, n'était pas une destination touristique classique. Elle devait, bien sûr, sa réputation au deuxième exil et à la mort de Napoléon. François ne partit pas sur un coup de tête, il organisa son voyage avec soin, tenant compte de ses vacances académiques, car il assurait de nouveau ses cours et tentait de reprendre en main sa vie quotidienne.

Par chance, il éviterait le bateau, un aéroport venait d'entrer en fonction sur l'île, permettant une liaison aérienne, avec la compagnie aérienne Airlink, entre Johannesburg en Afrique du Sud et Jamestown, la ville principale de Sainte-Hélène, comptant moins de mille habitants. Les vols entre Paris et l'Afrique du Sud étant fréquents, il calibra sa liaison avec Sainte-Hélène en fonction des disponibilités.

Il réserva une suite à l'hôtel The Consulate, de style colonial, situé sur Main Street à Jamestown, une des bonnes adresses de l'île, où il ne risquait pas d'être sollicité par une vie nocturne débridée, mais un peu de confort lui permettrait de mieux réfléchir. De là, il pourrait rejoindre tous les sites mémoriels napoléoniens en activité et s'imbiber de l'atmosphère du dernier lieu de vie, une prison, de l'Empereur. Il irait visiter Longwood House, la tombe, bien sûr aujourd'hui vide, située dans une petite vallée, le pavillon des Briars, la demeure de Napoléon durant les premiers mois de son exil.

Il ne s'attendait pas à une découverte miraculeuse, mais il espérait prendre du recul tout en étant au cœur d'un lieu de mémoire susceptible de l'inspirer. C'était *a priori* l'inspiration qu'il partait chercher à Sainte-Hélène. En fait, sa motivation était floue, il savait juste qu'il devait partir là-bas, qu'il voulait vivre une errance utile, comme il l'appelait, à mi-chemin entre la fuite en avant et le pèlerinage.

Peut-être espérait-il simplement se retrouver ?

Son séjour à Sainte-Hélène se déroula sans surprise, très éloigné d'une aventure avec à la clé la trouvaille d'une vie. Plus visiteur que chercheur, il partagea son temps entre les parcours touristiques, les promenades dans la nature de cet espace rude plutôt qu'hostile, savourant les contrastes entre les décors déchiquetés de l'empreinte minérale de l'île et l'océan à l'assaut du rocher porteur d'une poignée d'hommes. Ses soirées au bar de l'hôtel étaient celles d'un homme solitaire ne cherchant pas particulièrement la compagnie, mais ne la fuyant pas non plus. Comme il s'y attendait, il croisa un collègue de Princeton, Marcus Holden, qui guidait un groupe de napoléoniens américains passionnés, tout émoustillés par les conférences du maître qui avait l'art de laisser planer le doute sur la fin de Napoléon à Sainte-Hélène, jouant sur la rumeur de la fuite de l'Empereur en Amérique. Les gens adoraient ça, l'histoire parallèle, l'histoire non officielle et forcément plus vraie. François s'était bien amusé en s'invitant à la conférence qu'il avait donnée un soir à l'hôtel, au terme de laquelle ils avaient pris un verre entre collègues, accoudés au comptoir du bar. La conversation avait roulé sur les indices de présence de Napoléon en Amérique, et la polémique entretenue du transfert d'un corps aux Invalides qui n'était pas celui de Napoléon. Ce fut la seule soirée animée de François à Sainte-Hélène.

La veille de son départ, connaissant mieux son environnement, il décida de s'offrir une promenade hors des sentiers battus. Il s'aventura sur les chemins de la Rupert's Valley, en direction de Longwood. Après une marche d'une heure à un rythme soutenu, il décida de faire une pause.

François s'était couché dans l'herbe maigre battue par le vent qui venait du large. Dans sa somnolence, il entendit une voix et aperçut un homme qui le regardait. Il était d'une laideur étrange, déroutante, son visage était le fruit d'un métissage, mais comme si les couches génétiques, tels les éléments d'un masque, s'étaient superposées sans se mélanger : des yeux asiatiques bridés, un nez africain, une bouche occidentale, des cheveux roux. L'homme s'adressait à François avec un accent indéfinissable.

— Tu as l'air d'un homme perdu. Es-tu perdu à force de chercher en vain ?

François était déconcerté par cette apparition et les propos tenus, mais comme il n'avait plus la force de résister à rien, il s'abandonna sans réticence à la conversation naissante.

— Je cherche un message du passé.

— Si tu cherches un message du passé, il s'y trouve encore, et tu ne le découvriras pas ici, sous le ciel de ton présent, vautré dans l'herbe tendre.

François n'estima pas utile de lui révéler qu'il était historien. À quoi bon livrer à un inconnu au discours abscons ce genre de confidence ?

— S'il y a un message, il y a un messager, dit le métis, et ce messager est Napoléon, n'est-ce pas ?

Son interlocuteur était finaud, pensa François, mais en même temps, ils étaient à Sainte-Hélène. Ce métis aurait pu être un chiromancien, c'est-à-dire un bon observateur.

— Oui, je cherche un message précieux de Napoléon, dit François, voulant voir jusqu'où il jouerait le jeu.

— Tu sais qu'il n'est plus ici ?

— Bien sûr, il est à Paris, d'où je viens.

— Tu dois réfléchir à cela, réfléchir à ce que les hommes laissent derrière eux et à ce qu'ils emportent avec eux… Tu ressembles à un historien. Songe aux pharaons.

François avait du mal à saisir le fil de la conversation et à voir où voulait en venir le métis. Mais cet homme, jusque-là, voyait juste en ce qui le concernait. Il décida de répondre avec la même tonalité d'esprit.

— Les pharaons emportaient leur garde-manger dans leur tombe.

— Tu feras de même à ta mort. Tu aimes bien manger, cela se voit !

Pour la première fois, ils partagèrent un sourire de complicité. Qui était cet homme ? se répéta François.

— Qui êtes-vous ?

— Je ne sais pas. Regarde mon visage, je ne suis ni d'ici, ni d'ailleurs, j'entretiens les jardins de Longwood comme mon père, mon grand-père et son père avant lui. Je dois avoir du sang chinois, esclave, blanc. J'entretiens les jardins pour les fidèles, les curieux et maintenant les touristes. Toi, tu n'es pas un touriste, car tu es très malheureux, et je vais te montrer quelque chose parce que tu aimes les énigmes.

Cet homme singulier lisait en lui avec une facilité déconcertante. Était-il à ce point transparent ? Toutes ses barrières de défense étaient-elles tombées ?

Ils marchèrent côte à côte pendant un moment, puis François suivit le métis, car le chemin se rétrécissait et devenait plus escarpé. Muni d'un bâton, le métis semblait ouvrir un sentier devant lui. Il émanait de cet homme quelque chose d'indéfinissable, de rassurant, d'étrangement lumineux et d'humble. François le suivait sans appréhension, gagné par une confiance dont il ne percevait pas l'origine. François ne se souvenait pas d'avoir éprouvé une telle douceur dans le regard d'un homme.

Ils ne parlèrent pas durant leur marche. Ils arrivèrent devant un massif rocheux qui laissait entrevoir l'ouverture d'une grotte. Ils s'arrêtèrent et le métis lui donna des consignes.

— Tu vas entrer dans cette grotte que personne ne visite jamais, car c'est un trop long détour pour y arriver, et les touristes n'aiment pas les détours. Marche environ cinquante mètres, puis prends le couloir de droite. Il faut toujours prendre le couloir de droite quand on est dans une grotte inconnue. Ensuite, tu verras au fond du couloir une paroi, et dans celle-ci une cavité. Et si tu sais lire dans le cœur des hommes, et dans le tien, tu découvriras peut-être ton message.

François était maintenant réellement intrigué. Il exécuta les consignes de son guide, s'enfonça dans la grotte avec une lampe de poche qu'il lui avait confiée. Il n'était pas claustrophobe, mais éprouvait néanmoins un sentiment désagréable d'oppression dans la poitrine. Il s'avança dans le couloir de droite, qui rétrécissait, raréfiant progressivement son espace disponible. Il voulut faire demi-tour, mais se ravisa. Ce couloir était beaucoup plus long que les cinquante mètres de l'entrée, une précision que ne lui avait pas fournie le métis. Était-ce un oubli ? Était-ce volontaire ? Il atteignit enfin la paroi et l'explora brièvement avant de dénicher la cavité censée être le but de sa visite souterraine. Cette cavité ressemblait à un autel miniature antique, comme ceux disséminés dans les catacombes. Il laissa ses yeux parcourir le lieu. Au début, il ne remarqua rien, puis il distingua une croix maladroitement gravée dans la pierre, avec d'un côté la lettre N et de l'autre la lettre S, « Notre Seigneur », une graphie chrétienne classique. Mais le S était un palimpseste. Une deuxième lettre s'entremêlait au S, la lettre B. Du coup, les initiales pouvaient désigner Napoléon Bonaparte. À moins qu'elles ne désignent Néron Sénèque…

François prit le temps d'apprécier ce moment et médita en laissant parler son cœur et en songeant à l'auteur du graffiti, Napoléon en personne. Il laissa la légende des siècles se dissiper, les couches mémorielles fondre comme neige au soleil, le temps s'abolir, et retomber les effluves sulfureux du chaos de l'histoire et des drogues de son interprétation.

Le Christ, Sénèque et Napoléon étaient réunis par le secret que François cherchait à découvrir. Les trois hommes n'étaient pas unis par une illusion, mais par une vérité. C'était ça le message de Napoléon, et celui que lui, l'historien, était venu chercher.

Et on ne cherche pas une vérité comme on déniche une illusion.

François prit conscience que dans sa quête, il cherchait moins la démonstration de la vérité que la déconstruction d'une illusion. Il s'était mis d'emblée du côté de Sénèque, et il avait élaboré son argumentaire historien en comparant deux mille ans de traditions chrétiennes et une lettre, une seule lettre, qui semblait illustrer la vacuité et la vanité de ces deux mille ans d'illusions. Était-ce la bonne méthode ? Il comprit que non, et qu'il s'était comporté comme un débutant. Comment était-ce possible, lui, historien renommé ? Il s'était laissé dominer par la lettre de Sénèque, il ne l'avait pas assimilée en historien, il ne l'avait pas soumise, comme un dresseur de cheval le fait avec sa monture, et comme c'était nécessairement le cas avec toute source du passé, pour qu'elle trouve sa véritable place dans l'étape finale de l'interprétation historique, l'herméneutique.

Alors qu'il croyait avoir ouvert une brèche, il avait rétréci son champ de vision. Et le couloir qu'il venait de franchir pour arriver jusqu'à la cavité lui semblait en être la métaphore.

Il s'était laissé dompter par la lettre de Sénèque, parce qu'il s'était laissé emporter par Laura Zante ou, plutôt, par l'inconstance de ses propres désirs.

Lorsque François ressortit de la grotte, le métis avait disparu. Avait-il seulement existé ?

François se demanda si, dans son exil intérieur, il pouvait aller plus loin que Sainte-Hélène. Il venait de comprendre qu'il n'avait plus rien à faire sur cette île.

Il éprouvait à cet instant la certitude qu'il ne retrouverait jamais la fin de la lettre de Sénèque.

Et qu'il ne retrouverait jamais Laura Zante.

59

Giovanni Monte était de veille ce soir-là dans la rédaction du *Corriere della Sera* quand il reçut un courriel, à l'adresse intraçable, annonçant en pièces jointes des photographies impliquant un haut responsable de l'Église catholique dans des activités pédophiles. Les documents ne prêtaient à aucune confusion possible. Il s'agissait bien de Paolo Marcinkis, sous-secrétaire de la Commission pontificale d'archéologie sacrée, se livrant à des pratiques atroces avec de très jeunes enfants manifestement drogués. On le distinguait également dans des orgies organisées dans des clubs privés anonymes, où les visages des autres participants étaient floutés.

Des lettres anonymes complétaient le dossier, dont celles d'un détective privé, d'un médecin qui avait examiné des enfants, et d'un jeune adulte, autrefois victime des sévices de Paolo Marcinkis. Les deux dernières personnes étaient prêtes à témoigner contre lui en cas de procès public.

Giovanni Monte avait immédiatement contacté son rédacteur en chef et avait confié les photographies à un analyste des images spécialiste des trucages. Selon ce dernier, ces images n'avaient pas été retouchées, étaient authentiques, à moins d'avoir été bidouillées par un « grand service » usant d'une technologie indétectable, avait-il précisé prudemment. En réunion de rédaction, on ne trouva aucune raison valable de voir « un grand service » charger ainsi un prélat malgré tout de deuxième catégorie.

La publication de ces preuves accablantes déclencha un scandale de grande ampleur, d'autant que le pape était particulièrement sensible à la lutte contre la pédophilie au sein de l'Église catholique romaine.

En dépit de la réaction indignée de Marcinkis niant catégoriquement les faits reprochés et hurlant à la manipulation, celui-ci fut chassé de l'Église, dans l'attente de poursuites judiciaires.

Quelque temps plus tard, la presse rapporta que le prélat déchu, fort affecté, et qui vivait reclus dans son domicile privé, un appartement discret dans le quartier romain de Trastevere, avait été retrouvé mort dans l'escalier de son immeuble, résultat d'une vilaine chute qui lui avait fracturé la nuque, alors qu'il était manifestement ivre au moment de l'accident, d'après les premières analyses. Mais aucun article n'évoqua ce jeune homme aux longs cheveux et à la tête d'Indien qui était sorti de l'immeuble juste après l'accident, et avait rapidement gagné l'aéroport de Rome, pour embarquer, avec un passeport belge au nom de Georges Callebaut, sur un vol à destination de Bruxelles. Aucun article non plus ne rapporta le fait que ce même jeune homme, deux jours plus tard, avait pris un avion faisant la liaison Bruxelles-Tel Aviv, avec un passeport israélien au nom de Menahem Gregorovitch.

Une semaine plus tard, cette même presse fit le récit de la découverte macabre par un bateau de pêche sicilien, en eaux peu profondes, du cadavre de Riccardo Stranelli, un capo de la mafia sur le déclin. Il s'agissait manifestement d'un règlement de comptes. L'individu avait été retrouvé debout au fond de l'eau, vêtu d'un costume de ville, les deux pieds figés dans un bloc de ciment donnant à la victime une posture à la fois étrange et grotesque.

Les enquêteurs étaient perplexes, et ils n'avaient pas encore identifié la raison de la présence de deux lettres gravées et bien visibles sur le bloc de ciment : S.S.

D'après le politologue et spécialiste de la mafia Armando Lama, c'était vraisemblablement une allusion au passé politique trouble du personnage et à ses liens avec l'extrême droite. L'ultragauche radicale était sans doute, selon l'expert, le commanditaire de cet assassinat.

60

De retour de Sainte-Hélène, François, qui avait repris ses activités académiques, était partagé sur la conduite à tenir. Son voyage lointain lui avait semblé être un aboutissement, mais sa fibre historienne lui disait autre chose, réveillait en lui un besoin, celui d'épuiser toutes les pistes d'une enquête avant de la clôturer. Or, il avait laissé de côté le seul lien matériel l'unissant à la fin de la lettre de Sénèque, le petit mot du traducteur, Louis-Arthur Wauthiez, faisant référence à la lance de Longinus. Son descendant, Alexis Wauthiez, attendait sans doute toujours son appel, après avoir été contacté par Claude Bemelmans le jour de l'entrevue avec François et Laura.

La curiosité était trop forte, ce vrai moteur de la recherche. Il lui fallait accomplir ce devoir d'enquête, et si c'était en vain, au moins il fermerait une porte, initiative faisant partie intégrante de la démarche historienne.

En outre, la perspective d'avoir une excuse pour séjourner au château d'Hodebert n'était pas pour lui déplaire, après l'exotisme rocailleux, humide et venteux de Sainte-Hélène.

Il reprit donc en main cet élément du dossier et prépara sa mission en Indre-et-Loire. Il contacta Alexis Wauthiez, se rappela à lui, et ils prirent rendez-vous pour la semaine suivante, directement au château du Bon Séjour à Autrèche, la demeure familiale censée receler des archives de l'époque napoléonienne, mais comme l'avait prévenu Wauthiez, c'était un véritable bric-à-brac.

Ensuite, François téléphona au château d'Hodebert, situé à Saint-Paterne-Racan, à une cinquantaine de kilomètres d'Autrèche. Cette distance lui importait peu, il avait besoin d'un petit séjour d'évasion dans ce lieu merveilleux et hors du temps du Centre-Val de Loire, dont les chambres d'hôtes étaient les plus agréables qu'il connaisse, et Elena, la maîtresse de maison, était un modèle de courtoisie et de gentillesse.

Ce fut sur elle que tomba François après quelques sonneries.

— Bonjour Elena, c'est le professeur François Lapierre.

— Oh, bonjour professeur, comment allez-vous ? Je suis heureuse de vous entendre.

— J'irai encore beaucoup mieux si vous m'annoncez que la chambre du Parc est libre mardi prochain, pour trois nuits.

Elena vérifia et confirma sa disponibilité. François se sentit obligé d'apporter une précision.

— Je viendrai seul.

— Mais alors, ne préférez-vous pas une chambre moins grande ? La chambre Passiflore est prise, mais la chambre Pivoine est libre et dispose d'une table où vous pouvez écrire. Je sais que vous adorez ça quand vous venez chez nous, précisa Elena.

— La chambre du Parc, comment vous dire… avec sa vue sur tout le parc du château, et classée monument historique, est l'un des endroits sur terre où je pourrais mourir sans regret des biens terrestres.

— Je vois que vous êtes toujours aussi lyrique, professeur ! C'est d'accord, c'est réservé.

— Merci infiniment Elena.

Le château d'Hodebert était situé à 250 kilomètres de Paris. François partirait mardi matin, s'offrirait un après-midi de détente, dînerait à La Mère Hamard à Semblançay et se rendrait chez Wauthiez le mercredi matin, l'affaire était bouclée. Le scénario était parfait.

D'abord, il se rendit compte qu'il continuait l'enquête sans Laura tout en renouant avec ses petits plaisirs. Ensuite, une boule de tristesse, qu'il ne contrôla pas, lui monta à la gorge car au fond, c'était avec elle qu'il aurait voulu vivre cette escapade, même s'il avait essayé de chasser cette idée.

Cette quête avait-elle un sens sans Laura ? C'était elle qui avait trouvé la source et déclenché la procédure historienne. Que se passerait-il s'il mettait la main sur une preuve décisive ? Il la communiquerait, bien sûr, à Laura, et dans son for intérieur, il espérait que ce progrès lui permettrait de renouer le dialogue avec elle.

Il se rendit compte qu'il n'était pas du tout sorti de la confusion entre l'enquête historienne et ses sentiments pour la chercheuse sicilienne. Il n'en était pas capable. Elle était là, en lui, enracinée.

61

Après un trajet sans souci, François était arrivé en fin de matinée au château d'Hodebert, franchissant la longue allée qui conduisait à la cour du robuste édifice et de ses dépendances. Il avait été accueilli à bras ouverts par Elena et s'était installé dans la grande chambre du Parc, avec son lit *king size*, son petit salon, ses meubles anciens, sa décoration soignée et ses nombreuses fenêtres offrant une vue sur le parc du domaine.

Il avait alors procédé à un rituel dont il savourait chaque seconde. Il s'était glissé dans le lit immense, dans un silence olympien autour de lui, et avait entamé la lecture de l'un de ses auteurs de thrillers préférés, Franck Thilliez, appréciant son brio romanesque et son imagination fertile. Il avait ensuite plongé dans un sommeil profond et réparateur, une sieste de deux heures l'expulsant hors du temps et de l'espace.

Il était 16 heures. François, régénéré, était maintenant assis dans un confortable fauteuil du salon de l'établissement au rez-de-chaussée, feuilletant un ouvrage illustré sur le patrimoine de la Touraine, quand il entendit les pneus d'une voiture crisser sur les petits cailloux de l'entrée, et l'accueil de sa conductrice par Elena. La porte s'ouvrit sur les deux femmes transportant chacune une valise. François se leva spontanément pour proposer son aide, refusée par Elena, mais qui profita de la situation pour faire les présentations. Irina Somberg était, elle aussi, une cliente de longue date, qui avait travaillé dans la finance internationale et qui s'était reconvertie dans le vin, se taillant une réputation de sommelière bien méritée, précisa Elena, qui fit ensuite un portrait flatteur de François, professeur à la Sorbonne et l'un des grands historiens français contemporains.

François ne fut pas insensible au charme slave d'Irina, spontané et tout en féminité assumée. Ils se serrèrent la main et se sourirent sans fioritures, gagnés par une sympathie immédiate et réciproque d'adultes matures.

Les deux femmes montèrent à l'étage pour procéder à l'installation d'Irina, et François eut un peu de mal à se replonger dans le patrimoine tourangeau.

Le soir venu, François prit sa voiture pour accomplir la vingtaine de kilomètres qui le séparaient du restaurant La Mère Hamard, une distance qui avait pour contrainte une sérieuse vigilance de sa part sur sa consommation de vin.

Le restaurant récemment rénové était élégant, lumineux et agréable, et pratiquement désert en ce jour de semaine, hormis deux tables manifestement occupées par des clients de l'hôtel. François fut installé par la patronne à une table du fond près de la cheminée. On lui apporta la carte et il commanda un apéritif maison, première entorse à sa décision d'être modéré dans sa consommation de boissons alcoolisées.

C'est alors qu'il vit surgir à l'entrée Irina Somberg, sans doute conseillée par Elena, La Mère Hamard étant le seul restaurant coté à la ronde. C'était donc un demi-hasard. Elle fut installée à une table de lui, et ils se saluèrent poliment. Elle était vêtue d'un chemisier noir savamment transparent, mais habilement dissimulé sous une petite veste, et d'un pantalon crème moulant. Elle était très élégante, et ses cheveux blonds mi-longs encadraient un visage de toute beauté, aux traits clairs et pourvus de cette nostalgie slave qui s'exprimait dans la douceur de son regard bleu de méthylène. Sa peau blanche tranchait avec le rouge vif de ses lèvres parfaitement dessinées. François se dit que c'était une femme splendide, qui portait sa bonne quarantaine à merveille.

Elle consultait la carte quand on lui apporta une eau pétillante en guise d'apéritif.

François réfléchissait, se disant que la situation était cocasse et même absurde. Ils avaient brièvement fait connaissance, ils logeaient au même endroit et allaient manger seuls à quelques mètres l'un de l'autre. François prit l'initiative et se leva pour aller vers elle.

— Excusez-moi, madame Somberg, mais compte tenu de cette coïncidence, accepteriez-vous de dîner à ma table ?

— Avec plaisir, déclara-t-elle d'emblée. Rien n'est plus triste que de manger seul dans un restaurant pratiquement vide.

— À la bonne heure ! répondit François. Je pensais exactement la même chose.

Irina emporta la carte avec elle et ils s'installèrent l'un en face de l'autre, le sourire aux lèvres.

La conversation roula d'abord sur le château d'Hodebert, leur premier point commun, et sur la beauté de la région. Mais elle dévia rapidement avec des confessions plus intimes concernant leur vie.

Ils avaient convenu de prendre deux menus « plaisirs », et leur entrée s'invita à leur table alors qu'ils avaient largement brisé la glace, un foie gras de canard poêlé avec une déclinaison de betteraves pour François et des langoustines avec une crème glacée au cacao et caviar d'Aquitaine pour Irina. Un vin blanc s'était imposé, choisi par Irina, ce qui allait de soi aux yeux de François, un crozes-hermitage blanc 2016 Alain Graillot, un côtes-du-Rhône dans lequel l'amande, les fleurs blanches et les fruits de la passion épousaient chaque papille gustative.

Ils entamèrent leur verre ensemble, le vin palpitant dans la bouche, secondes précieuses à vivre qui soulèvent légèrement le cœur vers les régions astrales de l'âme humaine.

Ils se sourirent.

— Une petite merveille ! dit François, prélude à la question qui le titillait. Comment devient-on sommelière en venant de la finance internationale ?

— C'est l'histoire de ma vie que vous me demandez de vous raconter d'entrée de jeu.

— Une déformation professionnelle, répondit François, qui se sentait bien et sincèrement curieux.

En fait, il voulait la voir parler.

— Ma naissance était déjà placée sous le signe de la pluralité, avec une mère russe, un père scandinave, dont la mère était hongroise. Après des études très sérieuses, j'ai fait carrière dans la finance internationale avec un certain succès, me hissant à des postes à responsabilités. Puis un mariage avec quelqu'un de mon milieu originaire d'outre-Rhin, deux enfants qui font pour l'instant leurs études aux États-Unis, une vie très confortable entre la Suisse et l'Allemagne, et enfin une crise à la fois professionnelle et personnelle, professionnelle, car cet univers machiste de la finance n'acceptait que très difficilement mon ascension sociale, et personnelle avec un divorce. J'avais alors quarante ans, et je me suis dit que ma nouvelle vie devait être suffisamment différente de l'ancienne pour me régénérer vraiment. Alors je me suis mise à l'étude de l'histoire de l'art, j'ai obtenu une maîtrise, et en parallèle, je me suis investie dans le vin, me disant qu'en devenant sommelière, je maîtriserais un art qu'on ne pourrait pas me reprocher d'usurper, et je peux vous dire que le monde des vignerons fut beaucoup plus accueillant et plus respectueux pour une femme comme moi que celui des loups de la Bourse. Maintenant, pratiquement une petite dizaine d'années plus tard, je vis à Nice, et je suis dans les parages à la recherche d'un château susceptible de devenir une maison d'hôtes. Et c'est pourquoi je m'entends bien avec Elena.

François était absorbé par le récit d'Irina, la déclinaison d'une vie hors norme exprimée le plus simplement du monde et sans arrogance. Il fut tiré de ses pensées par l'arrivée de leur plat principal. Tous les deux avaient choisi une spécialité traditionnelle de la maison, le civet gourmand de homard breton, avec une sauce au vieux vouvray légèrement épicée de citron vert. Chaque bouchée valait son pesant d'or et méritait d'être honorée par un instant de silence.

Mais l'inquiétude avait gagné François, le niveau de la bouteille ayant baissé dangereusement, phénomène dont il portait la plus grande part de responsabilité, et qui le conduisait à redouter l'impossible raccord sur la durée avec la fin du repas. Il ne résista pas à commander une deuxième bouteille, sachant qu'il basculait du côté obscur de la force aux yeux de la loi.

— Dites donc monsieur l'historien ! le taquina Irina. Vous glissez sur une pente dangereuse, j'aurais dû choisir une piquette !

— Vous permettez que je vous abandonne un petit instant ? déclara François.

Et il se leva pour se diriger vers la sortie du restaurant en se répétant qu'il devait cesser d'avoir vingt-cinq ans. Il se rendit au comptoir de l'hôtel et réserva une chambre. Il se sentit soulagé, et gardien incorruptible du code de la route. Il se dit qu'il devait être le seul type au monde ayant jamais réservé une deuxième chambre alors même que la plus belle du château d'Hodebert l'attendait.

De retour à table, il s'expliqua.

— Je viens de réserver une chambre, je peux continuer à savourer ce vin sans remords, et vous écouter avec d'autant plus d'intérêt.

Irina connaissait ce genre d'homme incapable de ne pas faire de charme en toutes circonstances, mais celui-ci était doté d'une belle intelligence et d'une vraie gentillesse. Cela aussi, elle avait appris à le repérer.

François relança la conversation.

— Votre parcours est fascinant, sincèrement. Je suis ravi du hasard de notre rencontre, la vie réserve décidément des surprises aussi inattendues qu'agréables.

— Et vous, professeur Lapierre, quelle est votre vie ? l'interrompit Irina.

C'était son tour, l'exercice lui semblait infiniment plus compliqué. Il gagna un peu de temps avec l'arrivée du chariot de fromages abondamment garni. La magie du choix opéra, après l'écoute attentive des explications du maître d'hôtel sur les origines et les noms de cette panoplie. Le choix fut savant pour Irina, un peu plus aléatoire pour François, qui prit la parole.

— Mon parcours est assez linéaire finalement, j'ai gravi toutes les étapes académiques dans une discipline qui m'est chère depuis l'enfance, l'histoire. Je me suis spécialisé dans l'étude de la mémoire, c'est-à-dire la présence du passé dans une société, comment les individus se représentent, se remémorent, génération après génération, le passé, comment ils vivent avec lui, et quels sont les supports de cette présence.

— C'est passionnant, l'interrompit une fois de plus Irina. La mémoire est l'aliment de notre identité, c'est d'elle que nous tirons notre capacité d'anticipation, mais c'est aussi elle qui nous inhibe devant l'inconnu de l'avenir.

François apprécia sincèrement ce brillant résumé. Irina était une femme dotée d'une intelligence remarquable, et il faisait partie de la catégorie des hommes qui savouraient hautement la qualité de son pouvoir de séduction.

— Sinon, je n'ai jamais été marié, reprit-il, et je n'ai pas d'enfant. Je vis à Paris depuis toujours, je suis fils unique, et ma mère habite dans votre coin.

— Vous êtes encore jeune, dit-elle, avec le ton d'une sœur aînée.

François corrigea d'emblée.

— Nous sommes de la même génération, et pour recommencer sa vie, il faut être habité par la jeunesse, ce qui est manifeste chez vous.

Irina réorienta la conversation.

— Et vous êtes ici pour quoi ?

— Je mène une enquête historienne, je dois me rendre demain chez un particulier pour consulter ses documents de famille qui pourraient éclairer mes recherches. C'est le genre de circonstances que j'apprécie particulièrement dans mon métier.

— Je vous comprends, la curiosité est le sel de la vie. Vous aussi, vous êtes habité par la jeunesse, vous aimez le vin comme un homme mûr et vous le buvez comme un jeune homme !

Ils se sourirent encore, et François perçut cette petite mèche allumée dans le regard d'Irina, détail qu'elle avait repéré depuis un certain temps dans celui de François. Les choses allaient très vite parce qu'ils savaient tous les deux qu'ils avaient peu de temps avant de continuer leurs routes respectives. François connaissait parfaitement ce genre de situation qu'il maîtrisait à la perfection, pour l'avoir éprouvé lors de multiples congrès.

La brièveté du temps disponible aiguisait les appétits et sériait les urgences. Irina le savait aussi. Elle avait expérimenté la vie en n'ayant ni peur des coups, ni peur des victoires.

Le moment du dessert arriva, le baba au rhum bien sûr, et le sort de la deuxième bouteille de vin fut scellé avant sa dégustation, un *timing* parfait.

Le dîner terminé, la sobriété d'Irina lui permit d'annoncer à François qu'elle pouvait reprendre sa voiture sans encourir les foudres de la maréchaussée, tandis que François, bien imbibé, n'avait plus qu'à monter un étage pour trouver un lit douillet. Ils se séparèrent en toute simplicité, comme deux personnes qui ne regrettaient en rien un moment d'échanges précieux et rares. Ils n'avaient pas besoin de mettre des mots sur leur complicité naissante.

François s'adressa à la réception pour être réveillé à 7 heures. Il ne prendrait pas de petit déjeuner, pour rejoindre le château d'Hodebert et le déguster là-bas, car sa qualité y était toute particulière.

Il ne restait plus à François, dans sa chambre, sans bagage d'aucune sorte, qu'à plonger dans le sommeil, non sans avoir pris le temps de savourer cette proximité inattendue avec la belle Irina Somberg.

62

Elena fut un peu surprise de voir le professeur Lapierre venir du dehors et non de sa chambre pour prendre son petit déjeuner, mais elle savait qu'il avait aussi ses fantaisies. François n'aurait manqué pour rien au monde ce moment de ravissement, dont le rituel commençait avec un bain de musique, aujourd'hui Monteverdi, conduisant littéralement le client jusqu'à la salle du petit déjeuner, et sa grande table bien achalandée, où des confitures composées avec des fruits du verger, des yaourts maison à la fleur d'oranger, du pain d'épeautre au lin fait par la maîtresse de maison et d'autres douceurs attendaient d'être dégustés.

Il mangea seul, se disant qu'Irina dormait sans doute encore. Au terme de son deuxième grand café, il remonta dans sa chambre pour faire rapidement un brin de toilette, préparer ses affaires et mettre le cap sur Autrèche, qu'il atteignit après une bonne demi-heure de route.

Plutôt qu'un château, il s'agissait d'une imposante maison de maître flanquée d'une modeste tour, l'ensemble étant isolé par un jardin dont l'entretien était moyen. Le site était vieillissant, et manifestement entretenu de manière irrégulière, témoignant des difficultés du propriétaire à assumer un patrimoine familial aujourd'hui lourd à gérer.

François fut accueilli chaleureusement par Alexis Wauthiez, un petit homme rond et dégarni, portant sa cinquantaine comme un fardeau, qui le conduisit dans le salon pour entamer leur entretien, sans doute la pièce vitrine de la demeure, richement décorée, au sein de laquelle un feu crépitait dans un âtre, au profit d'une intimité bienveillante. Près du feu, dans un fauteuil, un vieillard, un plaid sur les jambes, semblait avoir déjà abandonné ce monde, tant il avait l'air ailleurs.

Devant l'hésitation de François, Wauthiez lui présenta son père.

— Il souffre de la maladie d'Alzheimer, dont les effets destructeurs se font de plus en plus sentir. Ses absences sont toujours plus fréquentes et il me confond souvent avec son père, c'est très déroutant, se défendit Wauthiez.

— Je vous comprends, compatit François. C'est une maladie terrible, et il ne mesure sans doute pas la chance d'avoir un fils dévoué à ses côtés.

— Au demeurant, reprit Wauthiez, il est mon unique compagnie, je vis seul ici et je vous accueille dans un lieu qui manque un peu de vie.

— Monsieur Wauthiez, je vous remercie vraiment de m'accueillir dans votre demeure et de m'ouvrir vos archives, et ceci alors que celui qui a permis cette rencontre est décédé récemment.

— C'est bien triste, il va me manquer, même si nos luttes féroces de collectionneurs ont fait les choux gras des milieux napoléoniens. Mais je sais que votre temps est compté, je vous ai préparé ce qu'il reste des archives familiales concernant l'époque qui vous intéresse et le général Paul Wauthiez. J'espère que cela vous sera utile, dit Wauthiez, un ton de sincérité dans la voix.

Il invita François à s'asseoir au bureau se trouvant dans ce même salon, et sur lequel reposaient trois fardes documentaires peu épaisses. François décida de ne pas manifester sa surprise devant la maigreur des sources qu'on lui présentait, mais Wauthiez s'empressa de formuler des excuses.

— Je suis désolé, il reste si peu de choses concernant ma famille et l'époque napoléonienne, alors que nous avons un général d'Empire dans notre généalogie, c'est bien triste.

François pressentait que sa démarche ne serait pas rentable, mais il ne voulut pas mettre mal à l'aise son hôte.

— Ne vous en faites pas, c'est souvent le cas, les documents familiaux se perdent statistiquement en trois générations. La conservation est plutôt l'exception. Mais il ne faut rien négliger, et merci encore de me présenter vos documents.

François s'attela à la tâche. Le premier dossier contenait différents actes notariaux de l'époque napoléonienne concernant la propriété. Il passa vite dessus. Le deuxième dossier ne contenait que des sources administratives dénuées d'intérêt pour lui. Le troisième dossier était un recueil de lettres du général. François entreprit leur lecture. Leur qualité littéraire était moyenne. Beaucoup d'entre elles contenaient les éléments pour retracer les états de service du général pendant les guerres napoléoniennes. D'autres étaient plus personnelles, mais sans intérêt. Une lettre adressée à sa femme, donc à la mère du traducteur, et datant d'avril 1810, retint néanmoins son attention :

Notre cher fils semble traverser une période difficile, il n'a plus goût à rien et est affecté d'un mal dont j'ignore la source. Il ne veut plus travailler et risque de perdre la confiance de ses soutiens à Paris, que j'ai mis tant de mal à constituer en sa faveur. Je vous prie de lui écrire, pour l'encourager à reprendre sa tâche et à ne pas se laisser envahir par la mélancolie.

François accédait à l'intimité du traducteur, il se concentra sur la suite de la lettre :

Il me parle sans cesse d'un Gonzague qui lui aurait jeté un sort, dont il ne peut se délivrer, car il est condamné au silence. Je ne sais pas qui est ce Gonzague et il ne veut pas me le dire. C'est une personne tellement importante à ses yeux qu'il la craint davantage que le diable.

François tirait un fil, il en avait la conviction, et dans la lettre suivante, il pointa un passage révélateur :

Ma douce amie, notre fils poursuit sa descente aux enfers, mais il s'est enfin confié à moi. Non, j'ignore qui est ce Gonzague, mais notre fils a pris sur lui de désobéir à l'Empereur et d'emporter avec lui la preuve de la fourberie de Gonzague.

Évidemment, plus il tirait le fil, et plus les choses devenaient obscures. Il ne devait pas s'attendre à des révélations explicites dans la correspondance du général avec sa femme. Néanmoins, François songea qu'il y avait là des éléments pouvant faire avancer son enquête. Le traducteur a désobéi à l'Empereur, est-ce cela qui le rend malade ? Et ce Gonzague ? La preuve d'une fourberie ?

François se tourna vers Alexis Wauthiez qui lisait dans un divan du salon, et l'interpella, tentant sa chance.

— Monsieur Wauthiez, savez-vous à qui votre ancêtre le général pouvait faire allusion en évoquant un certain Gonzague ?

À ce moment-là, comme un rugissement, s'éleva la voix du vieillard jusque-là amorphe. Un seul mot sortit de sa bouche, comme hurlé, qu'il répéta, incarnation d'un écho diffus du passé.

— Sénèque !… Sénèque !… Sénèque !

François et Wauthiez, tétanisés par la réaction inattendue du vieil homme, se regardèrent, médusés. Ils se levèrent et se dirigèrent vers l'ancêtre. Wauthiez s'approcha de son père, qui continuait à hurler.

— Sénèque !… Sénèque !… Sénèque !…

Avec tout l'amour d'un fils, il se pencha sur lui en espérant l'apaiser. Le vieil homme se détendit, regarda son fils dans les yeux, esquissa un sourire.

— Papa… papa ! dit le vieil homme à son fils, qui sentait les larmes lui monter aux yeux.

Quoi de plus terrible que cette méprise ?

François, lui aussi, s'était approché, à portée du visage du vieillard, qui s'adressa à l'historien.

— Mon fils… mon fils !

François, rouge de confusion, était désolé, et son regard tourné vers Alexis Wauthiez lui exprima toute son empathie, ou était-ce le prélude d'excuses pour ce qu'il allait dire ?

— Papa… où est la preuve de la fourberie de Gonzague ?

Alors le visage du vieil homme s'illumina d'un large sourire, méchant, diabolique, son bras se leva de sous le plaid, et l'un des doigts faméliques de sa main crochue désigna l'âtre qui crépitait et l'offrande de son feu réconfortant.

Le sourire se figea, la main tel un serpent regagna sa cachette de laine, le vieillard ouvrit une nouvelle fois la bouche.

— Mes pralines !… Où sont mes pralines ?

Alexis Wauthiez regarda François d'un air qui signifiait qu'il voulait reprendre le contrôle de la situation. Il calma son père, le malade regagna sa place assignée dans ce scénario de malheur familial, la normalité de la relation se restaura, impliquant le silence des deux hommes.

François était plongé dans ses pensées, les pièces s'étaient mises en place. Gonzague était Sénèque, la preuve de la fourberie du philosophe, une copie intégrale et clandestine de la lettre à Lucilius, qui avait fini au feu.

Pétrifié, François, une fois de plus, s'était approché de la vérité qui avait fui devant lui, se contentant de lui laisser constater la destruction d'un document inestimable pour son enquête. Il y avait pourtant des enseignements à tirer. Qu'est-ce qui pouvait bien se cacher derrière le mot fourberie ? C'était un point qu'il pouvait creuser. Mais ses réflexions furent interrompues par Wauthiez.

— Monsieur Lapierre, je suis désolé pour l'attitude de mon père, mais ça aussi, c'est la mémoire…

— Mais non, riposta François, c'est moi qui suis désolé, je l'ai sollicité maladroitement, je n'aurais pas dû le faire sans vous avertir. Si vous permettez, je vais prendre la photo d'une lettre, vraiment très intéressante, et vous laisser tranquille.

— Faites, professeur, mais Bemelmans m'avait dit que vous travailliez sur les généraux d'Empire, ce n'est pas le vrai sujet de votre étude, n'est-ce pas ?

François fut désarçonné, ne s'attendant pas du tout à cette réplique.

— Non, avoua-t-il, je travaille sur un mystère…

— La dernière lettre de Sénèque à Lucilius, n'est-ce pas ? l'interrompit Wauthiez.

— Oui.

— Il suffisait de me le dire d'emblée, m'avoir menti n'aura servi qu'à entretenir la confusion. Vous mentez souvent aux gens ?

François avait été pris à la gorge sans du tout le prévoir. Il était piégé.

— Non… je suis désolé… j'ai commis un impair à votre égard, et abusé de votre confiance.

— Je ne vous en veux pas, monsieur Lapierre. D'ailleurs, je n'en veux plus à personne pour rien, sinon je devrais en vouloir à la terre entière pour ce qu'est ma vie aujourd'hui, dans ce manoir qui suinte le désespoir et le gâchis. Mais j'aurais pu tout simplement vous aider, vous dire que la personne qui a jeté la lettre au feu, ce n'était pas le traducteur, mais sa mère. Son fils en est devenu littéralement fou. Il a fallu l'interner à l'asile où il est mort dans les convulsions, en 1817. C'est l'histoire qu'on racontait dans ma famille, une famille désormais maudite, à cause d'une source du passé. Voilà ce que j'aurais pu vous dire, avec en prime un constat. Tous ceux qui ont approché cette source ont fini misérablement, et ils ont fait du mal aux êtres qui leur étaient les plus chers. Demandez-vous si le prix à payer en vaut la peine.

63

Après avoir quitté Autrèche, François, ébranlé, avait besoin de se changer les idées. Il sillonna la région, visita notamment la demeure de Balzac au château de Saché qu'il apprécia beaucoup, et s'arrangea pour dîner léger avant de rentrer au château d'Hodebert, où il arriva vers 21 heures. Il se demanda s'il allait tomber sur Irina, sa voiture était parquée aux abords du château.

Lorsqu'il fut dans le salon après le vestibule de l'entrée, il entendit Elena qui vaquait à ses occupations et se permit de l'appeler. Elle vint le retrouver pour répondre à sa demande.

— Elena, auriez-vous un vieux dictionnaire de français ?

— Un vieux dictionnaire ? Vieux comment ?

— Genre du XIXe siècle. C'est un mot qui commence par « f ».

— Hum, attendez, je vais jeter un œil.

Elle revint un instant plus tard.

— J'ai le Littré, voilà le bon volume.

— Merci Elena.

Et il alla s'installer dans un autre salon où se trouvait un petit bureau. Il examina la définition du mot fourberie, qui renvoyait à fourbe, puisque la lettre de Sénèque, selon le traducteur, était une « fourberie » du philosophe. « Fourbe : qui a recours, pour tromper, à des moyens odieux ». François médita la définition et prit note de ses réflexions. Le dictionnaire d'Émile Littré datait du début de la deuxième moitié du XIXe siècle, donc était postérieur à l'époque du traducteur, mais il était fiable concernant le français classique. Quant au traducteur, par définition, il attachait un sens précis aux mots.

Donc, Sénèque a eu recours à des moyens odieux pour tromper. C'était une appréciation négative du traducteur Louis-Arthur Wauthiez, vraisemblablement croyant, chrétien. *Les « moyens odieux », c'est l'ensemble du dispositif narratif de Sénèque*, se dit François, *son scénario. Pour tromper qui ? Ses contemporains, ceux que les conteurs allaient solliciter.*

Il manquait quelque chose, François le sentait. Il se concentra, tenta d'entrer dans la psychologie du traducteur, se mit dans la peau d'un chrétien lettré, jeune, qui découvre l'argumentaire de Sénèque au début du XIXe siècle. L'utilisation du mot fourberie dans ce cadre était la manifestation d'une colère, d'une condamnation. Mais colère contre quoi ? Que condamne le traducteur ? Le procédé de Sénèque ? Mais s'il était chrétien, et croyant sincère, ce n'est pas la colère qu'il aurait dû exprimer, mais une forme d'effroi, de déception, de dépit, voire de désespoir.

Il y avait quelque chose de plus réactif qui émanait de l'utilisation de ce terme de fourberie, car tromper quelqu'un, c'est l'induire en erreur, mais on ne peut induire en erreur que par rapport à une vérité. Quelle était cette vérité à la racine de la manipulation de

Sénèque ? François pensait vite, il devait s'arrêter là, revenir en arrière, il venait de formuler spontanément une question qui valait la peine, il le sentait. Une vérité à la racine de la manipulation de Sénèque ? François prononça pour lui-même plusieurs fois cette question, à mi-voix, les yeux clos. Mais c'était fini, la brève incursion vers un éclairage nouveau se diluait dans l'incompréhension. François lâcha prise pour le moment. Il ne pouvait objectivement pas aller plus loin, sinon que sa conviction qu'une source incomplète n'avait, au final, rien à dire, et que la source S était incomplète, désespérément incomplète.

François décida d'en rester là pour la journée, de gagner sa chambre et de s'offrir un peu de bon temps avec le roman de Thilliez. Il gravit l'escalier partant du salon principal qui menait au couloir des chambres et arriva à proximité de celle où résidait Irina. Il constata immédiatement quelque chose de particulier.

La porte de la chambre d'Irina, qui jouxtait la sienne, était légèrement entrouverte, et François devina une lampe de chevet allumée. Il sut que ce n'était pas par distraction de la part d'Irina, et il ferma les yeux, conscient de l'extraordinaire puissance que constitue la capacité de choisir un chemin de vie, et de la terreur qu'elle inspire. Son cœur palpitait, son désir s'exprimait. Aucun bruit dans la chambre d'Irina ne venait influer sur sa décision, elle le laissait avec lui-même, elle s'offrait à lui.

Son imagination galopait, mais il devait trancher dans le vif de la vie, immédiatement, maintenant. Alors il fit craquer le parquet en se déplaçant et tourna la clé dans la serrure de sa chambre, dont le crissement lui vida douloureusement la poitrine. Il referma sa porte derrière lui, mesurant l'immense distance qui en un instant le séparait désormais d'Irina.

Il s'assit sur son lit, sonné. C'était une grande première pour lui, un dépucelage à l'envers. Et il trouva le sommeil comme il put.

À 8 heures pile le lendemain matin, il descendit l'escalier pour se rendre au petit déjeuner. Comme par miracle, la musique s'enclencha sur son passage, c'était la bande originale du film *Les Choristes*.

Elena vint le saluer avec sa chaleur habituelle, et avant de se retirer pour lui préparer un café vraiment maison, elle lui dit qu'Irina Somberg était partie très tôt le matin, prise par ses obligations, et elle lui remit une enveloppe avec un billet à son intention. C'était un message d'Irina, qui disait simplement :

Elle a beaucoup de chance.

Et Irina avait beaucoup de classe.

Il se posa une question qu'il ne s'était curieusement pas encore posée formellement : était-il célibataire ? En principe oui, puisque son histoire avec Laura, très brève au fond, était finie, mais rien dans son comportement ou sa volonté ne l'indiquait. Il ne se sentait pas libre d'agir à sa guise avec les femmes, qui étaient pourtant jusque-là la motivation de son existence.

64

Après le petit déjeuner, François était seul dans le château, la maîtresse de maison conduisant ses enfants à l'école. Il s'installa au rez-de-chaussée dans le salon à dominante rouge, dans lequel il tournait le dos à un billard, assis à un bureau ancien dont le bois laqué et les dorures étaient en soi une source d'inspiration.

Il avait le cœur léger, comme si son renoncement de la veille valait bien la récompense d'être en paix avec lui-même. Mais il savait que cette émotion ne durerait pas. Dès que le désir reviendrait le solliciter, ancré dans la ténacité de ses fantasmes, il regretterait son choix de l'abstinence, hanté par la silhouette féline d'Irina la blonde. La vie était brève et la morale n'arrangeait rien.

François se plongea dans ses notes.

À 1 400 kilomètres de là, à vol d'oiseau, Laura Zante savourait un thé dans la bibliothèque familiale, ses notes éparses sur le bureau. Ce matin, elle avait atteint un bon rythme de croisière dans le travail, elle était sereine sans savoir pourquoi, une sensation plutôt rare ces temps-ci.

Elle pensait tous les jours à François, mais aujourd'hui, ce n'était pas douloureux. Elle ne put l'expliquer ni attribuer une signification à ce constat. Elle se concentra de nouveau sur sa tâche.

Laura compara les paraboles du Christ avec les citations de Sénèque, essayant de trouver des filiations, des parallèles. C'était un travail laborieux, qui exigeait l'approfondissement d'une abondante littérature et une réflexion poussée sur les analogies littéraires.

— « En vain élèverez-vous les mains vers le ciel ; en vain obtiendrez-vous du gardien des autels qu'il vous approche de l'oreille du simulacre, pour être mieux entendu : ce Dieu que vous implorez est près de vous ; il est avec vous, il est en vous », répéta Laura, croyant entendre Jésus et lisant Sénèque. « Si ceux qui vous guident vous disent : "Voici, le royaume est dans le ciel", alors les oiseaux du ciel y seront avant vous. S'ils vous disent : "Il est dans la mer", alors les poissons y seront avant vous. Mais le Royaume est au-dedans de vous et il est en dehors de vous ».

Laura pensait écouter Sénèque, mais c'était Jésus qui parlait.

Laura se nourrissait des résonances du passé qui se superposaient dans son esprit. Elle lut Sénèque : « Vous qui voulez apprécier justement les choses, songez bien, avant tout, que nul de nous n'est sans reproche ». Elle entendit le Christ : « Que celui qui n'a jamais péché jette la première pierre ».

Laura nota que Jésus fut comparé à Hercule par bien des auteurs, y compris le grand philosophe Hegel. Hercule, fils d'un dieu et d'une femme, lutta contre le Mal pour sauver les hommes, et il mourut en martyr, comme l'illustre l'histoire de ce personnage mythique présent aussi dans les tragédies de Sénèque. Le philologue allemand du début du XXe siècle Theodor Birt avait d'ailleurs relevé la filiation apparente des tragédies de Sénèque avec les Évangiles.

La chercheuse sicilienne tira le fil de la source Q et de l'évangile copte de Thomas découvert en 1945, dont on soupçonne une proximité avec cette source Q et qui énumère simplement des *logia* de Jésus. Laura releva que ce texte censé être parmi les plus proches dans le temps des faits de la vie de Jésus ne faisait aucune allusion à la Passion ni à la Résurrection. C'est une suite d'enseignements d'un maître expliquant Dieu et qui veut faire preuve de sagesse en utilisant des images simples et des métaphores frappant les imaginations. Et si cet évangile était finalement la source la plus proche de Sénèque ?

Dans l'*Évangile de l'enfance selon Thomas*, un apocryphe du IIIe siècle que l'on confond parfois avec le précédent, Laura annota un passage interpellant. Dans cet évangile, Jésus enfant y est présenté comme abusant de son pouvoir ou ne le contrôlant pas. Un jour, alors que Jésus jouait avec des enfants de son âge, l'un d'entre eux fit une chute depuis un toit et expira. Tandis que les autres enfants s'enfuyaient, terrorisés, Jésus resta sur le toit en regardant le cadavre qui gisait sur le sol. Les parents du petit malheureux arrivèrent et accusèrent Jésus, réputé pour faire des mauvais tours. Alors Jésus sauta du toit et ressuscita le gamin pour qu'il témoigne en sa faveur. L'enfant revint à la vie et Jésus fut lavé de toute accusation.

Or, cet enfant s'appelait Zénon, le nom du fondateur du stoïcisme…

Laura détecta un rôle possible pour Philon, juif d'Alexandrie pétri de culture grecque, mort vers 54, en termes d'interactions dans le projet de Sénèque, concernant les liens entre les paroles de Jésus et la Tora, le philosophe romain cherchant à donner aux pharisiens des motivations pour haïr un juif au point de vouloir sa mort. Au demeurant, l'influence de Philon sur l'écriture du Nouveau Testament était démontrée par la critique historique des sources bibliques.

Laura s'avançait dans le temple des philosophies qui avait l'allure d'une jungle de mots.

65

Les mots sont ce qu'ils représentent. De son côté, François entreprit de neutraliser ceux qui étaient les plus chargés de sens en les dépouillant des oripeaux du récit chrétien.

Évangile, c'est « bonne nouvelle » en grec, *euaggelion*. Une bonne nouvelle, importante bien sûr, comme une bataille victorieuse. Austerlitz est un évangile pour Napoléon, et par extension, l'évangile d'Austerlitz a trouvé une traduction romantique et artistique dans la geste héroïque des soldats de l'Empire, dont les représentations sur l'Arc de Triomphe sont un extrait. L'ensemble de ces expressions mémorielles constituant l'évangile d'Austerlitz où Napoléon joue le rôle d'un demi-dieu terrassant ses ennemis. Ce n'est donc pas un récit de synthèse pour corroborer des témoignages, mais bien une construction mentale, même si elle peut reposer sur des faits.

Une bonne nouvelle, c'est aussi l'annonce d'un cadeau qu'un souverain peut donner à son peuple. L'abolition des privilèges en août 1789 par l'Assemblée constituante, détentrice de la souveraineté de la Nation, est une bonne nouvelle pour le peuple français, et donc l'évangile de la nuit du 4 août fera récit dans ce sens. « Évangile », qui semble réduit à un usage très précis concernant uniquement la vie de Jésus, est en réalité beaucoup plus potentiellement extensible, et si on se libère de son accaparement par le dogme chrétien, on reconsidère avec plus de précision sa signification et son amplitude véritable.

François se pencha aussi sur le mot Christ, sans doute le plus puissant du vocabulaire chrétien, le plus sacré, peut-être aussi le plus beau. Il provient de *māshiāh*, mot hébreu, d'où est tiré « messie ». Sénèque parle d'une monarchie terrestre pour Jésus. Or, le mot messie ne veut pas dire autre chose ! Et François songea combien il était extraordinaire de suivre la destinée des mots et les intentions de ceux qui s'en emparaient.

Le messie est celui qui a reçu l'onction. Mais justement, qui a reçu l'onction ? Les rois d'Israël, par exemple le roi Salomon que tout le monde connaît. Salomon, un jour, est couronné, lors d'une cérémonie, bien sûr, et à cette occasion, il reçoit une onction d'huile que l'on verse sur lui, c'est un acte physique et symbolique qui dit à ceux qui sont présents, et à ses sujets : « Cet homme-là a désormais une relation privilégiée avec Dieu, il est le messie. »

Le messie n'est pas le fils de Dieu, au sens généalogique du terme, c'est-à-dire engendré par Lui, il a seulement un rapport filial avec Lui, mais au sens de relation privilégiée, comme un maître peut avoir un rapport filial avec son élève préféré sans pour autant être son père, ou tel écrivain vieillissant avec un écrivain débutant, ou un président de conseil d'administration avec son successeur attendu.

Donc, Jésus, quand il est qualifié de messie, est perçu comme le successeur du roi David et non le fils naturel de Dieu. Les diffuseurs du récit de Sénèque l'ont présenté ainsi, c'est certain, et la déformation du sens est postérieure à leur diffusion, une déformation accentuée par les capacités métaphoriques du mot fils. Si je dis que Napoléon est le fils de la Révolution française, j'entends par là qu'il a une relation particulière avec cet événement qui influença profondément sa destinée historique. Et si je dis que Jésus est le fils de Dieu, je peux très bien m'inscrire dans cette dimension métaphorique, sachant que, et c'est l'étape suivante, dans l'esprit des hommes, une métaphore peut engendrer le réel.

Mais si Sénèque insiste pour que Jésus soit annoncé comme provenant de la lignée de David, c'est bien pour provoquer des troubles dans ce sens chez les Juifs qu'il déteste, et faire réagir les Romains.

François continuait à tisser la trame de son écriture, à déblayer le sens des mots et des événements sous les gravats des interprétations.

Et il prit un peu de champ.

Entre les Pères de l'Église, ceux qui vont définir le dogme chrétien aux IIe et IIIe siècles, et les philosophes qui fondèrent le stoïcisme bien avant, les analogies sont nombreuses. Ces ressemblances tiennent aussi à la culture classique des Pères de l'Église, forcément influencés par leurs prédécesseurs. Ce constat, qui est le fruit d'analyses de spécialistes, est consolidé par l'initiative de Sénèque qui trace véritablement un lien entre stoïciens et chrétiens.

Même en affichant la primauté du christianisme, les Pères de l'Église ne pouvaient nier ou rejeter les influences stoïciennes. En cela, Sénèque a marqué des points.

Dans l'environnement des convertis, ceux qui étaient forcément païens avant de devenir chrétiens, et s'ils provenaient de milieux cultivés, l'éducation philosophique qu'ils avaient reçue pouvait très bien être stoïcienne.

En outre, lors des persécutions contre les chrétiens, ces derniers revendiquèrent un christianisme tenant ses racines des civilisations grecque et romaine.

Ensuite, se rapprocher de l'Empire romain fut d'autant plus facile pour les chrétiens que le fond stoïcien de leur religion leur permettait en fait de défendre l'idéologie impériale, comme l'exprimèrent l'*apologie* d'Athénagore ou encore l'*Apologie* de Méliton de Sardes.

Cyprien de Carthage expliqua que si Rome voulait durer dans le temps, il fallait qu'elle se rallie au christianisme, et Tertullien, dans son *Apologétique*, expliqua que le destin de Rome et celui du christianisme étaient liés. Et de citer l'exemple de Marc Aurèle, cet empereur stoïcien, à la tête de l'armée de Germanie assoiffée d'eau, et qui tolère les prières des chrétiens déclenchant l'arrivée miraculeuse de la pluie qui permet le sauvetage de ses troupes. Une métaphore, se dit François, qui découvrit combien la montée en puissance du christianisme dans l'Empire était due à sa conformité avec le stoïcisme finissant, alors que Sénèque avait rêvé du scénario inverse.

Clément d'Alexandrie défendit l'idée que le Logos, c'était le Christ, et que les chrétiens s'inscrivaient dans la pensée antique tout en l'améliorant.

En somme, la philosophie avait annoncé la venue de Jésus, alors que Jésus devait annoncer celle de la philosophie, selon les volontés vaines de Sénèque.

François travailla toute la journée. Le lendemain matin, il reprit la route de Paris, avec cette nostalgie qui l'habitait toujours quand il quittait le château d'Hodebert.

66

Les jours s'écoulèrent au rythme de cette temporalité si particulière de l'absence et de la solitude, tantôt rapide, tantôt infiniment lente, selon les dispositions du cœur, les artifices de la vie sociale, les obligations et les corvées, les lundis matin et les dimanches après-midi, le travail qui absorbe et le temps libre qui ne libère pas.

François s'obligeait à pratiquer la natation une fois par semaine, pour perdre un peu de poids, ce qui lui mangeait un demi-jour pour vingt-cinq minutes de piscine avec les déplacements et les préparatifs de la mise à l'eau. Laura achetait bio et s'imposait de longs trajets vers les magasins estampillés pour trois légumes et quatre fruits.

François acceptait de nouveau de participer à des colloques, où finalement il se rendait avec des pieds de plomb, en ayant vaguement préparé son intervention la veille. Laura dépouillait les offres d'emploi sur les sites académiques spécialisés. Elle rit le jour où un site annonçait 1 143 postes à pourvoir, mais qu'après la sélection sur le moteur de recherche de sa discipline, l'histoire, et de son statut, postdoctorante, la page n'en affichait que cinq, dont elle devina par expérience que quatre étaient déjà attribués dans l'ombre avant même le processus de sélection. Pour le dernier, elle lui laissa le bénéfice du doute.

Mais cette temporalité mouvante, dans cette vie poreuse, laissait passer des moments de grâce trompeurs.

Implantées dans leurs espaces de création respectifs, les pages que Laura et François écrivaient se superposaient dans l'univers de la connaissance. Leur fluidité intellectuelle convergeait vers la même embouchure. Ils continuaient à participer à la même aventure sans être côte à côte, prisonniers des dédales de leur solitude. Le silence de la création était fécond, celui de l'absence déchirant, et ils puisaient à la source de la même brûlure, chacun ayant renoncé à la soif de l'autre.

François pensait qu'il devait être le seul des deux à vivre en conscience cette contradiction aux relents destructeurs, il ne savait pas que Laura pleurait souvent entre deux pages écrites de sa main nerveuse.

François se disait qu'il s'effondrerait le premier, dans l'indifférence et le mutisme de Laura, et pourtant, cette dernière s'effondrait tous les jours et savait que François était tout sauf indifférent.

Mais ils avaient fini par se dire tous les deux que la matrice de leur narration en cours était justement leur séparation, et dépasser cette frontière-là était sans retour.

Les semaines passaient, bientôt les mois, François fut saisi un matin par cette affection qui frappe parfois les auteurs, comme une grippe subite. Il se détacha de son travail d'écriture, les pages déjà écrites perdirent leur saveur et leur signification. C'était le premier symptôme précédant celui de la page blanche, puis viendraient les bonnes excuses pour ne pas écrire, et bientôt s'imposerait une forme de déni pour le travail déjà accompli. François avait déjà connu cette expérience qui conduisait les manuscrits inachevés au fond des tiroirs. Même l'intérêt exceptionnel du sujet qu'il traitait, son importance culturelle suprême n'étaient pas de nature à le ragaillardir.

La lassitude entraînait le détachement qui générait la perte de confiance en soi, l'oubli des sacrifices déjà consentis, et enfin le dégoût pour son passé, selon un processus d'infiltration progressive et décisive qui gagnait toutes ses fibres.

Laura atteignait son point de rupture, elle renouait avec l'image négative qu'elle avait d'elle-même autrefois, celle d'une malchanceuse médiocre qui ne terminait jamais ce qu'elle commençait, prétextant la brutalité du monde ou l'indifférence des autres à son encontre.

Elle finissait par vouloir jeter son manuscrit au feu, s'en libérer une bonne fois pour toutes, et accepter de vivre avec sa médiocrité, en baissant toutes ses exigences, y compris avec les hommes, pour suivre les conseils de sa mère redevenue l'héroïne de sa vie. Avait-elle besoin de produire quelque chose ? Elle pourrait faire un enfant. Elle détesta un temps le cheminement que prenait fréquemment sa réflexion allant dans ce sens, puis s'en accommoda.

Elle posa la plume.

Il posa la plume.

Elle sortit de sa chambre pour retrouver sa mère à la cuisine et lui prêter main-forte pour nettoyer les légumes.

Il se leva de son bureau pour ouvrir une bouteille de vin et savourer des verres en écoutant quelques vieux tubes.

Ils célébrèrent, chacun à sa manière, leur monumentale défaite.

67

Les jours se suivaient, la déchéance de François trouvait sa traduction dans la pagaille qui régnait chez lui, son appartement était véritablement à l'abandon.

Un jour où elle était là, Laura avait sorti de son étagère le DVD du film *Waterloo* de Sergueï Bondartchouk et l'avait laissé traîner, sans le visionner, sur la table du salon où il se trouvait encore.

Un soir, François, enivré par le cognac d'une bouteille largement entamée, le saisit comme un objet de mémoire et ferma les yeux pour revoir sa douce et souple Laura évoluer dans l'appartement et s'imprégner d'elle. Quand il les rouvrit, sa peine était immense, il avait atteint le fond. Il abandonnait la partie. Cette fois, c'était bien fini. Demain, il ferait disparaître ses notes dans un holocauste purificateur.

La tête vide, sans force, les oreilles bourdonnantes, il était en train de s'effondrer dans l'abîme.

Avec les gestes d'un automate, il alluma le téléviseur, ouvrit le boîtier du DVD et glissa ce dernier dans le lecteur. Il s'affala dans son fauteuil, il n'en pouvait plus, il voulait tout oublier.

Le film se déroulait et François le regardait à peine. De toute façon, il le connaissait par cœur et il répétait les dialogues en mimant sottement les expressions des acteurs. L'alcool le faisait sourire, mais il était bien le seul à pouvoir lui provoquer cette réaction.

François somnolait de temps à autre, pour revenir dans l'intrigue et la flamboyance des images, au petit matin du 18 juin 1815, quand les forces en présence prenaient position dans un ballet de puissance.

Au cours des préparatifs de la bataille, François resta conscient durant l'échange entre Napoléon et La Bédoyère. Il aimait bien cette scène où Napoléon, assis sur une chaise de campagne, dialoguait avec La Bédoyère, debout près de lui, admiratif. Napoléon lui demandait s'il avait des enfants, et il répondait : « Un petit garçon, Sire, pas plus haut que votre botte. » Napoléon lui répliquait qu'il avait un fils, lui aussi, l'être qui lui était le plus cher, et…

Et soudain, François sortit de sa torpeur, il était comme foudroyé, il se leva, se rendit à la cuisine pour s'asperger d'eau et s'essuyer avec le premier torchon à vaisselle qui lui tomba sous la main. Il s'agitait tout seul dans son appartement, comme ébranlé par la danse de Saint-Guy.

À l'écran, les premiers coups de canon annonçaient le début de la bataille de Waterloo.

François avait compris, il savait où se trouvait la fin de la lettre de Sénèque à Lucilius !

68

François dormit à peine cette nuit-là. Partagé entre l'enthousiasme qui consolide la certitude et le doute sur la pertinence de son instinct, de son flair. Il entrait dans un pari. Du coup, il sortait du déni. Cette situation ne pouvait plus durer. À l'aube, il réserva par Internet un billet d'avion pour Palerme, à moitié inconscient. Il allait foncer tête baissée, armé de sa seule intuition, mais il n'y avait rien d'autre à faire. Ce n'était pas un plan de reconquête, c'était une charge désespérée.

Par miracle, il trouva un vol pour le jour même, bon marché, sans doute un désistement, et en fit l'acquisition. L'avion décollait à midi, il arriverait à Palerme en fin de journée. C'était trop court, en matière de logistique, pour organiser correctement son assaut de la forteresse Zante. Quoique ?

Il loua une voiture, qu'il prendrait à l'aéroport, puis il foncerait chez Laura, avant de s'installer à son hôtel, le luxueux Villa Igiea. Son souci de la mise en scène reprenait le dessus. Dès son arrivée chez Laura, il l'inviterait à dîner. En matière de préparation d'une rencontre, il était tout à coup pire qu'un jeune homme amoureux.

Il vola vers Palerme dans un état second. Lorsqu'il prit les clés de sa voiture de location à l'aéroport après son arrivée, il savait qu'il jouait quitte ou double avec Laura, avec sa propre existence. Il fit le trajet entre l'aéroport et la ville avec appréhension, songeant un peu tard que ce genre de spontanéité n'était peut-être guère appréciée ni par les uns ni par les autres dans la famille Zante. Il allait bien voir, les dés étaient jetés.

Il se parqua hors du champ de vision de la maison. La surprise serait vraiment totale, et il sonna tout simplement à la porte. Il reconnut au parlophone la voix de la *mamma*.

— *Si ?*

— Bonjour, c'est le professeur François Lapierre.

Un silence fut la première réponse reçue par François, puis un éclatement de joie !

— Professeur, quelle bonne surprise, j'arrive !

La *mamma* lui ouvrit la porte et l'embrassa comme un fils. Il avait franchi la première ligne de défense, mais le gros des forces adverses l'attendait.

— Je suis vraiment ravi, moi aussi, de vous revoir. Ça fait déjà si longtemps, dit François, sincèrement ému.

— Trop longtemps… Mais pourquoi ne pas avoir prévenu ? J'aurais pu préparer un repas digne de l'appétit du *professore* !

— Oh, mais c'est exactement pour cette raison que je ne vous ai pas prévenue ! répondit François, se saisissant de la perche tendue.

Et ils en rigolèrent tous les deux.

De sa chambre, Laura entendait un brouhaha joyeux provenant du rez-de-chaussée. Son oncle s'étant absenté, c'était une visite qui faisait manifestement plaisir à sa mère. Curieuse, elle se prépara à la rejoindre pour se mêler aux festivités, quand sa mère lui coupa l'herbe sous le pied en l'appelant.

— Laura… Laura… *Vieni qui*, tu ne devineras jamais qui est ici.

Et elle devina instantanément.

Il est difficile de savoir si la colère l'emportait sur la lassitude de devoir affronter sa mère pour la convaincre de son hostilité à l'encontre de ces retrouvailles. Laura décida de ne pas descendre. Il fallait d'abord que Lapierre déguerpisse.

— Je suis occupée, maman, je ne veux voir personne. Rectification : je ne veux pas voir le professeur Lapierre.

— Oh, mais ce n'est pas comme ça que je t'ai éduquée, toi ! répliqua sa mère, qui se mettait à la gronder comme une petite fille, tandis que François estimait que cette alliance était peut-être encombrante et ne pouvait que jeter de l'huile sur le feu.

— Laissez, je vous en prie. Si elle ne veut pas descendre, c'est son choix.

Ayant déposé son oreille contre l'escalier, après avoir rampé jusqu'à lui comme une petite fille pour ne pas être vue, Laura entendit les propos de François et le traita intérieurement de sale hypocrite.

— Mais j'ai du mal à la comprendre, dit Ariana, dépitée. Vous avez fait tout ce chemin… Il faut au moins qu'elle s'explique avec vous.

Laura, furieuse, dévoila sa position incongrue en intervenant.

— On s'est déjà expliqué, maman. Le professeur est un peu dur de la feuille !

François ne voulait pas envenimer la situation, son initiative s'était plantée, il chercha une manœuvre de repli. Sachant que Laura l'entendrait, il s'adressa à Ariana.

— Écoutez, je séjourne à Palerme, à l'hôtel Villa Igiea. Dites à Laura que je l'invite à dîner ce soir à 21 heures, je l'attendrai jusqu'à 21 h 30. Et si elle ne vient pas, ce n'est pas grave.

Laura réagit intérieurement en se disant : *Quel culot, celui-là !*

François embrassa la *mamma* qui ne savait plus où se mettre, fit demi-tour et avança vers la porte. Juste avant de sortir, il cria, en s'adressant cette fois directement à Laura :

— La bataille n'est pas finie, Laura !

69

Pour qu'un pianiste professionnel dans un palace se plante en faisant une fausse note dans l'interprétation de *New York, New York*, il faut vraiment un événement majeur, et le passage de Laura Zante à 21 heures pile entre les tables du restaurant de l'hôtel Villa Igiea en était manifestement un. Elle avait sorti l'artillerie lourde, avec une robe bleu électrique au décolleté plongeant qui rendait un hommage vibrant à sa somptueuse poitrine, et un dos nu qui faisait mieux que bien porter son nom. Juchée sur des talons qui auraient transpercé un melon de part en part, elle s'avançait dans un mouvement de balancier savant, un demi-sourire aux lèvres, la chevelure gonflée et légère rythmant la cadence. Elle était l'incarnation de l'été célébré par la douceur de cette soirée palermitaine, elle était la lumière, celle, concentrée en un seul faisceau, en provenance à la fois de la pleine lune, de ses reflets argentés sur les vagues, des bougies sur les tables et des néons tamisés de la grande terrasse surplombant la Méditerranée. Son maquillage était celui d'une reine, et ses bijoux ceux d'une princesse. Un vague parfum traînait dans son sillage, le souffle léger du vent était son allié pour le diffuser.

Quand elle vint se poser à la table de François, il se sentit scruté par les regards haineux des hommes et interrogatifs des femmes de cette assemblée conviviale. Même le personnel masculin semblait avoir une dent contre lui, tandis que les serveuses lui accordèrent un surcroît d'attention.

C'est peu dire que François, en première ligne, était ébranlé par cette créature divine qui s'était autrefois donné à lui de tout son corps et de toute son âme.

À peine assise, Laura lui planta son regard brûlant dans les yeux.

— Je ne suis là que pour le mot bataille que tu as crié chez moi, et je ne serai pas ton dessert ce soir.

Laura débutait fort, un *one shot* dévastateur. François rangea toutes les plaisanteries teintées de nostalgie qu'il avait mises en batterie.

— La bataille, poursuivit Laura. Quand tu as dit que la bataille n'était pas finie, je me suis dit que ça valait la peine de voir de quel bois tu te chauffais. Autre chose : j'ai été mise au courant, disons, de tes exploits et du glorieux carnage à Paris en mon honneur, soi-disant pour me sauver la vie. C'est en tout cas l'avis de ma mère et de mon oncle, sauf que tu ne leur as pas précisé que c'était d'abord pour sauver la tienne. Bref, tu as bien manigancé ton retour dans mon existence, en ne tenant absolument pas compte du fait – je suppose sans importance pour toi – que je ne voulais plus jamais te voir. Et en prime, c'est maintenant moi la méchante, pire que Cruella, aux yeux de ma famille.

François sentit que la conversation entamée glissait déjà dans une direction qui était la pire possible à envisager dans ce contexte. Il était pris de court, il n'avait donc rien compris, croyant toujours qu'une femme qui venait à un rendez-vous était nécessairement conquise.

— Écoute, Laura, c'est la première fois qu'on parle depuis six mois. De l'eau a coulé sous les ponts. J'ai beaucoup de choses à te dire, mais je ne sais pas dans quel ordre.

— Oh, mais moi, je sais. Et si tu veux, je peux les énumérer une à une dans un ordre juste et cohérent, si tu es à même de les entendre, bien sûr.

François ne pouvait que constater qu'elle avait décidé d'être désagréable. Il s'était singulièrement refroidi et commençait à douter sérieusement du bien-fondé de sa démarche. Le fichu caractère de Laura allait peut-être l'aider à aller de l'avant, car il se saisirait, tout compte fait, de tout ce qui pouvait l'aider à digérer et à justifier leur séparation.

— Bon, il y a des abcès à percer, mais nous n'y arriverons qu'avec un minimum d'empathie l'un pour l'autre.

— Dire qu'on a fait l'amour le corps en feu, et maintenant, tu quêtes un minimum d'empathie. Tu n'as pas honte ?

François se leva. C'était lui qui était furieux, comme si un éclair de conscience le sortait de sa torpeur, de toute la vanité de cette mise en scène kitsch et pathétique.

— Commande sans moi, savoure l'excellent repas qu'on te servira, mets le tout sur ma note, c'est la chambre 224. Ciao.

Et il partit sans demander son reste, et sans se retourner. Des taxis attendaient à l'entrée de l'hôtel, il embarqua dans le premier, direction le centre de Palerme, en se faisant conseiller par le chauffeur sur les bars fréquentables et rentables pour un homme seul et sans attache.

De son côté, Laura n'avait pas bougé d'un pouce, digne et droite, femelle jusqu'au bout des ongles. Un certain nombre de clients, ne comprenant pas l'inconscience du crétin qui abandonnait une telle femme à son sort, se mirent à regretter d'être accompagnés, tandis que d'autres, solitaires, surtout des hommes d'affaires, envisageaient sérieusement de tenter leur chance dès qu'elle aurait terminé son entrée. Mais elle demanda d'emblée l'addition, qui se résumait au verre pris par François en l'attendant, régla la note et retourna au parking pour reprendre sa voiture. Assise au volant, elle s'autorisa enfin, dans le silence de sa peine, à laisser courir quelques larmes sur son visage qu'elle trouvait maintenant trop maquillé.

Elle démarra en trombe pour rentrer chez elle.

François éprouvait une curieuse sensation de liberté en se laissant conduire par le taxi au cœur de la ville. Il fallait tourner la page, il en avait assez de cette histoire de fou. Il devait redevenir lui-même, avec ses qualités et ses défauts, le François Lapierre d'avant, celui qui avait fait son nid dans son environnement, qui avait trouvé sa place dans la prairie. Et tant pis pour la lettre de Sénèque, pour Napoléon, pour les situations dingues qui avaient failli lui coûter la vie, il envoyait tout bouler. Comment avait-il pu aller si loin dans le délire pour une paire de seins ? Il se dit que c'était une bonne leçon de la vie. Désormais, il prendrait ses précautions.

Le taxi s'arrêta devant un établissement dont la façade était rehaussée de lumières multicolores, une boîte d'où sortait une musique moderne, et où entraient des jeunes femmes toutes plus sexy les unes que les autres. Il allait pouvoir passer sa dernière nuit à Palerme sans entrave, sans équivoque. La nuit ne faisait que commencer…

70

François se réveilla dans le lit de sa chambre 224. Il avait la tête qui vibrait, comme la place Rouge à Moscou un 1er Mai de l'ère soviétique. Ses paupières collaient, et il sentait lui-même qu'il puait l'alcool. La java monstrueuse, déchaînée, qu'il s'était offerte durant toute la nuit n'était plus de son âge. Il lui faudrait quelque temps pour oser examiner les relevés de sa carte bancaire correspondant à la date de cette nuit apocalyptique. Il chercha l'heure, une entreprise qui lui semblait aussi complexe que retrouver des clés perdues. Il se souvint très vaguement qu'il avait perdu une chaussure dans l'aventure. Il se souvint aussi du taxi qui l'avait ramené, son conducteur devait être un bon samaritain, à moins qu'il n'ait procédé à un pillage en règle de son portefeuille en fin de course.

François, dans un élan sublime compte tenu de son état, retrouva son portable qui traînait par terre. Il lui collait les doigts. Dieu sait dans quel liquide infâme il l'avait trempé pour jouer sans doute à la madeleine de Proust et faire rire une petite gazelle qui n'en demandait pas tant.

Il l'alluma, il fonctionnait encore, il y avait un bon Dieu pour les pochards. Il indiquait 16 heures ! Son avion du retour vers Paris était déjà dans le ciel, et nul doute que l'hôtel lui avait automatiquement facturé une nuit de plus. Il retrouva sa chemise, dont les taches constituaient une cartographie saisissante des aléas de sa débauche.

— Quel con !

Ce furent ses premières paroles de la journée, emblématiques du désastre de sa vie depuis six mois, depuis sa rencontre avec… non ! Il ne voulait plus prononcer son nom, c'était terminé.

Il rampa littéralement vers la douche et s'assit sous le jet sans penser à rien. Il se dit qu'il n'était plus qu'une misérable loque humaine. Il sortit de la douche après une demi-heure, s'essuya à peine et s'effondra de nouveau dans son lit dont il trempa les draps. Il se souviendrait longtemps de cette cuite homérique.

Il lui fallait rapidement trouver un nouveau vol, si possible pour le lendemain. Il séria les priorités. D'abord du café. Il appela le *room service* qui vint le servir rapidement. Il avala deux tasses coup sur coup, ce qui lui provoqua un relent de nausée, mais le litre de San Pellegrino commandé en même temps et déjà avalé restaura la situation. Il reprenait lentement ses esprits.

Il se hissa sur la chaise du bureau de sa suite pour allumer son ordinateur portable et se lancer dans la recherche d'un billet d'avion. Sauf à des prix parfaitement exorbitants, il ne trouva aucun billet pour une liaison Palerme-Paris le lendemain. En revanche, il restait des places sur un vol du surlendemain. Il n'avait pas le choix, il lui faudrait rester un jour de plus à Palerme, et une nuit supplémentaire qui lui coûterait un pont.

Il entama la procédure électronique de réservation.

Il était pratiquement 18 heures, il décida d'aller prendre l'air sur la terrasse de l'hôtel, et un autre café, en grignotant quelque chose. Il avait juste du temps à tuer.

Il n'avait pas pris la peine de se raser, ni de se coiffer, et il s'était contenté d'enfiler un jean et une chemise usagée, ainsi que ses chaussures de rechange, de vieilles baskets en réalité, qui commençaient sérieusement à demander grâce. Il descendit par l'ascenseur pour se retrouver dans le lobby, plutôt calme à cette heure. Il préféra laisser ses clés à la réception, car dans ces moments d'égarement, il perdait tout. L'hôtesse qui les reçut lui demanda de préciser quand il comptait quitter l'hôtel, et lui remit un message écrit.

Il était surpris de le recevoir, et le lit immédiatement. Il était très bref :

J'ai pas été top hier.

Il resta cloué sur place, ne pouvant s'empêcher de sourire, d'être débordé par une vague de tendresse qui lamina toutes les résolutions masculines et imbéciles qui n'avaient servi qu'à justifier les excès de sa folle nuit. Elle allait finir par le tuer.

Il se retourna pour aller sur la terrasse. Elle était là, assise dans un des divans du lobby, simplement vêtue d'un jean et d'un petit pull, les cheveux noués. Elle le regardait, elle n'avait jamais été aussi belle.

Elle se leva du divan, ils se rapprochèrent l'un de l'autre, débarrassés de leur colère, simplement porteurs de leur vécu, de leurs souvenirs, de leurs espoirs. Ils se sourirent spontanément, la guerre était finie, l'heure de la reconstruction était venue.

— T'as une tête à faire peur, ce n'est pas Halloween pourtant, dit Laura, d'emblée espiègle.

— Toi, tu es belle comme un cœur, on est la Belle et la Bête.

— J'ai soif d'un thé.

— J'ai soif d'un café.

Il lui prit la main, et ils se rendirent à cette terrasse qui avait déjà oublié leur duel à mort de la veille au soir.

71

La Méditerranée s'offrait à eux, comme une grande source d'apaisement et de soulagement. Assis à une petite table en face de sa lumière de fin d'après-midi, Laura et François parlaient gentiment ensemble, en s'effleurant, en se câlinant, en accomplissant tous ces petits gestes propices à une reconquête amoureuse, en se regardant avec tendresse. Ils bavardèrent tout simplement, comme s'ils s'étaient quittés la veille. Ils retrouvaient leur complicité sans effort. Tout n'était que fluide, leur conversation comme leurs désirs.

Ce fut le moment que choisit François pour faire un aveu à Laura, il n'y en aurait pas de meilleur.

— Ah oui, il y a une autre petite chose. Je sais où se trouve la fin de la lettre de Sénèque.

Laura crut ne pas avoir compris.

— Quoi ?

— Je sais où se trouve le morceau manquant de la lettre de Sénèque, dit-il lentement, un petit sourire narquois aux lèvres.

— C'est… c'est fantastique ! Mais pourquoi tu me le dis seulement maintenant ?

— Parce que je voulais séparer les choses, on devait se retrouver, s'aimer d'abord, pour que ce bout de papyrus ne soit jamais un obstacle entre nous, l'objet d'un doute sur nos sentiments véritables.

Laura comprit instantanément pourquoi elle aimait cet homme.

Et pourquoi la bataille n'était pas finie.

72

La *camera* 224 était sans doute très désordonnée. Juliana, la femme de chambre, avait déjà compris que son occupant n'avait pas une vie équilibrée. Elle ne s'offusqua pas de s'incliner une fois encore devant le petit carton rouge « Ne pas déranger » accroché à la poignée de porte. Et elle n'avait pas tort, la chambre 224 ressemblait à un champ de bataille ayant connu plusieurs assauts, dont le dernier en date était illustré par les ébats des deux corps nus enlacés, allongés sur le lit *king size* dont tous les draps étaient répandus par terre.

— Tu as travaillé pendant mon absence ? murmura Laura, entre deux baisers tendres d'après l'amour.

— Comme une bête.

— Moi aussi, dit Laura, comme une doctorante.

— Ça me rassure que tu aies pu traverser tout ça tout en ayant conservé ta capacité de travail, constata François, sur un ton professoral.

— Moi aussi, je suis contente que tu sois resté concentré, renchérit Laura sur un ton maternel.

— J'ai cru crever.

— Moi aussi.

— On va fusionner nos notes, annonça François.

— On va fusionner, répéta Laura.

Et elle l'attira à elle.

Ils brisèrent le temps, ils brisèrent leurs corps.

Assommés l'un contre l'autre, ils reprirent lentement leurs esprits, après la violence inouïe de ce nouveau moment de jouissance partagée, complète. Laura, encore louve, la voix rauque, décida de redescendre un peu sur terre, tout en laissant son corps humide sécher sur celui de François.

— Et maintenant, explique-moi comment tu as deviné pour la fin de la lettre.

François estima que certains détails, comme le cognac, étaient inutiles pour la compréhension du récit.

— Un soir, j'ai revu pour la centième fois le film *Waterloo* de Bondartchouk. À un moment donné du film, juste avant la bataille, une scène présente un dialogue entre La Bédoyère et Napoléon. C'est une respiration dans le scénario. Ils discutent courtoisement de leurs fils respectifs, et Napoléon fait une véritable déclaration d'amour pour le sien. Pendant qu'il parle, il manipule un portrait miniature du roi de Rome et le range ensuite dans sa poche. C'est à ce moment-là que j'ai eu une illumination. Il a emporté le secret avec lui, sur lui, dans son tombeau, que je vois tous les matins depuis la fenêtre de mon appartement !

— C'est un peu tiré par les cheveux, ton histoire, répondit Laura, dubitative.

Les cheveux…, songea subrepticement François, qui s'empressa de répondre.

— Sans doute, mais ensuite, j'ai interrompu le visionnage du film, je voulais confronter mon intuition à une source, et je me suis rué vers ma bibliothèque, pour me saisir d'un livre, *Napoléon à Sainte-Hélène. Derniers jours*, un ouvrage abondamment illustré. Je l'ai feuilleté, et je suis tombé sur une gravure représentant Napoléon venant de décéder, dans son lit, juste avant sa mise en bière. Je l'ai ici. Regarde attentivement cette gravure.

Il tendit une photocopie couleurs, auparavant déposée pliée sur sa table de nuit, à Laura qui l'examina avec attention.

— Hum, je dois regarder où ?

— Examine le torse de l'Empereur. Qu'est-ce que tu vois sur ses habits ?

— Une pochette ! Une pochette dont la lanière passe autour de son cou.

— Exactement, le genre de pochette dans laquelle on glisse des documents importants, les plus importants de sa vie, pour les emporter avec soi dans la tombe, comme les pharaons le prévoyaient lors de l'organisation de leur ensevelissement.

— Plutôt top, docteur Lapierre, répliqua Laura, sincèrement admirative.

— Il m'a fallu du temps pour m'en remettre, avoua François.

Laura se demandait ce qu'ils pouvaient bien faire à présent que la source était scellée pour l'éternité.

— Et maintenant, c'est quoi la prochaine étape ?

— On repart à Paris tous les deux, c'est-à-dire demain, et on rencontre les Israéliens.

— Pourquoi ?

— Parce qu'ils vont nous aider à ouvrir clandestinement le tombeau de Napoléon.

73

Lorsque la voiture s'arrêta devant la maison de famille de Laura, et que celle-ci, accompagnée de François, vint ouvrir toute grande la porte d'entrée, avant de se ruer à l'intérieur comme une diablesse et de monter l'escalier quatre à quatre, la *mamma* se dit que c'était beau la jeunesse.

Ils étaient de passage, juste le temps pour Laura de faire sa valise, et ensuite, ils fileraient à l'aéroport. Laura songea que la vie avec cet homme impliquait d'affronter tout le temps sa plus grande crainte : voler dans les airs.

La *mamma* et *zio* Luigi, particulièrement complices, se dit François, les accueillirent à bras ouverts. Il fallut lutter contre eux pour refuser un plateau de charcuterie et une bouteille de *rapitalà nero* d'Avola. Mais comme il s'imposait de toujours laisser une issue honorable à toutes les parties dans une négociation, Laura et François acceptèrent un thé et un café avec des *paste di mandorla* faites maison.

À plusieurs reprises, François sentit le regard bienveillant de Luigi posé sur lui. Au moment de partir, ils s'embrassèrent, et Luigi lui souffla à l'oreille :

— Tu fais partie de la famille maintenant.

François se contenta de lui sourire, ému. La vie était décidément pleine de ressources.

L'avion venait de décoller, la phase « Je suis tétanisée, on va tous mourir » de Laura était passée. François lui tenait toujours la main et s'efforçait de la taquiner pour qu'elle se détende, une démarche pratiquement vaine. Ce fut pourtant Laura qui reprit l'initiative d'une conversation de grandes personnes, si l'on peut dire.

— Dis-moi un peu, comment tu comptes t'y prendre pour ouvrir le tombeau de Napoléon ? C'est du lourd, tu sais.

— Je sais que c'est du lourd et je ne sais pas comment m'y prendre.

— Je vois… Encore un truc de séducteur, cette histoire. Tu promets la Ferrari et tu me déposes à vélo.

— Disons que je suis content d'avoir produit mon petit effet sur toi.

— J'aurais dû rester chez ma mère alors ?

— Mais non, j'ai quand même ma petite idée pour entrer dans l'église des Invalides et pour arriver jusqu'à la crypte. Ensuite, je compte beaucoup sur les Israéliens et leurs ressources.

— Ah oui ! Tes nouveaux potes qui cassent tout.

— Ce ne sont pas exactement des potes, mais on a un accord, un *modus vivendi*. Et il est solide, même si je sais que je dois encore te convaincre sur ce point.

— Encore un coup tordu en somme.

— Ce qu'on va faire en rentrant chez moi, c'est les inviter à dîner. Comme ça, tu feras connaissance avec eux.

— Et on mangera quoi ?

— Italien, bien sûr. Je compte sur toi, en fait, pour nous cuisiner quelque chose de bon à tomber par terre.

— C'est bien ce que je disais, j'aurais dû rester chez ma mère.

François l'enlaça et l'embrassa sur la bouche, d'un long baiser sans fin. L'hôtesse qui passait avec les rafraîchissements renonça à les inviter à en choisir un.

74

— C'est cossu chez vous, dit Boss, à peine entré dans l'appartement de François Lapierre. Mais je vous aurais plutôt vu dans du *shabby chic*.

— Ne l'écoutez pas, reprit la Mouche. Il ne sait même pas ce que c'est.

— Je suis ravi de vous accueillir, je vous présente Laura Zante. Laura, je te présente M. Boss et… Mme Mouche.

Hugo Boss fit un baisemain complètement raté à Laura, et les deux femmes s'embrassèrent spontanément. Les quatre personnages s'installèrent dans les fauteuils confortables de François. Sur la table en verre et acier, une bouteille de vin blanc sicilien haut de gamme trônait sur des *zakouski* et des *antipasti*. François fit le service et, après qu'ils eurent savouré une première gorgée ensemble, il prit la parole en s'adressant à ses invités.

— Comme je vous l'ai annoncé par téléphone en vous priant de venir ce soir, je sais où se trouve la dernière partie de la lettre de Sénèque.

Mais Boss le priva de son effet d'orateur, en annonçant tout de go :

— Authentique !... La lettre de Sénèque est authentique, nos savants l'ont confirmé, je tenais à vous l'annoncer en présence de Laura Zante pour saluer sa découverte.

Laura ne s'attendait pas à cette entrée en matière, elle sentit les larmes lui monter aux yeux, à cause de cette bonne nouvelle, mais aussi de la manière de procéder de ce rustre. Laura commençait à comprendre le lien qui avait pu se nouer entre lui et son homme, ils n'étaient pas du même bois, mais ils étaient de la même tribu.

Ils levèrent leur verre en chœur et trinquèrent, François était sincèrement heureux, lui aussi. C'était en réalité un pas décisif, qu'ils avaient beaucoup trop négligé dans leur enquête. Décidément, cet agent du Mossad avait plus d'un tour dans son sac.

Boss lui facilita la vie en relançant la conversation.

— Alors, prof, il est où, ce morceau de papyrus infernal ?

— Il est dans le tombeau de Napoléon.

— Ah ! s'esclaffa Boss. Il est mort dans une île, non ? À Sainte-Hélène, si mes souvenirs sont bons. C'est au large de l'Afrique, ça. Il faudra faire plein de vaccins, se taper sans doute de la quinine, et la bouffe est très moyenne par là.

Laura avait été prévenue par François que Boss adorait deux choses : le second degré et le politiquement incorrect. C'était parfois fatigant.

François se leva et écarta le rideau du salon, exposant à la vue le magnifique dôme des Invalides.

— Je vous présente la dernière demeure de Napoléon, Empereur des Français, inhumé en bord de Seine, selon ses vœux.

Le dôme retint l'attention de tous, une émotion parcourut le groupe. Ils étaient face à l'histoire, à quelques dizaines de mètres du but, et François savait qu'il était prêt à commettre l'irréparable : violer une mémoire pour en éclairer une autre.

— La question est : comment procéder ? dit la Mouche, toujours très professionnelle.

— On ne peut quand même pas faire exploser le tombeau ? dit Laura, sur un ton un peu plus léger.

La bouteille était déjà vide, François engagea les réserves. La soirée risquait de compromettre ses meilleurs vins, d'autant que Laura, d'habitude plutôt sobre, semblait se laisser aller sur la pente descendante. Mais nul doute qu'elle avait envie de fêter plusieurs choses à la fois.

— Bien, dit François, je propose qu'on en parle avant d'aller à table, parce qu'à la vitesse où vous descendez vos verres, on risque de refaire le monde avant de conquérir le dôme.

— Et poète à ses heures, en plus ! s'exclama Boss.

— Voilà, reprit François, avec ses réflexes de pédagogue. Je vous ai préparé un dossier individuel que voici, et je vous propose de le parcourir ensemble. Comment pénétrer par effraction dans l'église des Invalides ? La série de photographies et les plans que vous trouverez dans la farde vous l'expliquent en détail. Je résume. Depuis la place Vauban, ici, il est très facile d'entrer dans le périmètre du dôme des Invalides, tout simplement par l'entrée des visiteurs. Aucun mur, aucune grille de protection sérieuse ne nous retiendra. Ensuite, on suit la petite allée à droite du jardin de l'Intendant, en évitant bien sûr l'entrée principale de l'église, et on s'engage dans l'allée qui se situe à droite du restaurant, Le Carré des Invalides, et ensuite de la billetterie. Regardez la photo : juste en face de la billetterie, on est pratiquement derrière la structure principale de l'édifice. Il y a actuellement un échafaudage de rénovation qui s'élève le long de la paroi, incluant les vitraux de l'église.

Boss réagit.

— Avec une échelle toute prête pour nous, et un habillage en plastique qui nous permettra de nous dissimuler à l'intérieur de l'échafaudage. Pas mal, ça.

— Exactement, continua François, c'est notre point d'entrée, en découpant soigneusement le verre des vitraux pour laisser passer les hommes et le matériel, la bonne nouvelle étant qu'à l'intérieur, il y a un échafaudage similaire, le vis-à-vis du premier, nous permettant de descendre sur le sol de l'édifice, à l'endroit précis où se trouve le premier escalier conduisant à un deuxième qui fait directement face au sarcophage. Non seulement, nous sommes discrets à l'extérieur, mais aussi à l'intérieur.

La Mouche elle-même reconnut que cette partie de l'opération était un jeu d'enfant. Boss intervint.

— O.K., en effet, il n'y a pas mieux. On a du bol qu'un chantier nous facilite la tâche. Alors, pour les gardes ou les vigiles éventuels qui rôderaient, le Paresseux va s'en occuper, c'est un tireur d'élite, précisa-t-il à François et à Laura qui ne le connaissaient pas, et qui pâlirent instantanément.

— Vous ne comptez quand même pas… ? interrogea François.

— Rassurez-vous, répondit Boss. On fera dans la douceur, c'est un fusil à fléchettes pour endormir les fauves. Vous savez, comme dans les films genre *Out of Africa*. Le tireur couvrira notre progression. Pour le système d'alarme et les éventuelles caméras de surveillance, un hacker de chez nous pourra tout pirater, au moins pendant un temps. Il pourra même le faire depuis Tel Aviv, on économisera un billet d'avion.

— Bon, que se passe-t-il pour l'équipe quand elle est à l'intérieur, près du tombeau ? demanda la Mouche, impatiente de connaître l'étape suivante.

— Il faut savoir que le tombeau, reprit François, est un monument qui occupe la partie centrale d'une rotonde de quinze mètres de diamètre. Nous pouvons nous y déployer, ainsi que le matériel, sans difficulté. Seul le sarcophage occupe l'espace, sous l'œil vigilant de douze statues allégoriques. Comme vous pouvez le voir sur la photo, ce monument est massif, il mesure cinq mètres de haut, quatre mètres de long et deux mètres de large. Le socle qui porte le sarcophage est en granit vert, particulièrement robuste. Quant au sarcophage lui-même, il est en quartzite de Finlande. C'est là que les choses se compliquent. Le corps de Napoléon se trouve certes dans ce sarcophage, mais il est placé dans cinq cercueils successifs qui s'emboîtent les uns dans les autres et qui ne sont pas faits du même matériau. Regardez la projection 3D : les cinq cercueils sont en fer-blanc, en acajou, puis vous en avez deux en plomb, et enfin, un cercueil en ébène.

— Une poupée russe donc, dit Laura, subjuguée.

— Exactement, une matriochka, confirma François.

La Mouche était dubitative, elle mesurait les difficultés de l'opération. Elle livra son analyse.

— Il faut attaquer le tombeau du côté de la largeur, c'est le seul champ d'action disponible. Au-dessus, pas possible, le couvercle est trop massif, et en dessous, d'après les mesures, on peut y glisser un homme, mais la longueur de l'ouverture à réaliser est trop courte et ne permettra pas d'extraire les cercueils. Sur la longueur, on est gêné par les décorations. Il n'y a que sur la largeur qu'on peut travailler, en particulier la partie arrière du sarcophage.

— Je suis d'accord avec… Mme Mouche, répondit Boss, mais il y a un autre loup. La hauteur du point d'accès est telle qu'il nous faudra un échafaudage pour pratiquer l'opération, une plate-forme pour travailler à extraire le dernier cercueil et l'ouvrir, celui-là, comme un cercueil normal, afin d'avoir accès au corps.

— C'est là où je cale, reconnut François.

Boss se mit à réfléchir et tous étaient pendus à ses lèvres. Il redressa la tête, esquissant un sourire de contentement.

— Les petits génies de Tsahal, qui ont l'habitude de percer toutes sortes de tunnels, disposent d'une arme secrète, dont on n'étale pas l'existence dans les gazettes : un laser surpuissant, capable de découper n'importe quel matériau avec une grande discrétion. Ils seront d'accord de nous le prêter pour notre petite incartade. On a carte blanche. C'est fou le nombre de gens dont vous avez éveillé la curiosité.

— Comment allez-vous le faire venir ici ?

— Il sera vite là, ce n'est pas très encombrant. On le fera passer par la valise diplomatique, officiellement du matériel sophistiqué de surveillance antiterroriste. C'est un sésame qui ouvre beaucoup de portes aujourd'hui.

Laura était fascinée, la Mouche le remarqua et ne put s'empêcher de lui souffler à l'oreille :

— Il adore faire le paon et faire pan pan. Ce sont les deux seules choses qu'il sait faire en réalité. Ne tombez pas dans le panneau, ma belle.

Laura lui rendit son sourire.

— La manipulation de cette arme est assez simple en définitive, il faut surtout bien calculer l'intensité de départ, continua Boss. Le principe de base est de franchir les couches de cercueil progressivement, sans griller l'Empereur bien entendu.

— Et l'échafaudage ? intervint Laura.

— Je ne sais pas, je dois y réfléchir, répondit Boss, qui masquait mal une expression dubitative, très rare chez lui.

François eut le sentiment que ce n'était pas bon signe.

— Bon, faisons les comptes, reprit Boss. Outre le prof et moi, il faut le Paresseux en couverture, un hacker à Tel Aviv, un ingénieur pour l'appareil de découpage, et selon moi quatre hommes robustes en appui pour l'échafaudage qu'on n'a pas encore et la manipulation des plaques découpées. Pour celle en quartzite, il nous faudra de sacrées ventouses pour qu'elle ne se décroche pas après la découpe. Quelle plaie ! Il aurait pu se faire enterrer au Père-Lachaise comme tout le monde, votre Empereur !

— Et moi ? demanda la Mouche, qui sentait monter en elle une pointe de déception.

— Toi, tu prépares les sandwiches… Mais non, madame Mouche, toi, tu veilles sur nous, dans un véhicule stationné dans le quartier, et tu récupères l'équipe. Il faudra une camionnette. Vous, Laura, vous restez ici, et vous observez à la jumelle l'ensemble du site, en hauteur. C'est parfait depuis la fenêtre de l'appartement. On sera tous reliés par des oreillettes pour communiquer en temps réel, et l'équipe d'intervention portera des lunettes à vision nocturne pour l'approche et la sortie.

— J'ai une requête à formuler, dit calmement François. Je souhaite que l'équipe n'emporte pas d'armes.

— Encore un putain de pacifiste ! ne put s'empêcher de s'exclamer Boss.

— Je ne veux pas qu'un fonctionnaire français soit blessé dans l'affaire.

— Tu entends, madame Mouche ? Il veut que je fasse ça tout nu ! Écoutez, prof, c'est exorbitant ce que vous me demandez là. Vous allez mettre toute une équipe du Mossad en péril. Je devrai le demander aux hommes. Sans leur accord individuel, je ne peux rien vous promettre… Foutu Sénèque, foutu Napoléon !

— Vous vous souvenez de ce que vous m'avez dit lors de notre première conversation à Rome devant une glace ? demanda François.

Laura tiqua, puis elle balaya.

— Vous m'avez dit : « On n'est pas des pilleurs de tombe. »

— Me souviens plus.

— Et moi, j'ajoute qu'on n'est pas des criminels, on va juste rendre à l'histoire l'emprunt à long terme que Bonaparte a fait.

Boss se tourna vers Laura.

— Un intello romantique bon chic bon genre, vous supportez ?

— C'est une espèce très rare, se contenta de lui répondre Laura.

La Mouche, restée songeuse pendant l'échange, ajouta :

— Le Paresseux va avoir une sacrée responsabilité, on lui dira pas qu'on sera tout nu.

— Demain, je propose que Boss et moi visitions les Invalides, en touristes, annonça François.

— Super ! Je mettrai ma chemise hawaïenne et je prendrai l'accent américain, pour passer inaperçu, ajouta Boss.

L'atmosphère se détendait. Laura se tourna vers la Mouche.

— Vous connaissez Angelina ?

— Non.

— C'est le meilleur salon de thé de Paris, avec des viennoiseries à tomber par terre. Ça vous dit d'y aller avec moi ?

— Être un peu entre filles ne me fera pas de tort. J'accepte, merci. On laissera les mâles préparer leur coup.

— À la bonne heure ! dit Laura. Je peux connaître votre prénom ?

— Shoshana.

Ils passèrent enfin à table, la séance de travail terminée, et mangèrent de bon cœur les plats succulents préparés par Laura, qui ne fut pas la dernière à participer au saccage de la « cave » du professeur Lapierre. Quand la soirée fut terminée et les invités partis, Laura était dans un état avancé.

— Eh bien, professeur Lapierre, je dois vous dire que tu as des idées bien saugrenues ! Saugrenues, j'adore ce mot… Mais tu es complètement fou. C'est contraire à toute éthique… Et toc !

— Je persiste à dire qu'on ne peut rien publier sur la base d'un document amputé. Ça, c'est mon éthique. Oui, je vais vandaliser un monument historique, je n'èn suis pas fier. J'espère que le professionnalisme de nos camarades sera à la hauteur.

Laura écoutait à peine, décalée dans son ivresse.

— Tu es complètement fou, mais je t'aime. Je t'aime vraiment.

Laura commençait à somnoler. François s'approcha d'elle et l'aida à se tenir debout pour la conduire au lit. Il ne voulait plus jamais perdre cette femme, jamais.

75

Mêlés à la foule des touristes, Hugo Boss et François Lapierre déambulaient dans l'église du dôme où ils venaient de pénétrer quelques minutes plus tôt. L'édifice était majestueux et il y régnait une atmosphère de recueillement en dépit des visiteurs. Bien sûr, les deux hommes se concentraient sur les questions encore à résoudre, et en particulier celle de l'échafaudage en appui de leurs travaux d'ouverture du tombeau. Boss n'avait encore rien dit à ce sujet à François, et celui-ci craignait qu'il n'ait tout simplement pas encore résolu le problème.

L'attention de Boss se porta sur l'échafaudage de rénovation qui s'élevait le long du mur et dont il avait été question dans leur discussion préalable, un véritable coup de poing sur un œil dans ce décor somptueux.

Boss s'approcha de la structure et se mit à la photographier sous différents angles, prenant son temps, au point que François pensa qu'il risquait d'attirer l'attention (il y avait tant d'œuvres d'art à photographier dans ce lieu), d'autant qu'il avait vraiment mis sa chemise hawaïenne, à laquelle une paire de lunettes de soleil était accrochée. C'était surtout le bermuda et le chapeau de paille qui achevaient de surcharger le personnage.

Alors que Boss multipliait les clichés, il se produisit un phénomène inattendu. Un groupe de touristes, manifestement dans le cadre d'une visite guidée, se déplaça vers Hugo Boss, et ils se mirent à photographier à leur tour l'échafaudage ! Cet effet de mimétisme ne troubla pas le moins du monde Boss qui, au contraire, afficha un grand sourire, sous le regard consterné de la guide qui perdait ses brebis. François s'approcha d'elle et ne put résister à l'envie de lui adresser la parole.

— C'est John Falsch, le grand reporter américain, spécialiste de l'art décalé, sans doute reconnu par des membres de votre groupe. Je suppose que photographier ce que photographie un artiste donne du talent.

La guide le regarda, médusée, en se demandant si cet homme pensait vraiment ce qu'il disait. D'un autre côté, il avait l'air si sérieux que c'était peut-être la bonne explication.

Boss en remettait une couche et se faisait maintenant prendre en *selfie* avec des touristes, ce qui n'était pas très malin compte tenu des événements qui devaient bientôt se dérouler là. Mais qui ferait le lien ?

La récréation se termina, les deux hommes se retrouvèrent pour poursuivre leur examen des lieux.

— Ça va ? lui demanda François.

— Vous avez vu ça ! L'art de brouiller les pistes, prenez-en de la graine.

François se contenta de répondre en levant les yeux en l'air et en souriant.

Ils descendirent dans la crypte et contemplèrent le tombeau. Un moment de solennité impossible à négliger. Le colosse historique dormait là, auréolé d'une gloire immortelle.

Ce fut Boss qui rompit le silence.

— Vous savez, Bonaparte, quand il était à Jérusalem durant la campagne d'Égypte en 1799, a fait une proclamation à la nation juive.

Boss en connaissait des passages par cœur qu'il récita.

— « Israélites, nation unique que les conquêtes et la tyrannie ont pu, pendant des milliers d'années, priver de leur terre ancestrale, mais ni de leur nom, ni de leur existence nationale ! [...] Vous avez le droit à une existence politique en tant que nation parmi les autres nations ».

— Et en 1800, il déclara : « Si je gouvernais une nation juive, je rétablirais le temple de Salomon », compléta François.

— On va faire ça bien, prof. Au fond, c'est l'un de nos pères fondateurs, reprit Boss.

François sauta sur l'occasion.

— Vous avez résolu notre problème ?

— Je crois. On va utiliser un échafaudage pliant en aluminium, léger, qu'on emporte dans l'opération. Et s'il le faut, on se sert des éléments de l'échafaudage qui est déjà dans l'église. On a quatre hommes qui s'occuperont de ça, dont deux types qui étaient monteurs de cirque dans une autre vie. L'ingénieur qui fera fonctionner le laser travaillera tout seul sur l'échafaudage.

— Comment éviter la chute de la plaque de quartzite quand elle sera découpée ? C'est l'élément le plus lourd, s'inquiéta François.

— Avec un système de ventouses hyperpuissantes à bras télescopiques. C'est moi qui me chargerai de porter ce bidule.

— Quand les différentes couches de cercueils seront dégagées, *quid* du dernier, celui qui contient le corps ? demanda François, qui ne négligeait aucun détail.

— Un homme rejoint l'ingénieur. À deux, ils tirent le cercueil et le déposent sur la plate-forme de travail, ils l'ouvrent, mais pas plus. Ils descendent et vous montez. Vous serez le seul à voir Napoléon, et à l'aise pour trouver ce que vous cherchez. Vous aurez une lampe de poche pour le fouiller.

François commençait à visualiser la scène. Il serait donc seul en hauteur avec Napoléon, cette perspective ne l'avait pas frappé, mais maintenant, il en mesurait l'enjeu et prenait conscience du caractère particulièrement lugubre de la situation à laquelle il allait être confronté.

— Quand c'est fini, vous refermez le cercueil, vous descendez, et les hommes replacent le cercueil dans le sarcophage. Ensuite, on sort en abandonnant le matériel, sauf le laser. Il va falloir faire preuve de sang-froid, prof, ce n'est pas une promenade de santé.

C'était le moins que l'on puisse dire. François mesurait à quel point il s'était engagé dans une folle entreprise, d'autant que, et c'était un détail qu'il avait omis de mentionner aux autres, il n'était pas absolument certain d'obtenir un résultat.

Il regarda Boss dans les yeux.

— Merci pour votre confiance en mon intuition d'historien, car je n'ai pas de preuve que ce que nous cherchons s'y trouve. Je sais que j'aurais dû insister là-dessus lors de notre réunion préliminaire.

— Je m'en doutais, prof. Si cela peut vous rassurer, vous êtes entré dans un univers parallèle où on n'est jamais sûr de rien. Il faut vivre avec.

Ils avaient fait le tour de la question et quittèrent l'église des Invalides, se séparant dans la rue. Ils ne devaient plus se revoir avant la nuit de l'opération, qui débuterait à 3 heures du matin.

Ils ignoraient qu'une mauvaise surprise les attendait, une précaution confidentielle prise par les autorités dans la foulée de la vague d'attentats terroristes, et qui risquait de leur coûter très cher.

76

Marius Bontempis en était à sa quatrième bouteille de vin depuis le début de la matinée, mais le sans-abri n'était pas suffisamment assommé pour ne pas s'étonner de l'animation bizarre qui régnait aux abords de la place Vauban, traversés par des silhouettes noires. Il leva sa bouteille à l'invasion extraterrestre en cours qui mettrait fin à la race humaine. Ces ombres de la nuit pouvaient l'emporter dans leur soucoupe, il n'en avait cure. Il décida qu'il passerait sa dernière nuit sur terre en dormant dans ses cartons.

Comme tous les autres membres de l'équipe, François avait revêtu une tenue spéciale entièrement noire, une cagoule, des gants, des lunettes nocturnes. Ils ressemblaient à des ninjas dans la nuit parisienne.

Laura observait à la jumelle le mouvement des hommes, songeant à son pauvre François pour qui ce genre de sport était une grande première. Il allait regretter ses quelques kilos en trop, se dit-elle, en souriant pour tenter de dissiper son angoisse.

Dans une rue adjacente, la Mouche était au volant du véhicule d'intervention, sur le qui-vive. Le Paresseux était quelque part, personne ne savait où, il avait choisi sa position. Regroupés devant la grille d'entrée avec leur matériel, les sept hommes s'infiltrèrent dans le jardin et parcoururent l'allée menant à l'échafaudage. Tout se déroulait sans encombre. Au moment où ils commençaient leur ascension, l'oreillette de Boss crépita.

— Deux vigiles à terre…

C'était le Paresseux qui faisait cette annonce.

Boss jugea préférable de n'informer personne, en particulier Lapierre, qui était déjà suffisamment stressé comme ça. Il vérifia que son petit pistolet semi-automatique était bien dissimulé et fixé à sa cheville. Il n'avait évidemment pas suivi la requête de l'historien.

Le passage du matériel de l'extérieur à l'intérieur, en particulier l'échafaudage pliant, posa des problèmes, mais pas insurmontables. Les porteurs étaient particulièrement robustes et entraînés.

Désormais sur le sol dans l'église, l'équipe se faufila jusqu'au tombeau. L'installation de l'échafaudage prit seulement quelques minutes, l'école du cirque portait ses fruits. François mesura combien ces hommes étaient des professionnels, économes dans leurs gestes sûrs, efficaces et coordonnés.

L'ingénieur entama méticuleusement la découpe du sarcophage. Le résultat était impressionnant, l'instrument semblait pénétrer du beurre, et l'opération fut rapidement terminée, tandis que les ventouses entraient en action pour éviter la chute du morceau détaché. Depuis le franchissement de la grille d'entrée, personne n'avait prononcé un mot. Le percement des parois des quatre cercueils successifs se déroula sans accroc, et bientôt apparut à la vue des hommes celui qui contenait le corps de l'Empereur. La tension avait monté d'un cran, en particulier chez François. Boss lui posa une main sur l'épaule pour le rassurer, il ne pouvait pas se permettre de perdre l'historien maintenant dans une crise de panique. François n'en menait pas large, il n'était pas à sa place, il devait vaincre ce sentiment de désorientation qui le gagnait et risquait de le paralyser, il avait besoin de son énergie et de toute sa capacité de réflexion. Il respira profondément pour tenter de se calmer. Mais il ressemblait moins à un nageur de combat qu'à un amateur de saut à l'élastique lors de sa première fois.

Les deux hommes maintenant sur l'échafaudage retirèrent le cercueil contenant Napoléon, pour le déposer sur la plate-forme. Ils débloquèrent le couvercle et redescendirent. C'était au tour de François de passer à l'action. Au même moment, à 3 300 kilomètres de là, Aaron Zielinski, opérateur du Mossad, ancien hacker mis en prison dont la peine avait été commuée, moyennant ses services auprès du Mossad, repéra un imprévu informatique dans sa manœuvre de contrôle du matériel de surveillance rattaché au musée de l'Armée à Paris. Quelque chose clochait. Il chercha à y voir plus clair avant d'alerter le chef de mission sur le terrain, c'est-à-dire Hugo Boss.

François avait escaladé l'échafaudage, manquant à deux reprises de glisser, tant il était nerveux. Il était maintenant près du tombeau, le cœur battant comme celui d'un marathonien, les mains moites, en sueur. Il se prépara à soulever le couvercle du cercueil…

Aaron Zielinski comprit qu'un nouveau système de protection avait été installé et qu'il n'aurait pas le temps de le désactiver. Il tapait maintenant à toute vitesse sur le clavier de son ordinateur.

François se décida enfin à soulever le couvercle du cercueil. Il s'était attendu en pensée à éprouver un choc, mais c'était sans commune mesure avec la réalité. Il resta tétanisé devant la dépouille de Napoléon, vêtue de l'uniforme des chasseurs à cheval de la Garde impériale. Il semblait dormir, son état de conservation était remarquable, comme lors d'un phénomène de momification naturelle. François était submergé par l'émotion. Il fut rappelé à l'ordre par Boss.

— Restez parmi nous, prof, agissez !

Alors que François retrouvait ses esprits, l'oreillette de Boss crépita de nouveau. C'était Tel Aviv.

— Problème de sécurité non neutralisée. Système de capture par cage protectrice surgissante, dissimulée dans un cercle autour du tombeau. Enclenchement du processus dans une minute trente.

— Merde !

Ce fut la seule réponse de Boss qui, pour la première fois, éleva la voix.

— Prof, on n'a que 45 secondes. Après, c'est cuit, magnez-vous !

François fit deux choses en même temps : il coupa une mèche de cheveux du défunt qu'il glissa dans une éprouvette discrète, et il repéra la pochette autour du cou de Napoléon. Il l'ouvrit : deux ou trois documents s'y trouvaient, mais à l'évidence, pas la fin de la lettre de Sénèque !

François s'était trompé, lourdement, complètement. Son cœur s'emballa sous le choc. Il lui restait trente secondes pour méditer son échec.

77

Tout ça pour rien… Le temps s'écoulait, et dans un instant, le piège de fer constitué par la cage protectrice allait se refermer sur eux. Ses compagnons de galère fixaient intensément François, mais ils ne reculaient pas, tous solidaires dans la réussite ou l'échec.

— Je me suis trompé ! cria-t-il, effondré, sans oser regarder en bas ses complices qui s'affaissaient à leur tour.

Comme par réflexe, François fouilla littéralement l'Empereur, en vain. Il en aurait pleuré. Encore vingt secondes… Alors François s'interrompit, respira profondément, en réfléchissant plus vite qu'il ne l'avait jamais fait auparavant… *Fais confiance à ton intuition d'historien*, se dit-il. Quinze secondes… Il ferma les yeux… se concentra comme jamais… Dix secondes… Il laissa les mots surgir, les mots d'un fou, les mots du collectionneur mort comme un grognard de la Garde… « Napoléon joueur de poker »… Napoléon était droitier. Instantanément, François saisit la botte gauche de l'empereur… Cinq secondes… Le talon se dévissait… La cache secrète ! Un petit tube en fer, un manuscrit soigneusement roulé s'y trouvait… La dernière partie de la lettre de Sénèque… dont il s'empressa de s'emparer… Deux secondes…

— Je l'ai ! s'écria-t-il.

Et tous se redressèrent à l'instant… Une seconde… Il n'aurait pas le temps de redescendre !

— Descendez calmement, prof. Il reste encore 45 secondes, ça nous fera des vacances. J'ai un peu triché, annonça Boss, d'un air faussement désabusé.

François était dans un ailleurs où il n'avait plus la force de protester. Il descendit comme hypnotisé et rejoignit le petit groupe, qui fila à toute vitesse, renonçant à replacer le cercueil de l'Empereur dans le sarcophage. Ils gravissaient déjà l'échafaudage de rénovation quand ils entendirent un puissant bruit métallique. C'était la cage de fer à laquelle ils avaient échappé.

L'oreillette de Boss crépita de nouveau. Le Paresseux reprenait contact.

— Deux autres vigiles à terre, présence hostile en mouvement vers vous. Évacuez d'urgence !

Lorsqu'ils furent dehors, tout devint plus facile et ils se dispersèrent comme prévu, et s'enfuirent en courant à perdre haleine, dans plusieurs directions différentes, motivés par la peur et dans le chef de François, par la curiosité de découvrir plus à l'aise le contenu du texte qui avait engendré tant de sacrifices.

L'historien traversa la place Vauban naturellement en direction de son habitation et en espérant ne croiser aucun voisin – une possibilité très réduite à 4 heures du matin. Dans sa course, il évita de justesse un sans-abri qui cuvait son vin dans ses cartons.

Arrivé sur la partie de la place où se trouvait son immeuble, n'y tenant plus, il ouvrit délicatement le tube en fer et en sortit le document. Il se mit à lire son contenu, il était très bref. Il leva ensuite les yeux et regarda droit devant lui, comme perdu, le souffle coupé, sonné par un uppercut. Spontanément, il prit son portable et écrivit un texto à Laura :

Napoléon a bluffé…

En dépit de son angoisse, de tout ce qu'ils avaient traversé ensemble, mais peut-être aussi pour ça, Laura s'étonna elle-même de répondre :

Top ou pas top ?

François s'attendait à une réponse de ce genre de la femme de sa vie, leur complicité était plus forte que tout. Il répondit à son tour :

Au-delà du top ou pas top… ce type était un putain de génie dans tout ce qu'il faisait.

François aurait dû s'y attendre, il aurait dû le déduire, Napoléon a toujours eu une longueur d'avance.

Il ne lui restait plus qu'à rentrer chez lui. Comme ivre dans la nuit, il avait l'impression d'errer sur son propre trottoir, il hésitait entre la désespérance et le ravissement, entre exaltation et abandon dans l'épuisement. Un vertige puissant lui coupait le souffle, comme si les vagues de l'histoire le frappaient en plein visage. Il distingua à peine Boss qui l'attendait au pied de son immeuble, une mallette à la main. C'était deux hommes qui avaient, chacun, conquis le respect de l'autre qui se faisaient face à présent.

— Voilà, prof, dit simplement Boss en lui tendant la mallette qui contenait l'original de la source S.

François fit mine de sortir le document de sa poche.

— Laissez tomber, prof. Je lirai votre livre.

Ils se sourirent avec le sentiment partagé qu'ils ne se reverraient plus jamais, et se serrèrent la main.

— Bon retour à Hollywood, lui dit François.

— Bonne continuation sur les chemins de la mémoire, lui répondit Boss, qui s'enfonça rapidement dans la nuit parisienne.

François n'eut pas le courage de chercher sa clé, il sonna chez lui. Laura répondit à travers le parlophone :

— C'est qui ? dit-elle, ingénue.

— Un témoin de Jéhovah, au sens propre.

— Alors j'ouvre pas, bonne nuit.

Et elle raccrocha.

Bon Dieu qu'il aimait cette femme.

Pour conclure, je dois à la vérité que mon histoire tragique n'est pas pure fiction sortie tout entière de mon imagination, mais n'est-ce pas là le propre de tout tragédien qui peut s'inspirer de tout ce qu'il peut recueillir ? Mon histoire repose sur une rumeur qui m'est parvenue via des marchands juifs établis à Rome, et qui m'ont fait récit, avec l'enthousiasme de marins ayant vu une sirène, de l'existence et du cheminement d'un homme singulier.

Épilogue

Le livre signé Laura Zante et François Lapierre, intitulé *La Source S*, fut un succès mondial. Il s'écoula en millions d'exemplaires et fut traduit dans des dizaines de langues. Il reçut des récompenses prestigieuses et les invitations à donner des conférences très bien rémunérées pleuvaient dans la boîte aux lettres du couple. Laura et François prenaient un malin plaisir à accepter celles qui leur permettaient, en marge de leurs prestations, de festoyer dans un restaurant de renom.

Laura obtint un poste à la Sorbonne, elle était désormais officiellement la collègue de François, ils avaient tout le loisir de développer de nouveaux projets ensemble, et les portes s'ouvraient comme par miracle pour les réaliser. Ils prirent soin d'envoyer un exemplaire dédicacé à tous les membres de l'équipe du Mossad, ainsi qu'à l'inspecteur Ruby, avec un « Merci de m'avoir cru » tout spécial de François, qui envoya aussi un livre dédicacé à son doyen et ami :

À l'Université que nous aimons.

François n'oublia pas Jean, son collègue liégeois, ni Wauthiez, père et fils. Il se fit la promesse d'en offrir un à Elena lors de son prochain séjour au château d'Hodebert et de lui présenter Laura.

François n'eut qu'un regret : ne pas avoir l'adresse du métis de Sainte-Hélène. En avait-il seulement une ?

Laura dédicaça avec émotion un exemplaire destiné à la vieille dame qui l'avait aidée à Paris à obtenir un billet d'avion lors de sa fuite :

Merci infiniment de vous être déguisée en garçon en 1943.

Elle fit de même pour le médecin qui était intervenu dans la rue après son agression :

Merci. De tout mon cœur.

Bien sûr, ils n'avaient pas oublié dans les remerciements du livre le directeur de la Fondation Napoléon.

Laura fit un don de 10 000 euros à la *chiesa* Sant'Agostino, pour honorer la mémoire d'Alberto. François fut invité à une tenue maçonnique exceptionnelle interobédientielle à Dublin en hommage au grand érudit John Milton. Dans le secret et la pénombre de la loge, parmi tous ses frères en smoking, tablier et décors, il crut reconnaître le Premier ministre israélien.

Le fils de Bemelmans, qui poursuivit assidument la collection de son père, reçut une émouvante lettre du couple qui disait qu'au-delà de sa passion un peu folle, son père était un homme de bien et qu'il avait le cœur d'un grenadier.

François invita son assistant Henri Martin au Bouillon Racine pour le remercier d'avoir repris les choses en main au pied levé, il avait l'étoffe qu'il fallait pour aller de l'avant dans sa jeune carrière.

Et pendant ce temps-là, René Ricard, patron du P'tit Beurré, reçut un chèque de 100 000 euros de la société Import/Export Hollywood, avec toutes les excuses du producteur pour les dégâts occasionnés lors du tournage cinématographique.

Au même moment, une mystérieuse Fondation pour la mémoire de Napoléon, dont le siège était situé à Washington, et dont le sigle était un aigle impérial, offrit au Président de la République française de financer tous les travaux de réparation du tombeau des Invalides.

De son côté, la République organisa une cérémonie de remise officielle de la dernière lettre de Sénèque aux archives vaticanes. Elle se déroula dans les salons du merveilleux palais Farnèse, siège de l'ambassade de France en plein cœur de Rome, en présence du ministre français de la Culture et du représentant de Sa Sainteté. Au moment du *drink*, Laura et François s'éclipsèrent discrètement pour aller dévorer une *carbonara al tartufo* chez Renato et Luisa, situé tout près. Ils terminèrent leur nuit à l'hôtel Raphaël, près de la piazza Navona, un vieux rêve de François.

Le mariage de la *mamma* et de *zio* Luigi laisserait des souvenirs impérissables chez les invités. L'interprétation de chansons de Serge Lama par un François enivré avait répandu les rires dans une assistance médusée qui ne comprenait pas les paroles des chansons, mais qui devinait l'événement exceptionnel que constituait une prestation de cette nature par un professeur d'université debout sur une table.

De retour à Paris, un matin, François reçut les résultats des tests ADN sur les cheveux subtilisés dans le cercueil de Napoléon, que l'historien avait pris soin de faire analyser sans le dire à personne, sauf à Laura.

— Laura ?

— *Sì ?* répondit-elle alors qu'elle prenait sa douche.

François lui parla à travers le rideau en plastique.

— Tu veux savoir si c'était bien Napoléon aux Invalides ?

Pour toute réponse, elle sortit sa tête de la douche, l'embrassa sur la bouche et l'attira à elle sous l'eau qui coulait abondamment.

❋

Postface

Chère lectrice, cher lecteur,

La critique historique est l'art de distinguer le vrai du faux en histoire. Comment dès lors ne pas t'écrire une lettre pour que tu puisses faire la part des choses à la fin de ta lecture du roman ?

L'historien qui manipule la fiction dans l'exercice d'une narration romanesque est un funambule plutôt qu'un imposteur, un prestidigitateur plutôt qu'un usurpateur, sauf s'il dissimule volontairement les artifices de sa création. Ce n'est donc pas mon intention. Au contraire, il s'agit pour moi de te révéler ce qui est de l'ordre de la vérité historique ou de l'affabulation. Ainsi, tu abandonneras ce livre le cœur plus léger et l'esprit en paix.

Tu l'as bien compris, il ne s'agit pas d'un roman historique, puisque l'action ne se déroule pas dans le passé, mais un roman historien, parce que Laura Zante et François Lapierre sont historiens, et parce que c'est la présence du passé, la mémoire qui mobilisent leur réflexion et leur énergie dans l'adversité.

Ils font usage des outils de l'historien, la procédure critique, pour comprendre la signification de la lettre de Sénèque et son impact sur les représentations que nous faisons du passé, car la clé est là, qu'il s'agisse d'ailleurs du passé ou du présent, les représentations de la réalité sont plus puissantes que la réalité. Ces représentations dictent ce que nous pensons savoir des autres et de nous-mêmes. Les décrypter par la raison est donc un exercice salutaire qui aide à mieux vivre sa brève expérience terrestre.

Puisque tu m'as lu, il y a maintenant un lien indéfectible entre nous, et cette confession scelle un pacte. Je m'engage à ne pas faire usage à l'instant d'une nouvelle tromperie, ou plutôt d'un trompe-l'œil, qui serait le comble de la manipulation. Je serai sincère avec toi, simplement honnête, même si la démonstration sera forcément synthétique et limitée, voire évasive, parce qu'il m'est arrivé, au fil de la conception et de la rédaction de ce roman, de trouver crédible la fiction que j'inventais. C'est un aveu très particulier que je te fais là, il vient du fond du cœur, mais, en effet, je me suis demandé si l'imagination du romancier ne finissait pas par être plus pertinente que la démarche de l'historien, et si je n'avais pas, finalement, dans mon audace, identifié les origines du christianisme. Je sais, c'est présomptueux de ma part, mais si, tout compte fait, il y avait du vrai dans le faux ? Le stoïcien Sénèque, voire le stoïcisme n'auraient-ils pas pu être l'allumette du *big bang* du christianisme ?

Toutefois, rassure-toi, l'historien reprend le dessus, et une fiction crédible reste une fiction, d'autant que la fin du roman relance en réalité toute la perspective du récit. Mais je te la laisse, cette fin, elle t'appartient, car c'est ta propre interprétation de lecteur qui sera la source la plus pure de ta méditation.

Si la correspondance entre Sénèque et Lucilius est une réalité historique, la dernière lettre de Sénèque, la source S, est fictive, entièrement fictive, sinon que sa construction est en résonance avec des traits reconnus, des aspects identifiés de Sénèque, et avec un suicide qui est bien sûr historique. Le Sénèque de la lettre est crédible et cette lettre est fausse, et pourtant, celle-ci est centrale dans la narration et oriente la construction de l'histoire et la rythmique du récit. Si les réflexions méthodologiques du couple d'historiens, leurs questionnements, leur mode opératoire rendent compte, je l'espère avec justesse, du métier d'historien, cette lettre fictive entraîne l'existence d'autres fictions qui lui sont adossées, en commençant par la citation de Sénèque mise en exergue au début du roman.

Un document, c'est aussi sa trajectoire, comment il parvient jusqu'à nous. Ici, ma chère lectrice, mon cher lecteur, sache que cet aspect des choses m'a donné du fil à retordre. Comment rester crédible sur la longue durée de la transmission d'un document historique qui n'existe pas ? Qui plus est, un document en deux parties. Heureusement, je disposais en ma faveur d'un événement incroyable, authentique et méconnu qui m'apporta un soutien dramatique précieux, le transfert en France des archives secrètes du Saint-Siège organisé par Napoléon en 1810. Cerise sur le gâteau : la volonté de Napoléon de faire traduire en français les pièces du procès Galilée et la fuite de quelques lots d'archives en Irlande en 1815 au moment de la débâcle générale sont authentiques aussi. En tant qu'auteur, je disposais d'un socle narratif d'où je pouvais insérer la source S dans le tissu du temps. Évidemment, c'est ici que les manifestations de la fiction sont les plus aiguës, car une narration n'est guère différente de la vraie vie : plus on ment et plus on est amené à mentir. Ainsi, le général irlandais O'Flaherty, le rôle d'Oscar Wilde, la Stoic Society sont des fictions, des jalons inventés pour amener la source S jusqu'à nos jours. Du coup aussi, le traducteur, son père, le général Wauthiez, n'existent pas, tout comme le collectionneur belge Claude Bemelmans, qui est un clin d'œil à tous mes amis et aux autres, passionnés par la période du Premier Empire.

En revanche, et c'est peut-être plus vertigineux que la source S elle-même, les évocations nombreuses des mécanismes de la mémoire reposent toutes sur des faits scientifiques prouvés, grâce au caractère pluridisciplinaire des recherches les plus pointues sur la mémoire, individuelle ou collective.

Je te laisse y réfléchir, chère lectrice, cher lecteur, en te demandant quelle est la réalité du passé, et dans quelle réalité tu vis ta vie.

Une autre assise très stable du roman, ce sont les bonnes adresses gastronomiques ou hôtelières, qui ont fait l'objet de vérifications approfondies, par souci de professionnalisme, bien sûr : il faut toujours vérifier ses sources. Tu peux t'y rendre sans crainte, tu ne seras pas déçu.

Deux choses encore. Après, je te laisse vaquer à tes occupations. Il n'y a pas de cage de fer qui protège le tombeau de Napoléon aux Invalides, et concernant la dernière scène, Laura et François sont ressortis de la douche sans rien me dire.

Achevé d'imprimer en avril 2021
sur les presses de la Nouvelle Imprimerie Laballery
58500 Clamecy
Numéro d'impression : 103653

Imprimé en France

La Nouvelle Imprimerie Laballery est titulaire de la marque Imprim'Vert®